新装版

野望新幹線

豊田行二

祥伝社文庫

目次

社員兼社長

1

大原広志《おおはらひろし》は大原雪枝《ゆきえ》を膝《ひざ》に乗せ、ワンピースの胸元から手を入れて、乳首をつまみながら、電話をかけていた。壁の時計は午後六時半を指している。

「それじゃ、明日の午後七時に、おたくの会社に試作車をお持ちしますよ。午前中か午後がいい？　それは困ります。なにしろ、発電テストをするのですから、暗くならないとどれだけライトが明るくなるか、実感で捕えていただけませんからね」

大原は電話を切ると、スカートの中に手を入れた。雪枝はすでにパンストもパンティも脱いでいる。

「盛大に濡《ぬ》れているね」

大原は女芯のぬるみの中を指で掻《か》き回しながら、言った。

「だって、長電話なんだもの。あなたが電話をかけ始めたのは午後五時五十分よ。四十分も電話をかけながらオッパイをいじられていたら、ヘンになっちゃうわ」

雪枝は大原の唇にかじりつくようにキスをした。

「それじゃ、やるか」

大原は雪枝をどかせて、ズボンとパンツをずりおろした。

いきり立った欲棒が現われた。

大原は狭いオフィスの壁際にあるソファに、腰をおろした。

その上に雪枝はまたがってひとつになった。

「ああ、いいっ……」

雪枝は大原の首に手を回し、腰を動かし始めた。

ぎゅっ、ぎゅっ、と女芯がダイナミックに欲棒を締めつける。

「いつやっても、鴨《かも》の味はこたえられないな」

大原は雪枝のワンピースの胸元を広げて、オッパイに吸いついた。

前開きのブラジャーは電話をかけ始めたときから、留め金をはずしてしまっている。

大原と雪枝はイトコ同士だった。年はふたつ違い。大原は三十五歳。雪枝は三十三歳である。

小さいときから家が近かったので、ふたりはよく一緒に遊んだものである。お医者さんゴッコも何度かしたことがある。大原が最初に雪枝のパンティを脱がせたのは、大原が六歳で、雪枝が四歳のときだった。

それ以来、大原は何百回、雪枝のパンティを脱がしたか、分からない。

しかし、脱がせて眺めたりさわったりはしたけれど、男と女の関係になったのは、雪枝が二年前に離婚してからである。

夫の女癖の悪さに呆《あき》れ果てて離婚したものの、雪枝は夜が寂しい、と大原にこぼしていた。それで、それならぼくが慰めてあげるよ、とパンティを脱がして、初めて、男と女の関係になった。

雪枝は子供がいなかったので、夜だけやっている大原の会社を手伝うようになり、パンティを脱がせる回数は、記録的に多くなったのだ。

大原は夜だけ「大原商会」のオーナー社長である。

昼間は「サザンフェニックス」という外資系の金融会社のサラリーマンである。

なぜ、外資系の会社に就職したかというと、勤務時間が正確だからである。土日はきちんと休み、普段の日はきっかり五時に終わり、残業はない。大原はその五時からの時間を利用して、金儲《もう》けをしてやろう、と考えたのだ。

大学を出て、サザンフェニックスに就職して三年目に、大原はクラブのママで、五歳年上の佳子《よしこ》と結婚した。佳子には、パトロンがいたが、大原は強引に口説《くど》き落として結婚したのだ。

パトロンは佳子に金は出したが、結婚して妻の座に据えてやることはできなかった。大原は結婚を餌に迫って、佳子を手に入れたのだ。

佳子はたしかに美人でプロポーションも抜群だったが、そうまでして結婚したのは、ただ、美人であったからではない。大原は佳子のクラブがいつも繁昌《はんじょう》しているのに目をつけたのだ。ホステスたちに聞いてみても、当時三十一歳の佳子は、経営者として天才的な感覚を持っていた。

つまり、大原は金儲けのパートナーとしての佳子を選んだのだ。

六年目に、大原は株式会社「大原商会」を設立し、サラリーマンでありながら、社長になった。

設立資金は佳子がパトロンから貰《もら》った手切れ金を充てた。

そして、まず、大原商会の副社長の佳子をママにして、クラブの経営に乗り出したのだ。

これは、当たった。

大原は飲み屋、食堂、バーと手を広げ、それぞれ、学生アルバイトを雇って店をまかせた。学生アルバイトは大学生活や将来の就職にマイナスになる使い込みはまずやらない。万一、使い込みをやれば、親から取り立てればいいのである。

それらの店が軌道に乗ると、大原は発明マニアの沢口満男《さわぐちみつお》と組んで、彼の発明する新製品の販売を手がけたのだ。そうなると、次第に手が足りなくなった。佳子はクラブから目をはなすわけにはいかない。そんなときに雪枝が離婚して、本社を午後三時から、深夜まで、手伝ってくれるようになったのだ。

佳子は雪枝が大原のイトコであることを知っていたし、まさか、イトコ同士が鴫の味を楽しみ合うとは思わないので、喜んで仲間に加えた。

「うちの人、なかなか女に手が早いから、よく見張っててね」

そう言ったものである。

その見張り役が見張っている男と出来ようとは、夢にも思っていないようだ。

ソファに腰をおろした大原にまたがって、腰を使いながら、雪枝は大きな声を出した。

「ああ、いい……」

雪枝の通路はひくひくとリズミカルに欲棒を締めつけた。

クライマックスが近い。

大原は週に三回は妻の佳子ともベッドを共にする。雪枝とも、週に三回のペースである。それだけ、女に恵まれていても、ときどき、別の女に手を出す。佳子は女好きは大原の病気だ、と思って諦《あきら》めている。

子供は、結婚してから会社を始めるまでの三年間に、男と女をひとりずつ作っていた。

佳子のクラブは午後十一時半で終わる。佳子が、毎晩、ビルの一室にある大原商会の本社に顔を出すのは、閉店十五分後である。それから、売りかけ伝票や入金の整理を約一時間ほど大原と一緒にして、午前一時前には揃《そろ》って本社を出る。

大原はＢＭＷを運転して、途中で雪枝を降ろし、午前一時十五分には自宅に着く。

起床は佳子が午前七時。大原は午前八時である。佳子は子供達を送り出し、大原を送り出してから、ゆっくり昼まで寝る。

大原は普段は睡眠不足が続くが、それは、土曜日と日曜日に午前中熟睡して、取り戻す。大原は土曜日と日曜日には金儲けはしないことにしている。

佳子が普段おろそかになっている育児に専念している隙《すき》に、女遊びをして英気を養うのである。

「ああ、わたし、イキそう……」

大原の首に手を回し、ワッセワッセと腰を使っていた雪枝が太腿《ふともも》を痙攣《けいれん》させた。

大原はここぞとばかり、下から突き上げる。

「うーっ……」

雪枝は大原の首にしがみついた。

「あーっ……」

温かい蜜液が激しく湧《わ》き出してくるのが分かった。

「ねえ、広志さんも、一緒にイッてぇ……」

雪枝は叫んだ。

雪枝はひとりだけでクライマックスにのぼりつめさせられるのをとてもイヤがる。余力を残して、他の女を抱くのだろう、と言うのだ。

だから、大原は雪枝を抱いたときには、必ず、男のリキッドを爆発させることにしている。

「よし。男性ホルモンをたっぷりやるぞ」

大原は雪枝を中腰にさせると激しく下から突き上げて、爆発点に到達した。

「イクぞ」

大原は雪枝の収縮を繰り返している女芯の中に、男のリキッドを勢いよく射ち出した。

「ああ、当たってるぅ。熱いのが奥に当たってるぅ……」

雪枝は白い喉《のど》を見せて、全身を痙攣させながら叫んだ。

長い女のクライマックスは大原よりも早く始まって、リズミカルな爆発が終わるまで、続いた。

結合を解くと、雪枝はぐったりとなってソファに寄りかかった。

その股間にティッシュペーパーをはさんでやり、柔らかくなった欲棒にも、ティッシュペーパーを巻きつけて、パンツとズボンを引き上げると、大原は、再び、机に戻って電話を取りあげた。

発明マニアの沢口満男の研究室の番号をダイアルする。沢口は大学の同級生である。

「やあ。例の君が発明した強力発電装置を積んだトラックだけど、一台売れそうなんだ。明日の午後五時に試作車をこっちに持って来てくれないか」

大原は電話口に出た沢口に、早口で言った。

「五時だね。オーケーだ」

沢口は嬉《うれ》しそうに言った。

沢口の発明した強力発電装置は画期的なもので、しかも、一台、二百万円という低コストでできる。それを大原は、二百万円のマージンを乗せて売ろうというのである。マージンは沢口と折半《せっぱん》して、それは大原商会に入れ、社長交際費として、女遊びの資金にするつもりである。

昼は外資系の会社サザンフェニックスの社員として高給を取り、夜は大原商会の社長として金儲けに精を出す大原のモットーは他人の二倍働いて、三倍稼ぎ、四倍遊ぶということである。

それでこそ、充実した人生と言える。

女遊びの念願は、処女とやることである。

妻の佳子はパトロンを持っていたぐらいだから、大原と結婚したときは、もちろん処女ではなかった。女の歓《よろこ》びも感じる、成熟した女だったのである。

大原はその妻について、女の体について生きたレッスンを受け、たちまち、女を口説くコツとさわるコツを会得《えとく》したのである。佳子も、過去のある自分を妻の座につけてくれた大原に感謝をしていて、大原が自分で稼いだ金で女遊びをする分には文句を言わない。

それに、五歳年上である、というのも、佳子のコンプレックスになっているようだった。年下の夫が、たまに若い女を抱きたくなっても仕方がない、と思っているようでもある。

佳子が雪枝に、しっかりと大原を監視していてくれ、と言ったのは、半分は冗談だったのだ。

佳子は妻の座を脅かす女が出現しない限り、平然と構えていた。

大原はどういうわけか処女には無縁だった。佳子が教えてくれた女を落とすコツは、男を知りつくした熟女を落とすコツだったようで、処女はまるで大原の網には引っかかってくれないのだ。下手な鉄砲も数撃ちゃ当たる、というから、そのうちに処女にぶつかるさ、と大原は思っていた。

それにしても、世の中から、急激に処女の数が減っているのも確かだった。

大原とコンビを組んでいるマニアの沢口は独身だった。沢口は処女でなければ結婚しないという考えの持主で、これまた、その条件をクリアする女にぶつからないのだ。

そんなくだらない条件は撤回しろよ、と大原は言うのだが、沢口は、これがおれのモットーなのだ、とけっして撤回はしないのである。

そのうちに、処女というのはそんなにいいものかな、と大原は考えだし、一度、処女とお手合わせしてみたいものだと思うようになったのだ。

だから、処女を抱きたいと思うようになったのは、沢口の影響なのである。

2

その翌日、大原がサザンフェニックスを五時に飛び出して大原商会にBMWを運転して来たときには、会社のあるビルの前に、沢口の発明した強力発電装置を積んだ小型トラックが止まっていた。

大原は通勤にはBMWを使っている。もちろん、平社員でそんな車に乗っている者はひとりもいない。

しかし、外資系の会社は個人のことは詮索《せんさく》しないので、大原がBMWに乗っていることをとやかく言う者はいなかった。

大原は大原商会のある五階まで、一気に駆け上がると、勢いよくドアを開けた。

「あっ……」

大原は思わずその場に棒立ちになった。沢口がソファで雪枝と重なっていたのだ。雪枝の足首には、脱がされたか脱いだか、それは分からないが、パンティが巻きついている。雪枝はワンピースをまくり上げ、沢口はズボンとパンツをずりさげたまま、ひとつになっていた。

セックスというものは、突然、中止はできないものである。

「ああ、すまん」

沢口は腰を使って男のリキッドを放出し、ようやく雪枝から離れた。

雪枝はサッとパンティを引き上げると、体を起こし、髪を撫《な》でつけた。バツが悪そうに大原を見る。

「大原。オレ、例の処女でなければ女房にしない、という条件、あれ、撤回するよ」

沢口はパンツをずりあげながら言った。

「考えて見れば、処女は結婚するとたちまち処女ではなくなるのだからな。それよりも、お前のように、人生もセックスも知り尽くした女と結婚するのが一番だ、と思う」

沢口は頭を掻きながら、ぼそぼそと言った。

大原は空いた口がふさがらなかった。きのうまで、あれだけ処女に固執していた男が、突如、熟女趣味に変わるとは、人間の考えなんか分からないものだ、と思う。

「それで、きょう、雪枝さんにプロポーズに来たら、雪枝さんもオーケーだ、と言うので、それなら、善は急げ、でとにかく体で誓いを立てようということで意見が一致してね」

沢口は照れくさそうに言った。

大原はあっけにとられて沢口を眺めた。ソファから体を起こした雪枝は、向こうを向いている。

「それじゃ、おれ、トラックで待っているから」

沢口はそう言うとそそくさと部屋を出ていった。

「一体、どうなってるんだ」

大原は雪枝に尋ねた。

「だから、きょう、あの人が来て、わたしと結婚したい、と言いだしたのよ。わたしもいい相手がいたら結婚してもいい、と思っていたところだから、わたしでよければ、と返事をしたら、それじゃ、夫婦の固めをしましょう、とソファに押し倒されたのよ」

雪枝は男に抱かれた興奮を瞼《まぶた》のあたりにとどめた、上気した顔で弁解するように言った。

「本当に沢口と結婚する気かね」

「ええ。沢口さんも悪い人じゃないし、プロポーズされたのも何かの縁だし、わたし、結婚しようかと思うの」

「おれと男女の関係にあることはしゃべったのか」

「しゃべっちゃいないわ。沢口さんには関係ないことでしょう」

雪枝は首を振った。

「わたし、出戻りから、人妻になるだけで、あなたのイトコであることは変わりはないし、いいでしょう、結婚しても」

「そりゃあ、構わないけどね」

「これまでのように、抱きたいときはいつでも抱いてもいいわ。あなたも出戻り女よりも、人妻のほうがスリルがあるでしょう」

雪枝は誘うような目をした。

「何をバカなことを言ってるんだ。いくら人妻でも友達の女房を抱くわけにはいかないよ」

「あら、そうかしら」

雪枝は不満そうな顔をした。

「わたしはあなたとつねにイトコのつもりだけど」

「イトコだから、友達の女房になってもやってもいいという理屈は成り立たないよ。とにかく、オレは沢口と、強力発電機を積んだトラックを納入に行ってくるよ」

大原は沢口を追って会社を飛び出した。沢口は運転席に乗って大原を待っていた。大原は助手席に乗った。沢口はすぐに車を出した。

「すまん。ひとつ発明に区切りがつくと、猛烈に女が抱きたくなるのでね。なにしろ、発明にとりかかると、寝食を忘れて、没頭してしまうのでね。発明が一段落して女を見るとカーッとなるのだ。それで、雪枝さんを見ているうちに、処女なんかどうでもいい、という気になってしまってね。彼女は出戻りだが、君のイトコだし、いい人だな、と以前から好意は寄せていたのだよ」

ハンドルとギアを操作しながら、沢口は照れくささを振り払おうとするように、ハンカチで顔を拭《ぬぐ》いながら、よくしゃべった。

小さな強力発電機は、さまざまな活用法がある。

沢口の発明した超小型発電機を積んだトラックには、強力な投光機と出力の大きいスピーカーが取りつけられていた。

注文主は建設会社で、夜間の建設現場で活用したいと言うのだ。

沢口が発明した小型発電機は、従来の三分の一の大きさで、これまでよりも五倍の出力が出る、画期的な発明である。いずれ、すべての発電装置は沢口の発明したものになるはずである。

トラックと発電装置を見て、実際に投光機をつけてみて、その明るさに注文主は目を見張った。

スピーカーからの音量はどんな騒音をも吹き飛ばして響き渡る。

注文主はその場で、あと十台買いたい、と言った。ひさびさの大型商談成立である。

大原と沢口は胸を張って会社に凱旋《がいせん》した。

「なあ、大原。おれは、今夜これから、雪枝さんと喜びを分かちあいたいのだ。失礼して、先に彼女のマンションに行ってもいいだろう」

会社に帰ると沢口は恥ずかしそうに言った。要するに、まだ、やり足りないのだ。

「分かったよ。今夜は腰が抜けるほどやって来い」

大原はそう言って、沢口と雪枝を会社から追い出した。しかし、ひとりになってみると、妙に寂しい。本来なら、ソファでチンチンカモカモをやっているのは大原である。そのチンチンカモカモの相手を、突然、取りあげられては、何とも手持ち無沙汰である。

大原は妻の佳子にやらせているクラブを覗《のぞ》くことにした。佳子との協定で、そのクラブでは二割引で飲めることになっている。

「亭主で社長でもあるオレから、勘定をふんだくるの? いくらなんでも、それはないよ」

大原はそう言ったが、佳子は二割引を頑として譲らなかった。

「その代わり、店の子は、どの子を口説いてもいいわ。ただし、遊びででよ。本気は認めないわ」

そう言う。店の女の子なら大体の素姓は分かっているし、頰傷《ほおきず》のある男の情婦などはいないから、どうぞ遊んでください、と言うのである。

しかし、そう言われると、のこのこ佳子のクラブに女の子を口説きに行くわけにはいかない。だから、大原は佳子のクラブ「美佳」には客として行ったことは一度もない。それが、突然、行く気になったのだから、よほど雪枝を沢口にさらわれたのがショックだったのだろう。寂しさもそれほど大きかったのだろう。

「あら」

突然クラブに現われた大原を見て、佳子は目を丸くした。

「きょう、雪枝と沢口が、婚約したよ」

ぼそり、と大原は佳子に言った。

「まあ」

佳子は目の玉が今にも飛び出そうに、大目を剝《む》いた。

「雪枝さんも隅におけないわね。いつから沢口さんと出来ていたのかしら」

佳子は大原を席に案内しながら首をかしげた。

「出来たのは、きょうだよ」

「きょう?」

「おれが会社の仕事をすませて大原商会に行ったら、ちょうど、ソファでふたりは重なっているところだったよ」

「えーっ、それじゃ、あなたはふたりがしているところを覗いたの？」

「ひと聞きの悪いことを言うなよ。覗きはしないよ。そばですむのを待っていたのだ」

「まあ、そばでずっと見てたの？」

「そういうことになる」

「そのほうがよほど質《たち》が悪いわ」

「それで、すませた沢口が、雪枝と結婚する、と宣言したのだ。雪枝も沢口についていく、と言ったしね」

「あきれた」

佳子は案内した席に自分のほうが先に腰をおろした。どうやら大原の話でもよおしたらしい。もよおすと佳子は立っていられなくなるのだ。

「例のトラックは無事に売れたし、別に十台、追加の注文は受けたし、沢口は雪枝のマンションで今頃はお祭りの最中だよ」

「それであなたはここに女の子を探しに来たのね」

佳子は濡れた目で大原を見た。

「まあ、そういうことだ。ソープランドへ行くよりも、ここのほうが安全だ、と思ってね」

「分かったわ。ソープランドでわけが分からない女を抱かれるより、そのほうがいいわ」

佳子は大原を睨《にら》んだ。

「わたし、途中で、お店を抜け出すわけにいかないし、閉店後の帳簿の整理もしないといけないから、すぐにあなたに抱かれるわけにはいかないわ。でも、今夜は帰ったらわたしともしてね。それが約束できるなら、いい子を呼んであげる」

「約束するよ」

大原はうなずいた。

佳子は黒服を呼び、ミキちゃんを呼んで、と言った。

「最近入店した二十歳の子なの。おこづかいをはずんでくれそうで、安全なオジさんがいたら、ママ、紹介して、と言われているの」

小声でミキと言う女のプロフィールをしゃべる。

「そんな若い子としても、いいのかね」

「若い子だからいいのよ。どうせ、話は合わないし、することだけすませれば、あなたは退屈するはずよ」

佳子はニヤリと笑った。

「年増の女と女房殺しの相談なんかされたらたまったものじゃないわ」

そう言う。

ミキはすぐにテーブルに来た。ほっそりした感じの、なかなかの美女である。

「こちら、社長さん。おこづかいがおねだりできる方よ」

佳子はミキに、大原をそう紹介した。

「えーっ、本当におこづかいをおねだりしてもいいのですか、ママ」

ミキは目を輝かして大原を見た。

「あなたはまだ、この商売は初めてだから、きちんと教えておくけど、おこづかいは一回毎《ごと》に貰うのよ。月決めのパトロンの契約なんか結んじゃダメよ。縛られて窮屈になるだけだから」

「ハーイ」

ミキは大きくうなずいた。

「こちら、大原社長」

「ミキでーす」

ミキは頭をさげた。

「それじゃ、わたしはこれで。どうぞ、ごゆっくり」

佳子はそういって、ギュッと大原の太腿をつねってから、他の席の客のところへ行った。わざと大原に見せつけるように、その客の首に手を回し、しなだれかかる。

「きょうのママ、ヘンだわ。いつもはあんなことしないのに。ひょっとして、ママ、お客さんのこと、好きなのじゃないかしら」

ミキは佳子の姿を目で追ってそう言う。

「そうかもしれないな」

「でも、本当に好きなら、社長さんを紹介したりはしないわね」

「そうかもしれないね」

「何を言っても返事は、そうかもしれない、ばかりね」

「そうかもしれない」

「あははは……」

ミキは明るく笑った。

「ところでおこづかいって何のことなの」

大原は空とぼけて尋ねた。

ミキは先に大原がおこづかいのことを言いだしてくれて、助かった、という顔をした。

「実は、今月、ピンチなのです。それで、ママにおこづかいを恵んでくれそうないい方がいたら紹介してください、と頼んでおいたのです」

ミキは小声で言った。

「ちょっと大きな買い物をしちゃったので」

「いくら欲しいのかね」

「五万円」

ミキは大原の表情を窺《うかが》った。

「それで、見返りは？」

「社長さんが、もういい、と言うまで、何時間でもおつき合いします。あしたの朝まででも、お昼までででもおつき合いします」

「今夜は外泊するわけにはいかないが、まあ、いい。おこづかいはあげよう」

「わあ、嬉しい」

ミキは本当に嬉しそうに白い歯を見せた。

「店を早退できないかね」

大原は早くミキを抱きたかった。

「早退すると罰金をとられる決まりになっています」

「いくらとられるのかね」

「一時間五千円です」

「その罰金、おれが払ってやるよ」

「分かりました。それじゃ、近くの『ボン』という喫茶店で待っててください」

ミキは小声で言った。

「あら、もう、お帰り？」

大原が腰を上げると、よその席の客の首に抱きついていた佳子が急いで追いかけてきた。

「うん」

大原は照れくさそうにうなずいて、会計で支払いをすませた。

「わたしの分はとっておくのよ」

ミキの早退の罰金を一緒に払った大原に、佳子は小声で囁《ささや》いた。

「分かってるよ」

大原はうなずいて店を出た。

3

クラブ「美佳」の近くの、喫茶店「ボン」に入って、コーヒーを飲みながらミキを待つ。

ミキは十五分ほど大原を待たせ、息せききった感じでやって来た。店で着ていたドレスを普段のワンピースに着替えたミキは、一段と若く見えた。

大原はすぐに席を立って喫茶店を出た。ラブホテル街まで歩いて、一見、シティホテルふうの造りのラブホテルに入る。ミキはためらう様子もなく、ついて来た。

部屋に入ると、大原はバスルームに入ってバスタブにお湯を入れた。

透明なガラスで仕切られていたと思われるバスルームは、ガラスにビニールが張りつけられ、中が見えないようになっていた。どうやら、今は、バスルームが見えないほうが流行らしい。そのほうが女は安心して入浴し、入念に女芯も洗えるからだろう。ラブホテルのバスルームが透明なガラスで仕切られるようになってから、どうも、女は女芯を丁寧に洗わなくなったような気がする。

「わたし、お店に出て来る前に、お風呂は入ってきたけど」

ミキはバスルームから出てきた大原に言った。

「それじゃ、入らなくてもいいよ」

大原は裸になった。

「先に、おこづかい、いただけないかしら」

ミキは手を出した。

「いいよ」

大原は苦笑しながら、背広の内ポケットから財布を出し、五万円をミキに渡した。

「ありがとう」

ミキは嬉しそうな顔をすると、受けとった五万円をハンドバッグにおさめ、ソファから立ちあがってワンピースの裾《すそ》をめくって、パンストを脱いだ。

「オレは体を洗ってくるよ」

大原はバスルームに入って、簡単に欲棒を石鹸《せっけん》で洗った。ほんの数秒、バスタブに入り、石鹸を洗い流して部屋に戻る。

ミキは部屋の灯はそのままにして、ベッドで掛蒲団《かけぶとん》にくるまっていた。

大原はバスタオルで体を拭うと、ベッドに上がり、掛蒲団を剝《は》ぎ取った。

「あっ……」

ミキは小さく叫んで両手で胸を隠した。

ミキはブラジャーはとって、パンティだけを体につけて横たわっていた。とっさにその胸を手で覆《おお》ったのだ。

ミキは木綿《もめん》の肌ざわりのいいパンティをはいていた。パンティの上から恥骨のふくらみを撫でる。

「ああ……」

ミキは声を出した。

大原の欲棒はベッドに上がったときから、いきり立っている。

大原はパンティを脱がせにかかった。

「あっ……」

覚悟はしているものの恥ずかしいのか、ミキは茂みの部分を両手で覆った。

胸のガードがガラ空《あき》になった。ふっくらとふくらんだ乳房と、その乳房の上に、ちょうどよい大きさの乳輪が乗っていた。乳輪の上には小さな乳首が可愛《かわい》らしく尖《とが》っている。乳輪も乳首もあざやかなピンク色である。それはとても新鮮な眺めだった。

大原はパンティを脱がせると、ガードの固い女芯を愛撫するのはあと回しにして、乳房と乳首に頰ずりをした。

「あっ……」

ミキは乳房を手で隠そうとした。しかし、乳房はすでに大原の頰に占領されている。乳首が頰にこすられて、固く尖った。

大原は邪魔をするミキの手に欲棒を握らせた。

「ああ……」

ミキは欲棒の固さを確かめるように、何度も握り直した。

「もう、こんなに固くなってる」

そうつぶやいて、大きく溜息《ためいき》をつく。

大原は尖った乳首を吸った。

「あーっ……」

ミキは大きく体をよじった。

「そこ、感じるぅ……」

そう言う。

感度のいい乳房である。

大原は時間をかけて乳房を唇と舌で愛撫しながら、茂みに手を伸ばした。柔らかい茂みだった。

茂みの下の亀裂《きれつ》に指を伸ばす。亀裂には温かく蜜液が溢《あふ》れ出ていた。蜜液を湛《たた》えた女芯の上部にコリコリした芯芽があった。

「ああっ……」

その芯芽に大原の指が触れると、ミキはオーバーなほど、女体を震わせた。

ミキの感度があまりにも良すぎるので、大原は他の部分も愛撫してみることにした。

ミキをうつ伏せにさせる。

大きく盛り上がったヒップはまるで垂れていない。窪《くぼ》んだ背骨のラインが盛り上がったヒップに続く曲線は、見事な芸術品を思わせる。

肌にはシミひとつなかった。

大原は窪んだ背骨のラインに唇を這《は》わせた。

「あーっ……」

ミキは大きく叫んでのけぞった。美しい曲線が強調された。

「だめーっ、そこ、感じ過ぎちゃうーっ」

ミキはピクン、ピクンと女体を弾《はず》ませた。

大原は、背中がそんなに感じるとは信じられなかった。

妻の佳子なんか、背中にキスをしてもまったく反応は示さない。

女の性感帯はひとりずつ、こうも違うものか、と改めて感心する。それが分からない男は、バカのひとつ覚えのように、女は芯芽を刺激し、女芯の中を指で引っ掻き回せば泣いて喜ぶもの、と思い込んでいるものである。

だから、芯芽を刺激してもあまり歓びを表わさない女は、不感症だと決めつけてしまう。

芯芽の刺激の仕方にしても、カバーの上から押し回されるのが好きだという女もいるし、カバーをめくってソフトにナメられるのがいい、という女もいる。女芯の通路に指を入れられるのはイヤだという女も意外に多いものなのだ。

これだけ感じやすい女体なら、ほかにも感じるところがあるかもしれない……。大原はそう思った。

ミキをもう一度、仰向《あおむ》けにする。新鮮な眺めの乳房が大原を挑発した。

大原はミキの両足を大きく開かせた。

茂みの下に亀裂が口を開いた。

長さの短い亀裂である。

ミキの腰骨は、まだ、それほど発達していない。

柳腰に近い感じである。

大原は脇腹に舌を這わせた。

「ヒィーッ……」

ミキは悲鳴に近い叫び声を上げ、体をよじった。

「くすぐったい……」

そう言う。

大原は小さな腰骨にガブリと噛《か》みついた。

「あっ……」

ミキは小さく叫んでピクンと女体を弾ませる。太腿が小刻みに痙攣した。そこにも性感帯が隠されていたのだ。

大原は腰骨から唇を内腿に移動させた。

柔らかい内腿を唇でくすぐる。内腿には若い女独得の香気がからみついていた。男の欲情をそそる香気である。

大原は内腿をさかのぼった。女の香気が一段と強くなり、唇は女芯に到達した。

肉付きの薄い淫唇《いんしん》が、短い亀裂をガードするように取り囲んでいる。そのミニサイズの貯水池に、蜜液はすでにいっぱいに湛えられていた。

大原は音を立てて蜜液を吸った。かすかに磯の味がした。蜜液を吸い取った女芯に舌を往復させる。

「あーっ……」

ミキは太腿を小刻みに震わせ、短い女芯をさらに短く収縮させた。

新しい蜜液が亀裂の奥から湧き出してきた。大原は新しく湧き出した蜜液を舌ですくって、芯芽に塗りつけた。

「ああ……」

ピクン、ピクン、とミキは腰を弾ませる。

大原は女芯を賞味しているうちにひとつになりたくなった。

ミキは快感のうねりに女体を漂《ただよ》わせている様子だった。

大原は体を起こし、いきり立って出番を待っていた欲棒を、女芯に押し当てた。ぐい、と腰を進める。

女芯は蜜液で滑らかになっているにもかかわらず、スムーズに欲棒を迎え入れてはくれなかった。

きしみながら、迎え入れる。

通路の中はきわめて狭かった。

ようやく根元まで欲棒を埋める。

ミキの恥骨のふくらみは尖った感じがした。

大原は出没運動を始めた。女芯の通路の壁が、欲棒を後退させるときに裏返しになって出てきそうな感じである。それほど通路は狭い感じなのだ。

大原は出没運動を行ないながら、可愛らしい乳首を吸った。

「ああ……」

ミキは呻《うめ》いた。

ピンクの乳首がさっと薄い褐色に変わった。乳首の周囲の乳輪に粟粒《ぞくりゅう》ほどの隆起がいくつも現われた。

乳首の眺めといい、通路の狭さといい、どうも、ミキは二十歳よりも若そうである。

「ミキちゃんは二十歳だと聞いたけど、本当は、もっと若そうだな」

ふたつの乳首を交互に吸ってから、大原は言った。

「分かる?」

あえぎながらミキは言った。

「分かるよ」

「本当は十九歳なの」

「えーっ……」

「あと二カ月で二十歳になるの」

「ふーん」

大原は唸《うな》った。

「十九歳にしてはあまりにも感度がよすぎる体だよ。先にいったら、物凄《ものすご》い淫乱女になるのじゃないかな」

大原はそう言った。

「セックスは好きよ。昔からおマセだったし。でも、初めてしたのは遅かったの。半年前よ」

ミキは大原の出没運動に体をヒクつかせながら、そう言った。

本当の年を聞いた途端、大原は男のリキッドを爆発させたくなった。ミキはこれまで大原が抱いた女の中では、一番若かったからだ。

「クライマックスって、分かる?」

ミキの顔を覗き込んで大原は尋ねた。

「知っているわ。最初のときに、いい気持ちだったわ。クライマックスに達したのは三回目だったわね」

「それじゃ、今夜もイク?」

「もちろんよ」

ミキはうなずいた。

ミキがイクのであれば、お先に失礼するわけにはいかない。大原はケツの穴をグイと締めて、出没運動のピッチを遅くした。

ミキがクライマックスに達するまで、そんなに時間はかからなかった。

大原はミキがクライマックスに達しやすいように、ホメまくった。

ホメられると女はいい気持ちになって、あっさりのぼりつめてしまうものである。いいか、いいか、とやりながら女に尋ねるのはへたなやり方である。それよりも、素敵なオッパイだねぇ、肌がきめこまかくてとても気持ちがいい、というようにホメるほうが上手なやり方である。

「君の感度は日本一だ。締め方も最高だ。恥骨の出っ張りも、とても素晴らしい。唇の形もいい。あそこの締めつけてくる力も物凄いよ。こんな名器に出会ったのは初めてだ」

大原はミキに囁き続けた。囁く言葉を必死で考えていると、自分の気をまぎらわせ放出を遅らせることにもなる。考えつく限りのホメ言葉を探し出して囁いているうちに、ミキは両足を伸ばして大原の足を両側からはさみつけ、全身を痙攣させた。クライマックスに達したのだ。

大原は出没運動のピッチを全開にして、少し遅れてゴールに飛び込んだ。

男のリキッドを放出して、すっきりしてベッドを離れ、バスルームでシャワーを使って、体をきれいに洗う。

バスルームを出ると、大原は身仕度を始めた。

「ねえ、大原さん」

ミキは大儀《たいぎ》そうに大原に話しかけた。

「なあに？」

「もう一度、して」

恥ずかしそうにミキはおねだりをした。

「だって、こんなによかったのは初めてよ。今度はおこづかいはいらないから、もう一回、抱いて」

ミキは甘えるようにそう言った。

そんなミキが可愛らしく、大原は抱きたいと思った。しかし、抱けば妻の佳子に余力が残せないかもしれない。それでは約束違反になる。

「ありがたいし、ぼくももう一度、ミキちゃんの素晴らしい体を抱きたいと思う。でも、これから仕事があるんだ。男は仕事をほうり出すわけにはいかないのだよ。だから、今夜は帰ろう」

大原はそう言った。

「分かったわ。仕事を大切にする男性って、わたし好きよ」

ミキは諦めよく、ベッドから降りた。

ミキがバスルームに入って体を洗い、身仕度をして髪を撫でつけるのを待って、ラブホテルを出る。

「ねえ、大原さん。近いうちに、また抱いてね」

通りに出て別れるときに、ミキはそう言った。

「一週間以内によ。そうしないと、わたし生理になっちゃうから」

そう念を押す。

「分かったよ。電話をするか、店に顔を出すよ」

大原は若さの溢れたミキのヒップを撫でて、約束をした。

熟女パートナー

1

大原は午後十一時二十分にミキと別れて、大原商会に戻った。いつも、十一時四十五分には、クラブを閉めた妻の佳子が現われる。それまでに、戻っておきたかったのだ。

しかし、十一時四十五分になっても佳子はやってこなかった。十分ほど待っても、佳子はやってこなかったので、大原はクラブ「美佳」に電話をしてみた。

電話口に出たのは、店に住みこんでいるボーイの長山《ながやま》だった。

「ママはいつものようにここを十一時三十五分に出られました」

長山はそう答えた。

いつもの時間に出たのなら、十一時四十五分には事務所に着いているはずである。何かあったのかな……。大原は首をかしげた。

しかし、遅れるなら遅れると、電話連絡をしてくるはずである。その電話もないのが妙だった。

大原は午前零時《れいじ》半まで佳子を待った。

しかし、佳子は現われなかったし、電話もかかってこなかった。

大原は諦めて帰ることにした。

大原は大原商会の社長だが、朝になるとサザンフェニックスの社員に戻らなければならない。朝寝坊は許されないのだ。

オレがミキを抱いたので、スネてしまって、どこかで飲んでいるのだろう……。大原はそう思った。

自宅に帰って夫婦の寝室のダブルベッドで横になる。いつもそばにいる佳子の体のぬくもりがないと、なかなか寝つかれなかった。

午前三時過ぎに、車の止まる音がした。玄関のドアを開閉する音がして、佳子が寝室に入ってきた。

洋服を脱いで、寝巻に着替えて佳子がベッドに入って来た。

大原はオヤと思った。佳子の体から石鹼の匂いがしたからだ。

「どこへ行ってたんだ」

大原は佳子の胸に手を入れてオッパイをつかんだ。

「ちょっとね」

「まさか、ラブホテルで浮気をしてきたのではないだろうな」

大原は佳子の肌から立ちのぼる石鹼の匂いを嗅《か》ぎながら、冗談めかして尋ねた。

石鹼の匂いは、サウナに入ってもする。疲れたときに佳子はときどきサウナで疲れをいやすことがある。

「大当たりよ」

佳子はクスリと笑った。

「おいおい、冗談じゃないぜ」

「あら、本当よ。あなたはミキちゃんの若い肌を堪能《たんのう》したでしょう。わたしだってたまには、違う男性に抱かれてみようという気になるわよ。ちょうど、若山《わかやま》さんに口説かれたから、いいわよ、と言って、ラブホテルにつき合ったの」

佳子は他人事《ひとごと》のように言った。

「おい、本当か？　冗談なのだろう？」

大原は体を起こした。

「本当の話なのよ」

佳子は悪びれずに言う。

「これまでは、あなたの女遊びを眺めているだけだったけど、考えて見ると、わたしの花もそろそろ散りはじめたし、男遊びをするなら今のうちだわ、と考え直したの」

「えーっ……」

大原は心配になって、オッパイをさわっていた手を腹部のほうに移動させた。

ベッドではパンティは、はかないことになっている。

柔らかな茂みが指に触れた。茂みから女芯に指がおりていく。

最初に、小さく尖った芯芽を指が捕えた。それを押し回してから、亀裂を撫でる。亀裂には蜜液が滲《にじ》み出していた。

「ああ、やっぱりあなたの愛撫がいいわ。浮気をしてみたけど、クライマックスには達することができなかったわ。はじめての男って、どうしても遠慮があってセックスに没頭できないわね」

佳子は大きく両足を開いた。

「本当にここに他の男のが入ったのかね」

大原は佳子の女芯に指を入れた。

「入ったわよ。でも、スキンはつけて貰ったから、精液は入っていないから安心して」

佳子は言った。

結婚前には、パトロンがいた佳子は大原とつき合いながら、そのパトロンとも寝ていた。しばらくはパトロンと佳子を共有していたこともあるが、結婚してからはこれまで専有し続けてきた。

その佳子に浮気をされて、大原はいささかショックを受けた。だからといって、結婚生活を解消したりする気はない。そんなことをすれば、大原は事業のパートナーを失うことになる。

それに、大原も佳子にミキを紹介して貰って浮気を楽しんで帰ったのだから、文句を言うわけにもいかない。

「参ったな。君が浮気をするとは思わなかったよ」

蜜液が量を増してきた通路の中を指で掻き回しながら、大原はつぶやいた。

「その若山って客とは、また、寝るつもりなのかね」

大原は佳子の表情を窺《うかが》った。

「また、しよう、と誘われたわ。わたしも、いいわよ、と答えておいたけど、寝る気はないわ。だって、前戯もロクにしないで、入ってくるのよ。そんな下手な男とは、寝る気にはならないわ」

「でも、チャンスがあれば、また、浮気をするつもりかね」

「あなた、ヤキモチやいてるの？」

「とても、やいているよ」

「わたし、やかない人かと思ってたわ」

佳子は嬉しそうに笑った。強い力で通路に入っている指を締めつける。

「人間だからね。やはり、ヤキモチはやくよ」

大原は体をずらして佳子の乳首をくわえた。

「だって、わたしと結婚する前は、わたしがパトロンと寝ることを知っていても、文句は言わなかったわ」

「あのときは、ぼくが後から現われたのだから、仕方がなかった。でも、今は君はぼくの妻だ。勝手に浮気はされたくない」

「あなたは勝手に浮気をしてきたじゃない。わたしだってヤキモチをやいてたのよ」

「すまない。でも、男は仕方がないよ。それに、きょうだって、君があとで抱いて、と言うから、ミキちゃんとは一発しただけで帰ってきたのだよ」

「あとでしてね、と言ったのを、本気にして、一回だけで止めたの?」

佳子は欲棒をつかんできた。大原の欲棒は早くも回復し、いきり立った状態になっている。

「あら、ホントだわ。こんなに固くなってるわ。わたし、あとでしてねと言ったけど、あなたはきっと若いミキちゃんに、全部、出して帰るに違いない、と思ったの。あなたのグニャンとなったのを握って苛立《いらだ》つのはイヤだったから、わたし、若山さんとして帰ったの」

「したことは仕方がないけど、今度からは、ひと言、断わってからにしてほしいな」

「断われば、浮気をさせてくれるのね」

「それは、保証の限りではないけどね」

大原は嫉妬《しっと》に体が熱くなるのを感じながら、通路から指を引き抜いた。

佳子をほかの男が抱いたのが気にいらなかった。佳子は今はおれひとりのものなのだ、と思う。ほかの男が入った女芯にオレの欲棒の感触を思い出させてやる、と思う。

大原は指を引き抜いた女芯にいきり立った欲棒を押しつけた。スルリ、と欲棒は佳子の中にすべり込んだ。

「ああ、やっぱりあなたがいい」

佳子は呻いた。

「若山って客よりいいか」

大原は佳子の顔を覗き込んだ。

「もちろんよ」

「大きさは？」

「何をバカなことを言うの？」

「言ってくれ。どっちが大きいか、正直に言うんだ」

「あなたのほうが文句なしに大きいわ」

「太さは？」

「あなたの勝ちよ」

「入ってからの持続時間は？」

「若山さん、入った途端にイッちゃったわ」

「本当かね」

「本当よ。だから、もう一度しようって言われたけど、断わったわ。向こうに一方的に遊ばれるのなんて、しゃくでしょう」

そういいながら、佳子は欲棒を締めつけた。

「浮気をして、あなたのよさを再発見したわ。あなたとが一番肌が合うの」

佳子はそう言いながら、リズミカルに欲棒を締めつける。

「そんなに肌が合うのなら、浮気は止めろよ」

大原は激しく出没運動を行ないながら言った。

「あなたは？」

下から佳子は、大原を軽く睨《にら》んだ。

「わたしだけが一方的に浮気をしない、と約束するのはイヤよ」

「オレも止めるよ」

大原は守れそうもない約束を無責任にした。なにしろ、守る意思はまるでないのだ。処女を抱く、という大願を成就《じょうじゅ》するには、浮気をしない、などという約束は、できない相談である。

「ミキちゃんにも、もう、会わない？」

「会わないよ」

「だったら、わたしも浮気はしないわ」

嬉しそうに佳子は言い、大原にしがみついてきた。大きく腰を使う。

女房というものは、ウソでもいいから、浮気はしない、と亭主に言ってもらいたいのだ。佳子を抱きながら、大原はそう思った。

「ああ、いい……」

大原は普通のセックスを行なっただけだが、それだけで、佳子は簡単にのぼりつめた。それが、夫婦のセックスというものかもしれない。大原はそう思いながら、佳子の中に男のリキッドを爆発させた。

「ああ、やっぱりナマがいい。あなたの熱いのがわたしにぶち当たってるぅ……」

佳子は大原の男のリキッドを体の奥深いところで受けとめながら、呻いた。

佳子は不妊手術を受けている。だから、誰とでも、しようと思えばスキンなしでセックスができる。しかし、それでも若山にスキンを使わせたのは、万一、若山が病気を持っていても、大原にはうつらないように配慮をしたのだろう。

大原は佳子がクライマックスに達したので、浮気をされた口惜《くや》しさを忘れた。しかし、浮気をしない、と約束したので、これからは佳子に分からないように女を抱かなければならないな、と思う。

大原はすぐに深い眠りに落ちた。

2

翌朝、目をさますと、佳子の姿は隣りにはなかった。

一階のダイニングキッチンに降りて行くと、佳子は鼻唄を歌いながら朝食の仕度をしていた。

「お早よう。いやに、ご機嫌だな」

大原は佳子に言った。

「ご機嫌よ、わたし。だって、あなたが浮気はしない、と約束してくれたのだから。こんな嬉しいことはないわ」

佳子は歌うように言い、大原の欲棒をパンツの上からつかんだ。

「これは、もうわたしひとりだけのものなのよね」

そう言う。

「もう、女には飽きちゃったしな」

大原は佳子にキスをして、顔を洗って急いで朝食をかき込んだ。

BMWを運転してサザンフェニックスに出社する。屋上の有料駐車場に駐車をする。

「お早ようございます」

駐車した隣りの車から、降りてきた女の子が元気よく朝の挨拶をした。

隣りの課の北山《きたやま》アザミである。アザミは日産のサニーに乗っていた。

「ほう。君もマイカー出勤かね」

「ええ、電車のほうが二十分ほど早いのですけど、痴漢が多くてイヤなのです。それで、親に助けてもらって、この車を買ったのです」

北山アザミはそう言った。

アザミは、今年、高卒で入社してきたフレッシュガールである。

この子なら、まだ、処女かもしれないな。大原はそう思ってアザミを見た。まだ、どことなくおとなになりきっていない雰囲気がある。

「毎日の駐車料とガソリン代が高くつくよ」

エレベーターで一緒に降りながら大原は言った。

「駐車料はウチの必要経費で落とせるし、ガソリンはお兄ちゃんがスタンドやってるからタダなの」

アザミは明るく言った。

「それなら問題ないな」

「そうなの。差し当たってわたしの悩みはボーイフレンドができないことね。就職すれば、いい男に巡り合えると思ったのだけど、うちの会社、中年男の巣なんだもの。つまんないわ」

「オレでよかったら、ドライブぐらいつき合うよ。でも、オレも中年のオジンだからな」

「あら、大原さんは中年のオジンじゃないわ。嬉しいっ。今週の日曜日にドライブに連れてって」

「日曜日がいいのかね」

「土曜日はお友達とやくそくがあるから、日曜日がいいわ」

「分かったよ。日曜日の午前十時に、新宿のセンチュリーハイアットのコーヒーラウンジで落ち合おう」

「分かったわ」

エレベーターのドアが開くと、アザミは、じゃあね、と手を振って降りて行った。

許せ、佳子。でも、まだ、浮気をすると決まったわけじゃない……。アザミのうしろ姿を見送りながら大原は胸の中で妻にわびた。

五時まで働いて、大原はBMWを運転して、今度は大原商会に向かう。

大原商会には、雪枝が出て来ていた。

「沢口と一緒じゃなかったのかね」

大原は冷やかすようにイトコに言った。

「あれから、きょうのお昼まで、ずっとよ。いい加減、くたびれたわ」

「ご馳走《ちそう》さま」

「本当にタフなのね。沢口さんって人。まだ、しよう、というから、役所に行きましょうって引っ張り出したの」

「役所に？」

大原は首をかしげて雪枝を見た。

「結婚届を出しに行ったのよ。そうしたら、証人の印鑑がいるって言うの。広志さん、これにハンコを押してくれない？」

雪枝は大原の前に結婚届の用紙を出した。

「おやすいご用だ」

大原はサインをし、ハンコを押した。

「これ、明日出すわ」

「結婚式や披露宴はやらないの？」

「あまり派手なことは、したくないわ。祝ってくれる人たちと食事するぐらいならいいけど」

「それじゃ、明日の夕食をみんなで一緒にしよう。それを披露宴にすればいい」

「それなら、いいわ」

雪枝はうなずいた。

「ねえ、広志さん。ちょっと見てくれない?」

雪枝はそう言うと、スカートをめくって、さっさとパンストとパンティを脱いだ。ソファに横たわって大きく両足を開く。大原はそんな雪枝をあっけにとられて眺めていた。

「ねえ、ここよ。ここを見て」

雪枝は女芯を両手の指で左右に開いた。

「ひりひりするの。どうかなっていない?」

不安そうに大原を見る。

女芯の粘膜は真っ赤にはれ上がっていた。粘膜だけではない。茂みを通して恥骨のふくらみも赤くなっていた。

「やりすぎだよ。真っ赤にはれ上がっている」

「そうでしょう。きっとやりすぎだと思ったわ」

「何回やったのかね」

「十回までは覚えてるけど、それ以上は面倒くさくて覚えていないわ」

「えーっ、十回以上もかね」

「そうよ」

「彼がイッた回数ではないのだろうね」

「彼がした回数よ」

「全部、ちゃんと射精したのかね」

「最後のほうは何も出なかったみたい」

「そりゃあそうだろう。しかし、十回以上か」

「まだ、やり足りなさそうな顔をしていたわ」

「やり殺されるなよ」

「そうね。いつまでも度を越して求めてくるようだったら、わたし、すぐに離婚するわ。殺されたのでは敵《かな》わないから」

「浮気をすすめたらどうかね。そうすれば君の負担は軽くなるのじゃないかな」

「イヤよ。浮気をすすめるなんて。それぐらいだったら、死ぬ覚悟でわたしが相手をするわよ」

雪枝は首を振った。

「ねえ。こんなに見せても抱こうとしないの?・」

雪枝は不思議そうに大原を見た。

「沢口には浮気はさせないで、自分は浮気をする、というのかね」

大原はあきれたように、ソファでパンティを脱いだ両足を開いて挑発する雪枝を見た。

「広志さんとするのは浮気じゃないわ。これは、イトコ同士の挨拶みたいなものよ」

雪枝はそう言う。これも、大原には分からない理屈である。

「しかし、ひりひりして痛いのじゃないのかね」

「だから、馴《な》れている広志さんのでいたわってもらったら、治りそうな気がするの。沢口さんは乱暴に入ってきて、暴れ回るけど、広志さんのやり方って、ソフトで上手だし」

「驚いたねぇ。新婚そうそうに、亭主を裏切るのかね」

「まだ、亭主じゃないわ。結婚届を出してからよ、亭主になるのは」

「それも、そうだな」

「ねえ、わたしに恥をかかせる気なの?」

「そうじゃないけど、今朝、もう浮気はしない、と女房に約束したばかりなのでね」

「だから、これは浮気ではない、って言ってるでしょう。わたしがこのまま結婚したら、あなた、沢口にわたしを寝とられたことになるのよ。それでも、口惜しくない?」

雪枝は女芯を突き出した。

「そう言えば、そうだな」

大原のズボンの中は雪枝に女芯を見せられて、固くなっていた。

「ズボンの前、ふくれているけど」

雪枝は手を伸ばしてズボンの上から欲棒にさわった。

「ほら、もうこんなに固くなってるわ。欲しかったらしてもいいのよ」

雪枝は大原を迎え入れる形を取った。

「しかし、友達の女房とするのは悪いよ」

「まだ結婚届は出していないのよ」

「それじゃ、やらせて貰うかなぁ。雪枝ちゃんの説だと、イトコ同士のセックスは浮気にはならないそうだし」

「ならないわよ」

雪枝は嬉しそうな顔をした。

大原はズボンとパンツを脱いだ。いきり立った欲棒が現われた。

「ああ……」

雪枝はそれを見ただけで、あえぎ声を出した。

「わたし、広志さんのいきり立ったのを見ただけで気持ちよくなっちゃったわ。ねえ、前戯は要《い》らないから、すぐに入って」

甘えた声で言う。

大原は前戯は省略して行なうことにした。沢口とやりすぎて、はれ上がった女芯は、へたにさわらないほうがいい、と思ったのだ。

いきり立った欲棒をそっと女芯に押し当てる。女芯は火がついたように熱くなっていた。

ゆっくりと欲棒を押し込む。

「ああ、いいっ……」

雪枝は嬉しそうに呻いた。

「痛くないかね」

大原は心配そうに雪枝の顔を覗き込む。

セックスが佳境に入ると、人間は全てを忘れて没頭してしまう。その結果、痛いのを忘れて、過激な動きをすることも、珍しくない。

大原雪枝がそうだった。

発明マニアの沢口満男と婚約した記念に、十回以上、やってやってやりまくられて、女芯の通路は欲棒を受け入れられないほど、はれ上がってしまっていた。

いかに出戻りで、通路にタコができている熟女といえども、こんなにやられたのでは、女芯はほとんど使用不能の状態に近くなる。

しかし、雪枝はイトコの大原広志を、パンティを脱いで、はれ上がった女芯を覗き込ませるという強引な手で誘惑に成功し、ほとんど使用不能な女芯に欲棒を受け入れたのである。

　イトコ同士のセックスは遠慮がないから濃厚である。

　鍋料理の中でももっともうまいのがカモ鍋であるが、イトコ同士のセックスの味は、このカモ鍋にも勝《まさ》る、というので、カモの味、と言われているほどである。雪枝は沢口に十回以上抱かれたにもかかわらず、大原に抱かれたがったのは、まさに、カモの味、を味わいたかったからだろう。

　痛いはずの女芯に大原の欲棒を迎え入れて、雪枝はたちまち、カモの味、に夢中になった。並のセックスでも、佳境に入ると人間は夢中になるのだから、イトコ同士のカモの味、となると、さらに夢中の度が過ぎても、これは致し方ない。

「ああ、いいっ……」

　雪枝は腰を突き上げて、大原よりも激しく動く。

　大原は心配になった。今は夢中で痛みは感じないかもしれないが、あとが大変である。はれ上がって、パンティもはけなくなることも充分に予想される。

「本当に大丈夫かね」

　大原は夢中で快感を訴える雪枝に何度も尋ねた。雪枝は白眼を剝いて、そんな声など耳に入らないようである。

大原のほうは雪枝の女芯が心配でよくなるどころではない。ときどき、合わせている胸をはなして、結合部を眺める。結合部は真っ赤になっていた。内側はガソリンをそそいで火をつけたように熱い。

「大丈夫かな」

心配しながら出没運動を続ける。

出没運動をつづけていれば、やはりよくなるものである。

「ああ、いい」

大原は呻いた。

「爆発してもいいかね」

早く終わらせたほうがよいのではないか、と思って、雪枝に尋ねる。

「ダメーッ。わたしがイクまで待っててくれなくちゃ、ダメーッ……」

雪枝はイヤイヤをした。

果たしてこんなに女芯がはれていて、クライマックスにのぼりつめることができるのかな……。大原は首をひねった。

「本当に痛くないのかね」

大原は雪枝に尋ねた。

「ちょっと痛いけど、それがとってもいいの」

雪枝は首を振った。

「痛いけどいいのかね？」

「そうなの。痛いところに、消炎棒をそっと入れて撫でられるようで、とっても気持ちがいいの」

雪枝はそう言う。

そうなると、男の大原には、その良さが分からない。いいのなら、続けても構わないだろう……。そう思ってゆっくりと出没運動を始めた。

「いいっ。とってもいいわ……」

雪枝はそう言って、セーブした動きをする大原よりも激しく腰を突き上げる。

「そんなに動いて大丈夫かね」

その動きの激しさに、むしろ、大原が心配したほどである。それほど、雪枝の動きは大きかった。

「ああ……」

十分ほどで、雪枝は欲棒をリズミカルに締めつけてきた。その締めつける力はこれまでになく弱々しかった。強く締めつけると痛むのだろう、と大原は思った。

「ああ、わたし、イクゥ……」

雪枝は遠慮がちに背中を持ち上げた。

「ごめんなさいね。勝手に先にイッちゃったりして」

クライマックスに達すると、雪枝は荒い呼吸をしながら、大原にわびた。

「わたし、沢口さんにやられっぱなしにやられたけど、クライマックスに達しなかったので、フラストレーション気味だったの。これで、すっきりしたわ」

そう言う。

「でも、あなたはまだでしょう。悪いことをしたわ」

しきりにそう言う。

「いいんだよ。君さえ満足してくれたら」

大原は結合を解いた。蜜液に濡れて光った欲棒が、通路の中から現われた。

「あらまあ、いきり立ってるのね」

雪枝は目を丸くして、欲棒を眺めた。

「何とかしてあげなくちゃ。わたしの責任だわ」

雪枝は唇を噛んだ。

「でも、辛《つら》いんだろ。もう、入れさせてくれなくてもいいよ」

大原は雪枝に言った。

雪枝ははれ上がった通路に欲棒をおさめて、爆発に導くだけの自信はなさそうだった。

どうしてもおさまりがつかなければ、トイレでマスをかけばいい。大原はそう思っていた。

3

「ねえ、もうひとつの穴に入れて。前は、もう使用不能だけど、後ろの穴なら使えるわ」

唇を噛んでいた雪枝は、決心したように言った。

「そこまでしてくれなくても、いいよ」

大原は辞退した。

「いいのよ。遠慮はしないで。それに、後ろの穴は処女なのよ。あなたにわたしのもうひとつの処女をあげるわ。広志さんは、処女とするのが念願だったのでしょう」

雪枝はそう言って、両足を高く持ち上げた。

「来て」

命令するように言う。

処女、と言う言葉が、大原をゆさぶった。

もうひとつの穴でも、処女は処女である。これもひとつのチャンスかもしれない。大原はそう思った。

「悪いなぁ。それじゃ、お言葉に甘えて、後ろの処女を破らせていただくけど、痛かったら、痛い、と言ってくれよな。すぐに中止するから」

大原は雪枝の足首を肩にかけ、女体をふたつ折りにする形をとった。

蜜液に濡れた欲棒をアナルに押し当てる。

「いいね。入るよ」

念を押す。

「いいわ」

雪枝は半分痛そうな表情を見せながら、大きくうなずいた。

グイッ、と大原は欲棒に体重をかけた。

「あーっ……」

雪枝は肩にかけた両足首をはずそうとした。メリッという感じで、欲棒の先端の大きな部分が通路にめり込んだ。

「痛いーっ……」

雪枝は大声で叫ぶ。

そのときには、欲棒は根元まで、通路の中に入り込んでいた。

「処女を卒業するときは、前も後ろも痛そうだね」

「少しは痛いのは覚悟してたけど、後ろの処女もこんなに痛いとは思わなかったわ」

雪枝は痛そうに顔をしかめた。

「やめようか」

大原は女体をふたつ折りにして、ぴったりと体を密着させた。奥が深く欲棒を根元まで埋めても奥壁に届かない感じである。

そうか、奥壁は存在しないのだな……。大原は納得した。

長大な欲棒なら、ついには、口から出てくるところである。突き当たりのない巨大な空間は不気味ですらあった。

雪枝に密着させた大原の茂みに濡れた女芯が当たって、ペッタリと吸いついてくる。茂みが当たったので、女芯がますますはれ上がってしまう。

「せっかく入ったのだから、少し、動いてみて」

顔をしかめながら、雪枝は言う。

「それじゃ、動くよ」

大原は体を離し気味にして、出没運動を始めた。出口の括約筋《かつやく》の締めつけてくる力は女芯とはくらべものにならないほど強い。

雪枝は顔を歪《ゆが》めて、初めてのアナルセックスの苦痛に耐えていた。自分から言い出したので、耐えるしかない、と覚悟をしているのだろう。その表情を見ていると、大原は雪枝が可哀想《かわいそう》になった。

「早くすませるからね」

大原はそう言って、出没運動のピッチを上げた。アナルセックスの場合、蜜液の分泌はない。

だからといって、アヌスの内部はカラカラか、というと、適度の粘液で潤《うるお》っていて、出没運動に支障はない。

むしろ、乾いた女芯のほうが始末に悪い。

出没運動を行なうと、出入口の括約筋の強烈な締めつけてくる力が欲棒全体に加わるから、爆発までの時間はきわめて短くなる。大原はたちまち爆発点に到達し、なめらかな雪枝のアヌスの中に男のリキッドをリズミカルに放出した。

勢いよく放出された男のリキッドは奥壁にぶつかる気配もなく、女体の中に音もなく、吸い込まれていく感じだった。

放出を終えると、大原は欲棒を引き抜いた。

欲棒を引き抜いた途端に、アヌスはさっと口を閉じる。女芯の場合は、しばらくはバカみたいに穴を開けたままの状態が続くのだが、アヌスは素早く口を閉ざして、内部をまったく見せようとしない。

欲棒には、潤滑油の働きをしたアヌスの内部の粘液がからみついていたが、異物はまったく付着してはいなかった。

苦痛に耐え抜いた雪枝の額《ひたい》には、脂汗がじっとりと滲《にじ》み出ていた。

「処女をありがとう」

大原は雪枝の汗を滲ませた額に感謝のキスをした。

「初めて処女を破られたときも痛かったけど、それ以上に痛かったわ」

深呼吸をしながら、雪枝はバック処女を失った感想を述べた。


その夜、雪枝はいつものように深夜まで大原商会で仕事をして、大原や佳子と一緒に帰宅した。

「早く帰ってもいいのよ」

クラブを閉めて顔を出した佳子は待っている沢口のことを思って、少しでも早く帰宅させようとしたが、雪枝は帰ろうとしなかった。

「早く帰ると、また、沢口さんに襲われますから」

そう言う。

「そんなに激しいの？」

佳子は体を乗り出す感じになる。

「昨夜は十回以上です」

「ん、まあ……」

佳子は信じられないような顔をした。

「確か、沢口さんはあなたと大学の同期だったわね」

大原を見てそう言う。

「確かに同期だが、おれはあんな化け物じゃないからね」

大原は苦笑した。あなたも沢口さんを見習って頑張って、などと言われたら頑張る自信はない。

「佳子、うらやましいかね」

大原は尋ねた。

「わたし、イヤよ。ひと晩に十回以上もするなんて」

佳子は首を振った。

「そんなに求められたら、体をこわしてしまうわ。とても相手はできないわね。わたしなら、どこかで遊んできて、と言うわね」

佳子は溜息をついた。

「ところで、明日の夜、食事をしながら関係者が集まって沢口と雪枝さんのお祝いをしようということになった。いよいよ、明日、結婚届を出すそうだから。だから、明日の夜は空けておいてくれないか」

大原は佳子に言った。

「それはおめでとう。いいわ。明日の夜は空けるわ」

佳子は改めて雪枝にお祝いを言った。

「でも、関係者って、わたしたちの他に誰かいる？」

佳子は首をひねった。

「いるとすれば、別れた元亭主ぐらいだわ」

「よしなさいよ、あんな男を呼ぶのは」

佳子は顔をしかめた。

「だったら、他に関係した男はいないわ」

雪枝は首を振った。

「イヤだわ」

佳子は顔を赤らめた。

「関係者って言ったって、関係を結んだ人のことじゃないのよ」

「あら、そうだったの。わたし、関係者って言うから、これまで関係があった男のことかと思ってたわ」

ケロリとした顔で雪枝は言う。

雪枝は頭は悪くないのだが、ときどき常識を超越してしまうところがある。女芯が故障したらもうひとつの穴を使えばいい、などという発想は、まさに雪枝でなければ考えつかないものである。そんなところが、発明マニアの沢口と波長が一致したのだろう。

「お食事、和食とフランス料理のどちらがいいかしら」

佳子はそうなると、すぐに、どの店にするかを考える。

「元の亭主と結婚式を挙げたときがフランス料理だったから、今度は、和食がいいわ」

雪枝はそう言う。

「ふーん、そういう選択の仕方もあるのね」

佳子は感心したように雪枝を眺めた。


翌日の夕方、大原と佳子と沢口と雪枝の四人は、佳子のクラブの近くの、座敷のある和食レストランで顔を合わせた。雪枝が結婚届を役所に提出したという報告をし、それを祝って大原が乾杯の音頭を取った。

「これ、結婚の記念写真だ」

沢口は照れながら、雪枝とふたりで撮った、台紙に貼った写真を大原に手渡した。

「えーっ、もう、できたの?」

大原はポカンと口を開けた。ふたりが知り合ったのは一昨日である。それなのに、もう結婚記念写真ができた、というのだから驚きである。

「その写真、合成写真なの」

雪枝が言った。

「他人の結婚記念写真の顔の部分だけ、わたしたちのと入れかえたの」

「そうだったのか。いや、いきなりだから、びっくりしたよ」

大原は佳子と顔を見合わせて、うなずき合った。

「この人ったら、魔法使いみたいに何でも作ってしまうの。きのう帰ってから、この写真を見せられたときは、花嫁のわたしが、一番、仰天したわ。写したことのない記念写真ができているのだから」

雪枝はそう言って笑った。

「そりゃあ仰天するだろうな」

大原たちも笑った。

「ところで、沢口。お前も決意表明をやれ」

「決意表明か」

沢口は唇を噛んだ。

「ひと晩に、二十回、雪枝さんを抱く、なんていう決意表明は間違ってもしないでね」

佳子がまぜっかえした。

「そんな決意表明をされたら、わたし、即座に離婚するわ」

雪枝は沢口を睨んだ。

「決意表明をします」

沢口は女たちの野次を無視して真顔になった。

「小型強力発電機搭載のトラックは、あとは生産を業者に委託するだけだから、結婚記念に次の発明にとりかかりたい。なるべく早く、新しいものを作り出して、雪枝を喜ばせてやるつもりです」

「ねえ、赤ちゃんは、いつ、作るのよ?」

佳子が尋ねる。

「生むのは雪枝ですから」

「でも、仕込むのはあなたよ」

「仕込みは充分したつもりですから」

「あらあら」

「それから、もうひとつ」

「今度はなあに」

「おれ、大原と佳子さんを見てつくづく夫婦はこうありたい、と思いました。われわれも、お互いに人生のよきパートナーであるような、そんな夫婦になります」

沢口は神妙に言った。

「いい言葉ね」

ついさっきまでは、沢口を冷やかしていた佳子はその言葉に涙ぐんでしまった。

「でもね、このパートナーは大変なんだぜ。浮気はするし」

大原は湿っぽくなった雰囲気を変えるように言った。

「お前が浮気をする、というのだろう？」

「佳子もだよ。おれがすれば、まけずにするのだから、参っちゃうよ」

「ふーん。おれは絶対に浮気はさせないぞ。浮気をしたら、雪枝を締め殺してやる」

沢口は言う。

大原と雪枝は思わず首に手をやった。

ヤング・スパイ

1

夕食会を開いて大原と佳子から結婚を祝ってもらった沢口と雪枝は、雪枝の女芯の炎症が治まるのを待って、ヨーロッパに三週間の新婚旅行に出かけた。

沢口は新婚旅行に行くつもりは毛頭無かったようだが、夕食会の席で佳子が、どうせ結婚したのならハネムーンぐらいは行きなさいよ、と雪枝を焚《た》きつけ、雪枝がその気になって沢口を引っ張って出かけたのだ。

雪枝がハネムーンに出かけると、大原商会はたちまち深刻な人手不足に見舞われた。ちょうど、売り出したばかりの、沢口が発明した超小型強力発電装置の引き合いが殺到していたので、午後からは、どうしても電話番をしてくれる者が必要だった。

大原がサザンフェニックスでサラリーマンをやっている時間にかかった電話に出て、社長以下、全員が新製品のキャンペーンで出払っています、夕方には、社長も戻って参りますから、折り返しご連絡させます、と言ってくれればいいのである。

「うちのクラブに、ホステスをやらせるのはもったいないほど頭の切れる女子大生のアルバイトの子がいるの。その子なんかどうかしら」

困っている大原を見て、佳子が言った。

「しかし、うちはクラブのホステスのような高給は出せないよ」

「差額はわたしが何とかするわ」

頼もしいパートナーはそう言ってくれた。

「それじゃ、頼むよ」

「明日、クラブがすんだら連れてくるわ」

佳子はそう言った。

翌日の午後十一時四十五分に、佳子は女子大生を連れて、大原商会にやって来た。

大原はその子を見て驚いた。おとなしそうな美少女といった女の子だったからだ。どう見てもクラブのホステスといった柄ではない。

「真紀《まき》ちゃんと言うの。本浦《もとうら》真紀という名前なの。東芸女子大の三年生で、二十一歳なの」

佳子は大原に要領よく女子大生を紹介した。

「こちら、わたしの亭主なの。夜だけここで社長をやっているの」

「よろしくお願いします」

真紀はピョコンと頭を下げた。

「真紀ちゃんに話をしたらクラブよりもこっちで働きたい、と言うの。だから、雇ってあげて」

佳子はそう言う。

「どうして、クラブよりもこっちがいいの?」

大原は真紀に尋ねた。

「常連の人で毎日のように通ってきて、おれの二号になれ、と口説《くど》く人がいるのです」

「はっきり断わればいいのに」

「何度も断わりましたけど、いくら断わっても口説き続けるのです。女を口説くには、押しの一手がもっとも有効だ、と信じているのです。その人からどうしても逃げたかったし、ここならそんな変な客は来ないと思いますから」

真紀ははっきり理由を言った。

「ここにそんな男は出入りしていないけど、知り合ったその日にここの事務員さんにプロポーズして、翌日、結婚した男はいるよ」

大原は沢口のことを話した。

「えーっ……」

真紀は目を剝《む》いた。

「そんなに手が早い人がいるのですか」

「いいのかね。そんな男が出入りする事務所で」

「でも、面白そう。わたし、ねちねちと、断わっても断わっても口説くのでなければ構いません」

真紀は白い歯を見せた。

「それじゃ、明日から頼むよ。一応、午後一時から午後十時までの九時間で、途中、一時間の食事休憩ありで、時給八百円でどうかね」

「それで結構です」

話はすぐに決まった。

「それから、今、ハネムーンに出かけている女子事務員さんが帰って来たら、授業があるときは休んでもいいからね」

「はい」

「仕事の内容だけど……」

大原は電話の受け答えの仕方を説明した。

「それじゃ、きょうは帰ってもいいよ」

大原は事務所のスペアキイを渡すと真紀を帰らせた。

「いい子でしょう」

真紀が帰ると、佳子は自慢げに言った。

「しかし、あの子が『美佳』を辞めると、客が減るのじゃないかね」

「心配しなくても大丈夫よ。蚊が刺したほどもこたえないわ」

佳子は笑い飛ばした。


翌日、大原がサラリーマンの仕事を終えて大原商会に出勤すると、殺風景で薄汚かった事務所はピカピカに磨き上げられていた。

「お早ようございます」

真紀は大原を見て元気に挨拶をした。夕方であっても、夜中であっても、初めて顔を合わせた者には、お早ようございます、と挨拶するのが大原商会の申し合わせである。

「やあ、お早よう。事務所を磨き上げたのは君かね」

大原は戸惑ったように事務所を見回した。

「はい。仕事が電話の応対だけだと退屈ですので」

真紀は白い歯を見せた。

「清潔好きなのだね」

「はい」

真紀はニッコリ笑った。

こんな子は、きっと、真っ白なパンティをはいているのだろうな……。大原は、ふと、そんなことを思った。なんとなく、スカートをまくって調べてみたくなる。

「お電話が全部で三十五件、ございました。いずれも、超小型強力発電装置に関するものです。うち、十六件は、午後六時以降に再びお電話をするそうです」

真紀は魅力的な胸を突き出して報告をした。

大原は自分の席についてうなずきながら真紀の報告を聞いた。いや、聞いているふりはしていたが、うわのそらで、ほとんど聞いてはいなかった。可愛らしい真紀の唇が動くのをぼんやり眺めていたのだ。

「君はとても可愛いね」

真紀が報告を終えると、大原はそう言った。

「清潔好きなところもいい。君に夢中になりそうだよ」

じっと真紀の目を見つめて言う。

「お上手ですね、社長さんは」

真紀はポッと頬を染めた。そんなところがたまらなく可愛らしい。大原は立ち上がると、真紀の手をつかんで引き寄せた。

「あ……」

真紀が小さく叫んだときには、大原は可愛らしい唇をキスでふさいでしまっていた。

真紀は少し抵抗しかけたが、すぐにおとなしくなった。

真紀の唇はミルクチョコレートの味がした。一瞬、子供とキスをしているのではないか、と大原は錯覚したほどである。真紀は香水の類をまったくつけていなかった。

真紀は歯を食いしばっていた。指で頰の上から顎をつかみ、口を開かせる。

真紀が口を開くと、大原は舌をその中に進入させた。真紀の舌を探し、からみつかせる。

「うっ……」

真紀は全身を小刻みに震わせて、大原にしがみついてきた。大原はキスをしながら真紀の背中を撫でる。

「ううっ……」

唇をふさがれたまま、真紀は呻いた。

長いキスをしているうちに、ズボンの中が固くなってきた。

大原は固くなった欲棒を真紀に押しつけた。ズボンの中に変化が現われたことは真紀も感じているはずである。

大原は欲棒を押しつけたまま、唇をはなした。真紀は目を閉じて体をふらつかせていた。立っているのが辛《つら》そうだった。

大原は真紀をソファに連れていって腰をかけさせた。大原も並んで腰をおろす。

大原は真紀の肩に手をかけた。真紀はパッチリと目を開いた。

「ママの言うとおりだわ」

つぶやくように言う。

「佳子が何か言ったのかね」

「社長さんは女にとても手が早い、と言ったわ」

「手が早いから、注意をしろ、と言ったのかね」

「いいえ。手が早いから、よく見張っていて、女に手を出したら、ただちに報告するように、と言われています」

「すると、佳子は君をスパイとして送り込んだのか」

「そうですね」

真紀はニヤッと笑った。

「ところが、社長さん、そのスパイに手を出そうとするのだから、笑っちゃいますわ」

真紀はそう言うと声を出して笑った。

「ぼくに用心しろとは言わなかったのかね」

大原は尋ねた。

「はい。社長さんは、ママに浮気をしない、と約束をしたから、あなたには手を出すはずはない。そう言いました」

「すると、ぼくが真紀ちゃんにキスをしたことは、佳子に報告するのかね」

「やはり、一応、報告をしなければと思っています」

真紀はいたずらっ子のような目をして大原を見た。

女は押さえ込むときには、完全にフォールしなければ口を封じることはできない。やめて、お願い……。そう哀願されて、仏心を出して途中でやめたりすると、あの人は色魔だから用心したほうがいいわよ、とあちらこちらで言いふらされる。どんなに哀願されても、最後までやってしまえば、女はやられたことを誰にもしゃべらない。

ここで、真紀にキスをしたことを佳子にしゃべられると、パートナーの信頼関係にひびが入りかねない。真紀はキスをしたときに、ほとんど抵抗しなかった。ということは、自信を持って次の段階に進むべきである。

「真紀ちゃん」

「えっ……」

「君がとても、好きだよ」

大原は真紀を抱き寄せた。

今度は二度目なので、真紀も素直に体を預ける。

大原はキスをしながらブラウスの上から胸のふくらみをさぐった。真紀は大原の手を払いのけようとはしない。

ブラウスの下のブラジャーが邪魔になって乳房の形はよく分からないが、思ったよりは大きそうである。大原はキスをしながら、ブラウスのボタンをはずした。

ふたつのカップの間にプラスチックのホックがあった。上下にずらせばはずれるホックである。大原はホックをはずした。ブラジャーが真ん中からふたつに割れて、乳房が現われた。

しっかりとしたふくらみを持った乳房は、可愛らしい顔の真紀にはいささか不似合いだった。

真紀のような少女の名残《なごり》を色濃くとどめている女は、発達していない小さな乳房のほうが何となく似合うものである。ファニーフェイスに発達した乳房となると、子供の体の中に大人が同居しているような、奇妙なアンバランスが強調される。しかし、それもまた、魅力であることも確かである。

乳輪と乳首は小さかった。その小さい乳首に大原は唇を這《は》わせた。乳房からは女の香気がかすかに立ちのぼっていた。

2

大原は真紀の乳房にキスをしながら、この子が妻の佳子が浮気の見張りに送り込んだスパイかと思うと、これまで以上の興奮を覚えた。妻が送り込んで来た浮気の見張り役のスパイと浮気をするほど、スリリングなことはない。

大原は真紀を事務所のソファに横たえると、ブラウスの前を大きくはだけさせた。前開きのホックをはずされたブラジャーは、すでに、ブラジャーとして機能していない。ブラウスの前を大きくはだけられて、乳房はすっかりモロ出しになった。

「誰か来ると大変ですね」

他人事のように真紀は言った。

誰もやって来ないことは先刻承知しているのだ。

午後十一時四十五分に佳子が顔を見せるまで、大原商会には誰もやって来ない。

真紀は学生らしく、裾がよくひろがるスカートをはいていた。大原はその真紀のスカートの中に手を入れた。真紀はパンストをはいていた。そのパンストの上部から手を入れる。真紀は大原の手を拒《こば》もうとはしなかった。

大原は深々とパンストの中に手を入れ、パンティの中に指をすべり込ませた。パンティの中は熱気と湿気がこもっていた。柔らかい茂みが指にからみつく。

大原はさらに手を進め、熱く濡れた女芯に指を這わせた。真紀は恥ずかしそうに目を閉じて、太腿で大原の手をはさみつけた。

手首は真紀の太腿で動きを封じられたが、指は自由に動かせる。大原は女芯をくすぐるようにして芯芽を愛撫した。

「ああ……」

真紀はあえいだ。

熱い蜜液が、女芯の奥から湧き出してくるのがわかった。

真紀は女芯をさわられるのに馴れている感じがした。ボーイフレンドとのペッティングの体験は少なくなさそうである。

大原はしばらくの間パンティの中に入れた指で女芯へタッチしていたが、パンストのゴムが強く、次第に手がしびれてきた。

「パンストを脱いでくれないか」

大原は手を引き抜くと真紀に囁《ささや》いた。パンティの中に入り込んで女芯をいじっていた指先からは、若い女体の強い香気が立ちのぼっていた。

「はい」

真紀は素直に腰を持ち上げてパンストを脱いだ。真紀はパンストの下には可愛らしいピンク色のパンティをはいていた。それは脱ごうとはしない。

大原はスカートをまくり上げてピンクのパンティの中に指を入れて、再び女芯への愛撫を再開した。今度は、ゴムは邪魔にならない。

「ああ……」

真紀は大原に指で女芯を愛撫されて、あえぎはじめた。

蜜液が女芯の奥から温かく溢《あふ》れてくる。このままではパンティが蜜液でぐっしょりになる。大原はそう思った。

蜜液でぐっしょりになったパンティは、はいていても気持ちが悪いのではないか、そうも思う。ここは、パンティを脱がせてやるべきだ。大原はそう判断した。

脱がせようとしてパンティに手をかける。

「あ、ダメーッ……」

真紀は大原の手をおさえて首を振った。

「パンティがぐっしょりになったら気持ちが悪いだろう。だから、脱いだほうがいいよ」

「でも、脱いだらママに悪いわ。わたし、社長さんがママ以外の女に手を出さないように、とスパイを頼まれているのよ。ペッティングならいいけど、それ以上はダメ……」

「そんな固いことを言うなよ」

大原は強引に真紀のパンティを脱がせた。初めて見る茂みが現われた。

広い面積に黒々とした密林が広がっている。形は判然としないが、扇形に渦巻いて生えている。その茂みの生え方は女のたくましい生命力を表わしているように思われた。

大原は脱がせたパンティをポケットに突っ込んだ。

「ああ、とうとう脱がせちゃったのね」

真紀は困ったように大原を見た。

「脱がされちゃったものは仕方がないけど、社長さんはけっしてズボンを脱がないでね」

念を押すように真紀は言った。

「ところが、ズボンの中がとても窮屈でね。こいつが早く解放してくれとわめいているのでね。失礼」

大原はズボンとパンツを一緒に脱いだ。いきり立った欲棒が現われた。

「あーっ、ダメーッ。そんなの出しちゃ、ダメーッ……」

真紀は両手で顔を覆った。

「そんなの出したら、ママに顔向けできなくなることになりかねないでしょう」

顔を覆ったまま、真紀は言う。

「でもね、こんなになっちゃったのだから、解放してやらないと折れちゃうよ」

大原は真紀の手を取って、窮屈なズボンとパンツから解放され、思い切り背伸びをしている欲棒を握らせた。

「これが折れたりしたら、それこそママに叱られるよ。そんなに窮屈がっているのなら、なぜ、解放してあげないのか、って」

「それもそうねえ」

真紀は握らされた欲棒の硬度を確かめるように、二度、三度と握り直した。

「でも、こんなことをしたことが分かったら、わたし、ママに叱られるわ。ママって怒るととても怖いのよ」

真紀はおびえたように大原を見上げた。

「しなければいいのだろう?」

「えっ?」

「つまり、これを君のあそこに入れさえしなければいいのだろう」

「入れなければ叱られないわ」

「それじゃ、入れないからしゃぶってくれないか」

「本当に入れない?」

真紀は失望と安堵《あんど》が複雑に入り混じった表情で大原を見た。

「しゃぶって爆発させてくれれば、入れずにすむじゃないか」

「そういえばそうですね」

真紀はうなずいて欲棒をパクリとくわえた。ゆっくりとしごき立てる。

さきほどからのペッティングで大原の興奮は異常なほど高まっていた。細い指を欲棒にからみつかせ、口を尖らせて、一生懸命にしゃぶる真紀を眺めているうちに、大原はたちまち我慢の限界を突破した。

「ああ……」

大原は真紀の後頭部をおさえてしっかりと欲棒をくわえさせ、男のリキッドを爆発させた。

「うっ……」

いきなり爆発されて、真紀は慌《あわ》てて欲棒をはなそうとした。大原はしっかりと後頭部をおさえてそうはさせない。ドクッ、ドクッとリズミカルに男のリキッドを放出する。真紀は苦しまぎれに大原の放出した男のリキッドを飲み込んだ。

すっかり放出を終えると、大原はおさえていた真紀の頭から手をはなした。

真紀はすぐに欲棒を吐き出す。

「ひどいわ、社長さん。いきなり出すんだもの」

恨めしそうに大原を睨む。

「わたし、飲み込んでしまいましたわ。あんな苦《にが》いのを飲み込んだのは初めてよ」

肩で深呼吸をしながら、真紀は言う。

「それに、社長さんだけ満足するなんてズルいと思いますわ」

真紀は不満そうに頬をふくらませた。

「ごめんよ。その代わり、これから君を舌でイカせてあげるからね。クライマックスは知っているのだろう」

「はい」

真紀は恥ずかしそうにうなずいた。

大原は真紀をソファに横たわらせて、両足を大きく開かせた。

茂みの下に、発達した淫唇を持った女芯が現われた。発達した淫唇は黒々とした印象を受ける。

「あまりきれいじゃないでしょう。毎晩、お客さんにさわられているとどうしても変色しやすいし、発達してくるのですね」

弁解するように真紀は言う。

「心配することはないよ」

大原は女芯に顔を近づけた。

大原商会のオフィスにはシャワーやバスなどといったしゃれたものはない。せいぜい、湯沸かし器があるだけである。

だから、真紀も入浴はしていない。

真紀の女芯からは女の香気が強く立ちのぼっていた。特に淫唇が発達している場合は、発達した淫唇にスメグマが残されていることが少なくない。そんなときには、女芯の香気は一段と強くなる。

大原は淫唇にスメグマが残っていてもいいように、両手の指で、ぐい、と淫唇を開いて現われたピンクの亀裂に舌を這わせた。

ピンクの亀裂にも、当然、香気はしみついている。しかし、その香気は大原の好きな匂いだった。

大原は無味無臭の女芯にはあまり感動しない男である。

やはり、女芯にはそれぞれ個性的な味と匂いがあったほうがいい、と思っている。

「ねえ、匂わない？」

心配そうに真紀は尋ねた。

「いい匂いだよ。こんな匂いなら大好きだ」

大原はピンクの亀裂の上部に頭を覗かせている芯芽をナメた。

「あーっ……」

真紀はピクンと女体を弾ませた。

芯芽はかなり大粒である。

大原はしばらく舌で芯芽を愛撫してから、指による愛撫に切り変えた。

今度は真紀をクライマックスに導く約束である。

舌だけでは、舌が疲れて棒のようになってしまう。舌はソフトタッチで芯芽を愛撫するにはもっとも適しているが、あまり器用には動かない。つまり、愛撫が一本調子になりやすい。

そこへいくと指の動きは緩急自在である。それに動きに変化がつけられる。

初め、舌の愛撫で出発し、途中から指の愛撫に切り変えるのが、もっともベストである。

大原は、まず、中指の腹を上にして、通路の中にそっと挿入した。中指はなめらかに通路にすべり込んだ。

それから左手の親指と人差指で芯芽のカバーを剝《む》いて、芯芽を根元近くまで剝き出しにする。剝き出しにした芯芽の頭部を大原は右手の親指でくすぐるように撫でた。

「あーっ……」

真紀は大きな声で叫びながら、芯芽を親指に強くこすりつけようとするように突き出した。

大原はくすぐるように撫でていた親指で、今度は女芯の頭部を押し回した。

「ああっ、いいっ……」

真紀はソファカバーをわしづかみにした。

3

大原は真紀の芯芽の頭部を押し回している指に、強弱のリズムをつけた。

芯芽の蜜液が渇いてくると唾液で親指を滑らかにして、くすぐりと押し回しを交互に行なう。

「あうっ……」

真紀は、ぐい、と腰を持ち上げた。

よほど気持ちがよいのだろう。持ち上げた腰をあおるようにする。大原は執拗《しつよう》に指の愛撫を続けた。

通路の内部は湧き出してくる蜜液で、きわめてすべりやすい状態になった。すべりやすくなったためか、内側に余裕すら感じられた。

大原はいったん通路に挿入していた中指を抜いた。

「あっ……」

真紀は叫んで持ち上げていた腰をソファに落とす。

大原は中指の上に人差指を乗せて碁石をつまむ形を作り、その指の腹を天井に向けて、改めて二本一緒に通路に挿入した。

「あーっ……」

スルリ、と通路にすべりこんだ二本の指を女芯は強い力で締めつけてきた。

大原は挿入した指をすぐに平行にした。

入ってすぐの天井を軽く押す。

「あっ……」

真紀は再び腰を持ち上げた。

大原は二本の指を挿入してから、またもや左手の親指と人差指でカバーを剝いて、剝き出しになった芯芽に、右手の親指でくすぐりと押し回しの愛撫を加えた。

「あっ……」

真紀は女体を弾ませながら、しきりに腰を突き上げる。

「凄く感じているね」

右手の親指を忙しく動かしながら、大原は女芯を覗き込んだ。

親指で愛撫されている剝き出しの芯芽が発情期の猿の尻のように真っ赤になっていた。

大粒だった芯芽はますます尖って固くなり、大きくなっている。大原はまんべんなく芯芽を撫で回した。

どうやら、真紀は芯芽の裏側よりも真正面の頭の部分がもっとも感じるようである。

大原はその部分を特に入念に親指でくすぐった。

「あーっ……」

真紀の左の足が膝を曲げ、大原の指の動きを封じるように右足に重ねられた。

その左足を大きく開いて、右の肩でブロックをして、閉じさせないようにして大原は愛撫を続けた。

真紀は何度か左足を閉じようとして、大原の肩でブロックされると、今度は右の膝を立てて、右足で股間をとじようとした。そうはさせじ、と大原は体を乗り出すようにして右足もブロックする。

真紀の女体が小刻みに痙攣を始めた。

「あーっ……」

真紀は大きな声で叫びながら、全身を痙攣させた。

そんな女体を眺めながら通路に二本の指を入れ、芯芽をくすぐっているうちに、大原の欲棒は元気を回復してきた。急速にそそり立つ。

しかし、白眼を剥いてクライマックスの直前までさしかかっている真紀には大原が回復したことは分からないようである。

大原は元気を回復した欲棒を真紀の通路に挿入してやろう、と思った。

真紀は挿入はしない、という約束で、口で欲棒をしごいて、大原が放出した男のリキッドを飲んでいる。だから、挿入するのは真紀との約束違反であり、同時に妻の佳子と約束した浮気はしないという約束も破ることになる。佳子は大原が約束を破ったことを知ったら、また、堂々と他の男と浮気をするに違いない。

それを考えると、佳子との約束は破りたくないが、妻に分からなければ約束は破ったことにならない。

やってしまってから、口封じをしてしまえばいい。大原はそう思った。

しきりに声を上げている真紀の両足を大きく開かせると、大原は素早く指と欲棒を交代させた。指よりも本物の欲棒がいいのは言うまでもない。

真紀は欲棒を締めつけながら、背中を持ち上げて、一気にクライマックスに駆けのぼった。リズミカルに女芯を収縮させ、しきりにのけぞる。大原は真紀を抱き締めて、出没運動を行なった。

大原もたちまち爆発点に到着する。

「ねえ、社長さん。何をしているのですか。何だか、しているみたいだけど」

先に陶酔から醒《さ》めた真紀は男のリキッドを爆発させている大原に尋ねた。

「そのとおりだ。セックスをしている。そして、今、ぼくは君の中で爆発を行なっている」

「えーっ、ダメーッ、約束を破っちゃダメーッ……」

真紀は手を突っ張って、大原を自分の上からどかせようとした。

しかし、しっかりと結合している欲棒をその程度の力ではずすことは不可能である。

大原はしっかりと真紀を抱き締め、結合部を押しつけて、悠々と男のリキッドを放出し終えた。

「わたし、困っちゃう。中に入れないというから、口でしてあげたのに」

「だけど、また、立っちゃったのだから仕方がないだろう」

大原はニヤニヤしながら結合を解いた。

「それに、入るときに君はまるで抵抗しなかった。だから、君もひとつになるのを望んでいるのだろう、と思っていたよ」

ポケットからハンカチを出して、蜜液と男のリキッドに濡れた欲棒と女芯をきれいに拭いながら、大原は言った。

「だって、夢中だったから、いつ社長さんが入ってきたか分からなかったわ」

真紀は唇を噛んだ。

「指だと、なかなかイカなかった君が、欲棒を挿入した途端にイクのだから、やはり本物がよかったはずだよ」

大原はパンツをはき、ズボンをはいた。

真紀は女芯を剝き出しにしたまま、ソファでグッタリなっている。

「そりゃあ、指よりも本物がいいわ。でも、わたし、ママに顔向けができないことをしちゃったわ……」

「しゃべらなければ大丈夫だよ」

「本当に大丈夫かしら。ママは千里眼だから、すぐに見破られそう。この間も、ホステスとボーイが出来たら、翌日に見破ってふたりともクビにしたわ」

「堂々としていれば大丈夫だよ」

「わたし、堂々とできるかしら」

「君はここの仕事は十時までだから、ママと顔を合わさないし、大丈夫だよ」

「社長さん、ごまかし通せる自信はある？」

「あるよ。絶対にしゃべらないよ。だから、君もママにカマをかけられてもしゃべるのじゃないよ」

「分かりました」

「それじゃ、早くパンティをはいたほうがいい。そんな恰好《かっこう》をしていて、誰かが入ってきたら弁解できないよ」

「わたし、とても疲れちゃった。社長さん、はかせてください」

真紀は甘えた声で言った。

「ひとりではけよ。おれは帳簿を見なきゃならないからね、忙しいのだ」

大原は首を振った。

「脱がせるときはどんなに忙しくても脱がせるくせに」

真紀はのろのろと体を起こしてパンティをはき始めた。

「男の人ってとても情熱的にパンティを脱がせるくせに、なぜかはかせるのは嫌いだし、へたくそね」

「興味のないことや、情熱を掻き立てられないことは、イヤだし、へたくそなものだよ」

「パンティをはかせることより帳簿を見ていたほうがいいのね」

「そうだよ」

「あきれた」

真紀はパンティとパンストをはき終わると、スカートをまくってしっかりとずり上げた。

大原に抱かれたばかりの真紀は妙にイロっぽかった。これでは、一発で佳子に見抜かれるな、と大原は思った。

「真紀ちゃんの顔を見たら、何も言わなくても、オレと出来たことは分かるな」

大原は真紀を眺めながら言った。

「分かりますか」

真紀は困った顔をした。

「若いから、正直すぎるのだな」

「どうすればいいのですか」

「当分、君は佳子とは顔を合わさないほうがいい。十時になったら、先に帰れよ。それから、もしも、佳子に顔を合わさなければならなくなりそうだったら、大学の欠席できない授業がある、と言って、逃げまわることだ」

「分かりました。そうします」

神妙に真紀は言った。

「あのう」

「何かね」

「また、しますか」

おずおずと真紀は言った。

「えっ……」

唐突の質問に大原は目を白黒させた。

「また、ここで抱かれるようでしたら、洗面道具を用意しておいて、社長さんが来られる前に、わたし、銭湯に行こうと思うのです。それに、面倒なパンストもはかないようにしようと思うのですが」

真紀はそう言う。

「なかなかいい心掛けだ。いつ、したくなるか分からないから、毎日、銭湯に行って、パンティも、はかないで、ぼくが出てくるのを待っててほしいね」

大原はノーパンで待っている真紀の姿を想像してニヤリとした。

「あのう」

「ん？　まだ、何か？」

大原は真紀を見た。

「あのう、一回毎《ごと》に、わたし、口止め料をいただきたいのですが……」

真紀は上目使いに大原を見つめた。

「口止め料？」

「わたしが社長さんに抱かれたということをママに告白しないように、口止め料が欲しいのです」

「口止め料か。いいだろう」

大原は苦笑した。普通の女なら、お手当、とか、おこづかい、というところである。それを、口止め料、と言ったところがおかしかった。

「一回の口止め料としていくら欲しいのかね」

「いくらか、と尋ねられても困りますわ」

「これだけ貰ったら、口が裂けてもしゃべらない、という線があるだろう？」

「それなら、一回につき、二万円いただけませんか」

真紀は真剣な顔をして大原を見た。

「一回の口止め料は二万円だね。オーケーだ」

意外に安い口止め料に大原はニヤリと笑った。

ヤング・ウイドウ

1

沢口との新婚旅行から帰って来ると、雪枝は、大原商会のつとめを再開した。つまり、大原商会の従業員は真紀がひとりふえたので、ふたりになったのだ。ふたりになっても、仕事の量がふえたわけではない。

雪枝がオフィスに出てくるようになると、大原は気ままに真紀を抱くことはできなくなった。

大原は雪枝を週休三日にした。つまり、木曜日を雪枝の休みにしたのだ。

真紀の休みは大学の授業睨《にら》みだから、不定期である。

新婚の家庭だから、掃除や洗濯に時間が必要だろうから、休みをふやしてあげよう、というのが表向きの理由である。本当の理由は、真紀の新鮮な体を抱くためである。

毎週、雪枝の休みの日の木曜日には、真紀は午後五時に銭湯に行き、体を洗って大原を待つ。大原は湯上がりの真紀を抱いてたっぷりと新鮮な女体を楽しんでから、仕事にかかるのである。

真紀が銭湯に行くようになって、大原は女体に舌を使うことができるようになり、楽しみが二倍になった。

同時にふたりの女の勤務時間も少し変更した。真紀の勤務時間をお昼の十二時から午後九時までにし、雪枝の勤務時間を午後三時半から午前零時半までにしたのだ。

しばらくは平穏な日々が続いた。

一カ月ほど経《た》つと、沢口が研究室にこもり始めた。

「新しい発明のヒントを得たみたいなの」

真紀が帰って大原とふたりだけになると、雪枝はそう言った。

「なにしろ、あの人、発明に取りかかったら、寝食を忘れてしまうのね。わたしなんか眼中にないみたいなの。手も出そうとしないわ。普段は、もうヤメて、とわたしが悲鳴を上げるぐらいに、朝昼晩、見境なしに求めてくるのに、発明に取りかかったら最後、完成するまでわたしには触れないつもりみたいよ」

雪枝はそう言って、唇を尖らせた。

「ねえ、わたし、欲求不満よ。佳子さんが来るまで、まだ、二時間ほどあるし、イトコ同士のよしみで、アレしてくれない？」

雪枝は大原に体をすり寄せて来た。

「えーっ……」

「わたし、この前までは、出戻り女だったけど、今は人妻よ。離婚妻と人妻とどう違うか試してみない？」

そう言う。

「離婚妻だ、人妻だ、と言ってみても、中味は同じ雪枝ちゃんだからな。そう変わらないと思うけど」

「だから、変わっているか、変わっていないか試してみたら」

そう言うと、雪枝はさっさとスカートを脱ぎ始めた。

雪枝はスカートを脱いで、パンストとパンティもとる。

スリップはつけていないから、下半身が剝き出しになった。

「発明マニアの亭主を持つと、こっちまで頭が変になりそうよ」

雪枝はソファに横になり、大きく足を開いた。

「クモの巣がはってないかどうか、よく確かめて」

そう言う。

「まさか」

大原は雪枝の股間を覗き込んだ。

茂みの下に口を開いた女芯の亀裂は、鮮やかなピンク色をしていた。沢口の訪問が途絶えている証拠である。

「ハレ上がるほどやりまくられて、今度は、修道尼のように手も触れられないなんて、わたし、どうにかなっちゃいそうよ」

「可哀そうに」

大原はカバーから本体を突き出して尖らせている芯芽を、指でそっと撫でた。

ピクン、と雪枝は女体を弾ませた。

急速に、女芯に蜜液が湧き出してくる。

「女というものは、コンスタントに愛され続けたいものなの。それなのに、沢口は、まるで自分のペースなのだから……。ああ……」

愚痴の最後はあえぎ声になった。

真紀の女芯は若い女の子独得の香気を持っている。それは、洗い方があまり丁寧でない女芯の匂いである。

雪枝の女芯の匂いは、充分に洗ったところに少しずつ積み重なった、成熟した女の落ち着いた香気である。

雪枝はもちろん真紀のように銭湯には入っていない。

銭湯に入っていなくても、湯上がり直後の真紀よりも、女芯の匂いは低い。指の愛撫だけではあまりにも誠意がなさそうな気がして、大原は茂みにキスをし、ついでに舌で女芯をナメた。ピリッとしたスパイスが舌を刺す。

「ああっ、いいっ……」

雪枝は大きく腰を突き出した。

「やっぱり、あなたが一番いいわ。イトコ同士って、何もかも、分かっているのがいいのね」

雪枝は上半身を覆っているブラウスのボタンをはずし、ブラジャーの前のホックもはずした。ポロリ、と乳房が現われる。

「あなたも、早く、脱いで」

大原に言う。

大原は素早く、ズボンとパンツを脱いだ。いきり立った欲棒が現われた。

「早く来て」

雪枝は両手をさしのべて大原を求める。

大原はそれ以上、前戯の必要は認めなかった。雪枝に覆いかぶさってひとつになる。

「いいっ……」

雪枝は大声を上げて大原にしがみついてきた。通路も強い力で欲棒を締めつける。通路の中は湧き出してくる蜜液できわめてすべりやすい状態になっていた。まるで、激しく出没運動をしてくれ、と雪枝の体が要求しているようなすべりやすさである。

大原は大きく腰を使った。

「ああっ、いいっ……」

大原が腰を引き、恥骨を雪枝の大粒の芯芽にぶっつけるたびに、雪枝はそう叫ぶ。叫び声は次第に、ヒイッ、という声に変わった。

「いいっ……、ヒイッ……」

雪枝は大原の動きに合わせて、腰を突き出す。

「あーっ……」

腰を突き出していた雪枝の体がのけぞった。通路の締め方がリズミカルになる。

大原には雪枝がクライマックスの寸前までさしかかっているのが分かった。

肌を合わせた回数は、夫になった沢口よりもはるかに多い。女体がどんな反応をすればクライマックスに到達するかは、手にとるように分かった。

大原は手加減を加えずに出没運動を続けた。一気にクライマックスに押し上げてやろうと思ったのだ。

しかし、雪枝は女芯を収縮させながらも、なかなかクライマックスには達しなかった。

あと一歩のところで、漂《ただよ》っているのだ。

　雪枝は大原の爆発を待っていたのである。大原の爆発を待って、一気に絶頂に駆けのぼろうというのである。

　なるほど、人妻になって、変わったな……。

　大原はそう思った。

　離婚妻時代の雪枝はクライマックスが近づいたら、ひとりで勝手にのぼりつめていたものである。

　大原は出没運動のピッチを速め、男のリキッドを雪枝の最深部に爆発させた。

「あーっ、イクーッ……」

　それを待っていたように、雪枝がダイナミックにのけぞった。

　全体を激しく痙攣《けいれん》させる。女芯が放たれた男のリキッドを、ゴクン、ゴクン、とのみ込むように、内側へ引き込むような動きをした。

　大原のリズミカルな放出が終わると、雪枝も全身の力を抜いて、ぐったりとなる。

　大原は力を失った欲棒が自然に押し出されるまで、雪枝に重なっていた。

　欲棒が押し出されると、雪枝からはなれる。

　それを待っていたように電話が鳴った。

　雪枝は股間にハンカチをはさんで体を起こし、電話をとった。

「はい……。そうです。大原商会です」

けだるそうに雪枝は言った。

こんなときに電話なんかするな、と言いたそうな応対である。

「強力発電装置つきのトラックを至急三十台ですか……」

面倒臭そうに言う。

大原は飛び上がりそうになった。

沢口の発明した強力発電装置つきのトラックはせいぜい注文があっても一台とか、二台である。五台もまとまれば大口の注文である。それが、三十台も一度に注文が来れば、これは大原商会はじまって以来の大口の注文である。

それなのに、雪枝はまるで邪険に応対している。

「三十台も在庫はあったかしら」

大原を見てそう言う。

大原の放出した男のリキッドが逆流してきたのか、しきりに両足をすり合わせている。

「代わろう」

大原は電話を引き取った。

雪枝はしゃがんで、股間にはさんだハンカチで女芯を拭い始めた。

「電話、代わりました。大原商会の代表取締役の大原広志です」

最初に名乗る。

「社長さんね。よかったわ。何よ、今の女」

受話器から女の声が聞こえた。

「申し訳ございません。最近、いやがらせのニセの注文が多いものですから、うちの社員がきっとまたニセ電話だ、と思ったのでしょう。なにしろ三十台というご注文は、大口ですから」

大原はとっさにそう言った。

「いつまでに納めていただけるかしら」

「三十台、一度にでしょうか」

「一度でなくてもいいわ」

「それでしたら、五日おきに一台ずつ、納車できます」

「遅いのねえ」

「なにしろ評判がよくて、注文に生産が追いつかないほどですから」

大原は額《ひたい》の汗を拭った。生産が追いつかないのではなく、小企業なので一台つくるのに五日かかるからである。

「仕方がないわ。それでいいわ」

「どちらさまでございますか」

「そうそうそれを言うのを忘れていたわ。わたし、『リブレ産業』の社長の酒井紀和子《さかいきわこ》と申します」

「リブレ産業、と言いますと……」

「リース会社なの。おたくから買うトラックもうちで使うのではなく、貸し出しに使うの。お得意さまから、強力発電装置つきのトラックを借りたいという注文が意外に多いので、入れることにしましたの。そうね、一度、お会いしたいわね」

酒井紀和子と名乗った女はそう言った。

「注文の台数が多いし、わたしもお目にかかって、ご挨拶をいたしたいと思います」

大原は丁寧に言った。

「それじゃ、明日の夜、お食事でもいたしません？　うちの営業部長も引き合わせておきたいし」

酒井紀和子は言った。

「どちらに行けばよろしいでしょうか」

「それじゃ……」

酒井紀和子は銀座の一流のシティホテルのレストランを指定した。

「そこで明日の夜、七時でいかがですか」

「かしこまりました」

「入口でその時間にお待ちいたします」

「わかりました。それでは明日」

大原は電話を切ると、万歳、を叫んで飛び上がった。

「どうしたの」

雪枝は面白くない顔である。

「大口の商談がまとまりそうなのだ」

「ふーん」

「大原商会はじまって以来の大口の注文だ」

「それにしても、こっちがいい気分のときに、何も商売の電話なんかして来なくてもいいのに。気《き》が利かない女だわ」

雪枝はそう言いながら、ようやくパンティをはいた。

「沢口に小型強力発電装置を三十台、メーカーに発注するように言ってくれないか」

大原はパンティの上から雪枝の茂みを撫でた。

小型強力発電装置は発明者の沢口がいちいち設計図を三つのメーカーに渡して、各部を作らせて、それを組み立てて完成することになっている。そうしないと、せっかくの発明を盗まれかねないからだ。

「その仕事はわたしがやるように言われているの。沢口は発明が完成するまでは、他のことにはわずらわされたくないそうなの」

雪枝は言う。

「すると、雪枝ちゃんが沢口研究所の営業部長か」

「そうなの。わたしが営業部長よ」

雪枝はニッコリ笑った。

「だから、わたしにせっせとサービスしてくれないと、小型強力発電装置はできないわよ」

そう言う。

「分かったよ。部長さん」

大原は雪枝にキスをした。

2

翌日の午後七時に、大原は酒井紀和子に指定されたシティホテルのレストランに出かけた。

レストランの入口には、五十年輩の品のいい女性と二十代前半の美人が待っていた。どちらも、仕立てのよいドレッシーなワンピースを着ている。

「大原さまですね」

美人が大原に声をかけてきた。

「わたくし、リブレ産業の営業部長の酒井待子《まちこ》と申します」

若い美人はそう言って名刺を差し出した。女性用の角のない、小型の名刺である。

「うちの社長の酒井紀和子でございます」

五十年輩の上品な女性を、酒井待子は紹介した。

「わたくし、大原商会の社長の大原広志でございます」

大原はふたりの女性に名刺を渡した。

「こちらへどうぞ」

酒井待子はレストランの中へ大原を案内した。ただちにマネージャーが予約してある席に先導する。

席について大原は改めて名刺とふたりの女性の顔を見比べる。母親と娘、といった年齢差だが、顔はあまり似ていない。

「失礼ですが、お母様とお嬢様ですか」

大原は尋ねた。

「長男の嫁でございますの」

年上の女性が答えた。

「なるほど。それで、姓が同じなのですね。あまり、似ていらっしゃらないので、どういうご関係かな、と思っておりました」

大原は納得がいった。

まず、スープが出る。

「実は、長男は昨年までリブレ産業の社長をしていましたの。リース業こそ二十一世紀の産業だ、と申しまして、一流の商社に勤めていたのを辞めて、リブレ産業を創立したのですが……」

酒井紀和子は溜息をついた。

「働きすぎて、昨年の夏、劇症肝炎で急死したのです」

あとを引き取って待子が言った。

「そうだったのですか。それはご愁傷《しゅうしょう》さまです」

大原はそう言いながら、改めて美しい待子を眺めた。

未亡人とはもったいない……。そう思う。

紀和子と待子は力を合わせ、リブレ産業を続けている、と言った。待子には幼稚園に通う男の子がいるが、その子が一人前になってリブレ産業を継いでくれるまで、ふたりで頑張るのだ、とも言う。

「幸い、死んだ夫が高額の生命保険に入っていたので、その保険金で事業は順調に行っています」

待子はそんなこともしゃべった。

「そう言うわけですので、これからもよろしくお願いします」

紀和子は頭を下げた。

フランス料理のフルコースの食事がすむと、大原はレストランの支払いはこちらに持たせて欲しい、と言った。

「それではお言葉に甘えまして。でも、二次会はわたくしどもに」

紀和子はそう言う。

大原は二次会はまかせることにした。

勘定をすませてレストランを出ると、紀和子は、わたくしはこれで失礼して、あとは営業部長にご案内させますから、と言った。

待子も紀和子を引き止めようとはしない。

大原は紀和子が帰っていくと、若い美貌の未亡人とふたりだけになった。

「それでは、これから銀座のクラブにご案内いたしますわ」

待子はにこやかに言った。

「わざわざ銀座のクラブに行くことはない、と思います」

大原は待子を見た。

「は？」

戸惑ったように、待子は大原を見つめ返した。

「だって、銀座のクラブは女性が話相手になってくれるところでしょう。美人はあなただけで結構ですよ。あなたは銀座のホステスなんかよりうんと美しい。このホテルのバーであなたとしゃべっていれば、銀座のクラブよりも楽しいと思いますから」

「でも、わたし、男性がタバコをくわえてもマッチで火をつけることもできませんのよ」

美しい笑顔を見せながら待子は言う。

「ぼくはタバコを吸いませんから、火をつけていただこうとは思いませんから」

「あら」

待子は楽しそうに笑った。

「わたしでよければいくらでもお相手をしますけど、きっと退屈なさると思いますわ」

「退屈をしたら、銀座のクラブに連れて行っていただきますよ」

「それでは、バーでおしゃべりをいたしましょう」

待子はうなずいた。

大原は待子と肩を並べてメインバーに入った。

隅のボックス席に陣取る。

待子はウエイターに飲物のリストを持って来させて、スコッチの「ロイヤルハウスホールド」をボトルで持って来させた。

「凄いスコッチですね」

大原は唸《うな》った。

「ロイヤルハウスホールド」は英国王室のための酒、という意味で、少量が市販されているスコッチなのだ。

「お酒の価値が分かっていただけて嬉《うれ》しいわ」

待子はニッコリと笑った。

未亡人にしては笑顔が美しすぎる。

「あなたを質問攻めにする無礼をお許しください」

「何なりとどうぞ」

待子はあでやかに笑った。

「女性に年齢を尋ねるのは大変失礼なことですが、無礼ついでにおたずねします。幼稚園のお子さんがいらっしゃるそうですが、とてもそんな年に見えませんので」

大原は怒られても仕方がないなと思った。

「子供はわたくし十九歳で生みましたの。今、子供は四歳ですわ」

待子は目元を赤くしながら答えた。

「えーっ、そうすると、二十三歳ですか。二十三歳で未亡人なんて、信じられないな」

大原は待子を見つめた。

若すぎる未亡人である。

「夫は亡くなったとき三十五歳でしたの。義母は現在、五十五歳ですわ」

待子はウエイターが封を切って作ってくれたロイヤルハウスホールドの水割りを大原にすすめた。

「社長さんは、五十前後かと思いましたよ」

「みなさん、そうおっしゃいますわ」

待子は大原とグラスの縁《ふち》をカチンと合わせて、優雅な仕草で水割りを飲んだ。

「すると、あなたは十八歳で結婚されたのですか」

「そうです。主人は再婚でしたの。前の奥さんは主人があまり精力絶倫なので、逃げ出したのだ、と聞いています」

未亡人なのでどうしても話はきわどくなる。

「ほう。精力絶倫で逃げ出したのですか」

「わたしも逃げ出そうかと思ったほどですわ」

「そんなに精力絶倫だったのですか」

「ええ。ほとんど、毎晩でしたわ」

そう言いながら、待子はポッと顔を赤らめた。

「だから、劇症肝炎で夫が急逝《きゅうせい》したときは嘘《うそ》みたいでしたわ。信じられませんでしたわ。

ニッコリ笑って帰って来るような気がして。よく、夫に求められる夢を見て、夜中に目がさめますわ」

いわゆる欲求不満というヤツだな、と大原は思った。しかし、まさかそれは欲求不満ですよ、とは言えない。

「それは、ご主人の霊が迷っているのですよ。美しい未亡人を残して急に霊界入りをしたので、成仏したくてもできないのですよ。とても、ご主人は苦しんでおられると思いますよ」

大原は真顔で口から出まかせを言った。

「霊界入りした魂が妻の体を求めて出てくるのは異常なことです」

「まあ」

待子は蒼《あお》ざめた。

「どうすればいいのですか。夫の魂を成仏させる方法はないものでしょうか」

真剣な表情で大原を見る。

「それはないこともありませんが、わたしの口からは言えませんよ」

大原は口から出まかせを続ける。今更、冗談です、とは言えない。

「教えてください」

すがりつくような目で待子は大原を見た。

「実は、たったひとつだけ方法はあります」

大原も大真面目で待子を見た。

3

「お願いします。ぜひ、その方法を教えてください。お礼は何でもいたしますから」

待子は必死の表情である。

「わたし、夫の霊を成仏させてあげたいのです。そうすれば、真夜中に胸を押さえつけられるような苦しさで目をさますこともなくなると思いますし」

待子は大原の手をつかんだ。

「分かりました。そうまでおっしゃるのならお教えしましょう」

大原はおもむろに口を開いた。

「ご主人の霊に、あなたをあきらめさせることです」

「と申しますと？」

「あなたが他の男性に抱かれることです」

「まあ……」

「未亡人になられてから、まだ、一度も、男性に抱かれていないままでしょう？」

「もちろんですわ」

「それがいけない。だから、ご主人は、あなたが自分を求めている、と思って苦しんで成仏できないでいるのです。あなたが他の男性に抱かれれば、ご主人はあきらめて億万浄土に旅立たれます」

「……」

「でも、ここが肝心なのですが、あなたを抱いた男性は、ご主人の恨みを買って大変な苦しみを味わうことになります。だから、そのことを相手に伝えて抱いてもらうことですね」

大原はもっともらしい顔をして言った。

「でも、そんな男性はわたしの周囲にはいませんわ」

待子は悲しそうな顔をした。

「いれば、助けてもらいますか」

「夫のためです。助けを求めます」

「美しいあなたのためです。わたしがご主人の恨みを買う苦しみを引き受けてあげましょう」

「えーっ、あなたが？」

待子は大原をじっと見つめた。

「でも、知り合ったばかりのあなたにそんな苦しみを負っていただくのは、あまりにもあつかましすぎますわ」

「ご主人が知らない男性のほうが、苦しみは少ないのですよ。ご主人にも遠慮というものがありますからね。もっとも激しい苦しみを受けるものは、肉親や親戚、親友などです」

「まあ」

「決心をなさい。わたしがもっとも適任者ですから」

大原は決心をうながすように言った。

待子は困った顔をしてちらちら大原の表情を窺《うかが》う。その眼が次第に潤んで来た。

女芯に蜜液が滲《にじ》んできたな、と大原は思った。忘れていた男に抱かれる陶酔を思い出して、未亡人は戸惑っているのだ。

グラリ、と待子の体が揺れた。

「あのう……」

待子は正面から大原を見つめた。

「わたし、それで夫の霊が成仏できるのなら、あなたに抱かれたい、と思います」

瞼をポッと赤らめ、ほとんど聞き取りにくいほど、小さな声で言う。

「分かりました。謹《つつし》んで抱かせていただきます」

そう言いながら、大原はズボンの中で欲棒がムックリと頭を持ち上げるのを感じた。

「それでは、わたし、フロントでお部屋を取って参ります」

待子は立ち上がった。しかし、両足をもつれさせ、危《あや》うくソファの背につかまって体を支えた。

「部屋ならぼくが取って来ましょう」

「でも……」

「わたしの酒の相手をしていただいて、飲みなれないお酒を飲まれて酔いが少し回ってきたのですね。足元が危ない。わたしが部屋を取って来ます」

大原は待子をソファに腰かけさせ、フロントに歩いていった。

幸い部屋は空《す》いていて、大原はダブルの部屋にチェック・インをした。

「参りましょう」

バーの勘定はサインですませ、大原は待子に腕を貸してエレベーターで部屋に向かった。

「ご主人の抵抗が始まったようですよ。フロントでチェック・インのサインをしているときに、腕が急に重くなりましてね」

エレベーターを降り、廊下を歩きながら大原は待子に囁いた。

「ご迷惑をおかけしてすみません」

待子は大原の腕にしがみついてきた。

大原はキイで部屋のドアを開け、待子を中に入れた。待子は部屋に入ったところで呆然と突っ立っている。

本来なら、ドアを閉めるなり女性を抱いてキスの嵐を降らせるところだが、それをグッとこらえて、待子の背中を押してソファに連れていく。

それから、バスルームに入り、バスタブにお湯を入れ、待子のところに引き返す。

「お湯を入れておきました。どうぞ、お入りください。お風呂がすみましたら、ベッドに入っていてください。わたしが入れ代わりに、斎戒沐浴《さいかいもくよく》して、潔斎《けっさい》して、ベッドに参りますから」

大原はわざとむずかしい言葉を使った。

「はい」

待子はこっくりとうなずくと、バスルームに入って行った。

待子は三十分近く、バスルームに入っていた。よほど入念に体を洗ったものらしい。

待子はバスルームから現われたときには、バスタオルを胸のところに巻きつけていた。

「斎戒沐浴をなさるそうなので、新しいお湯を入れておきました」

待子は大原にそう言った。

湯上がりの未亡人は抱き締めたいほど魅力的だった。

大原は欲棒がいきり立つ前に素早くバスルームに飛び込んだ。

大袈裟《おおげさ》に斎戒沐浴だの、潔斎だの、と言ったが、要はひと風呂浴びて体の垢《あか》を流すだけである。

大原は簡単に欲棒を洗うとバスルームを飛び出した。

待子は照明をすっかり落として、足元をわずかに照らすナイトテーブルのフットライトだけにして、ベッドに入っていた。暗いところで抱いたのでは面白くない。

「明かりをつけますよ」

大原は待子に言った。

「お願いですから暗くしたままにしていただけませんか。明るいと恥ずかしいのです」

待子は言う。

「でも、暗いとご主人に見えませんからね。成仏できないかもしれませんよ」

「それは困ります。きちんと成仏してくれなくては」

「だったら、明るくしますよ」

「分かりました。でも、必要最小限にしてください」

「分かりました」

大原は部屋の明かりを一斉《いっせい》につけた。ホテルの部屋の明かりは全部つけてもたいしたことはない。枕元の読書灯と足元の化粧台の明かりに応接セットのそばの明かりだけだからである。

それでも、待子は明るすぎると文句を言った。

「我慢してください。ご主人のためです。恥ずかしかったら、待子さんが目を閉じればいい」

「分かりました」

諦めたように、待子は目を閉じた。

「途中でわたしが何かしゃべるかもしれませんが、ご主人の声だと思ってください」

大原はそう言うと、毛布をめくった。

待子はバスタオルをしっかりと体に巻きつけていた。

そのバスタオルを留めているところを解《ほど》く。

そっとバスタオルを開く。整った美しい女体が大原の眼前に出現した。

肌はあくまでも白い。

乳房は形よく盛り上がっている。

その乳房の上に褐色の乳首と乳輪が恥ずかしそうに乗っている。乳輪と乳首が褐色なのは子供を生んだためである。乳首は小さいがしっかりと尖っていた。

茂みは整枝した庭木を思わせるように、整った逆三角形をしていた。

4

「素晴らしい体だ。どこもかしこも素晴らしい」

大原は呻《うめ》くようにそう言いながら、待子の体の下からバスタオルを引き抜いた。純白のシーツの上に一糸まとわぬ待子が横たわった。

大原は待子にキスをした。

待子は初めてキスをする女のように、歯を食いしばって大原の舌の進入を拒む。

「力を抜いて。今夜は思い切り乱れてください。ご主人に乱れたところをしっかりと見せて、引導を渡すのです」

そう囁いて、耳たぶをペロリとなめる。

「ああ……」

初めて待子の唇から声が洩《も》れた。

改めて、キスをする。今度は待子は積極的に舌をからませて来た。

大原は右手で形のよい乳房をつかんだ。

強い弾力性が、つかんだ指を押し返してくる。

手のひらを乳房の上ですべらせる。

手のひらでこすられて乳首が固くなった。

大原は左手で待子の右手をつかみ、いきり立った欲棒に導いた。

「あっ……」

待子はちいさく叫んで、手を引っ込めようとした。

大原はその手首をつかまえて、欲棒から手をはなさせない。

遠慮がちに待子は欲棒を握り直して硬度を確かめ、ゴクンと音を立てて唾液を飲み下した。それから、つかんだ欲棒をゆっくりしごく。

男の扱いかたは充分に承知していた。

大原は尖った乳首を唇ではさみ、軽く吸った。

「ああ……」

待子は声を出す。

大原は乳首を吸いながら、女体を撫で回した。

待子は体の側面がよく感じるようだった。

それに太腿の内側にも強い反応を示した。

茂みは柔らかく、短目で、量は豊富だった。

恥骨のふくらみは円を描いて盛り上がっている。

肌は手のひらに吸いつくようにきめこまかだった。

大原は指を亀裂に進めた。

軽く両足を開いて、待子は指の進入を許した。

おびただしい蜜液が女芯に溢れていた。芯芽の小突起はきわめて小粒である。オナニーなどはしたことがないのだろう。

小粒の小突起にさわると、待子はゆっくりと腰をグラインドさせた。

大原は体をずらした。

茂みにキスをする。

茂みには女の匂いがわずかにこびりついていた。

未亡人の成熟した匂いよりも、むしろ、若い女の尖った匂いである。

「ここも可愛いなぁ」

大原は茂みに話しかけた。

「ああ……」

待子は体をよじった。

大原は太腿に唇を這わせながら、待子の両足を開かせた。

待子は大きく両足を開いた。

茂みの下に亀裂が現われた。しかし、亀裂は閉じたままである。

大原は亀裂の両側のふくらみに両手の親指を押しつけて左右に開いた。

初めて女芯はふたつに割れて、ピンクの亀裂が現われた。ピンクの亀裂は蜜液で濡れそぼっていた。

次から次にあふれてくる蜜液で亀裂はあっけなく氾濫《はんらん》した。

溢れた蜜液がアヌスの窪みに流れ落ち、そこもたちまち溢れ出して、糸を引いてシーツにしたたり落ちる。

亀裂の両側には小さな淫唇が亀裂の上半分を取り囲んでいた。淫唇は垢黒い色をしていた。

毎晩のように夫に求められ、入ってこられた痕跡がそんなところに現われていた。

あとは、どこもかしこも新品同様である。

大原は女芯は眺めるだけにして、先ほど指で調べていた、待子のウィークポイントを攻め始めた。唇を女体の側面に這わせ、同時に内腿を手で撫でたのだ。

「あーっ……」

待子はしきりに体をよじって大原の攻撃から逃れようとする。大原は内腿を撫でていた手を次第に女芯に近づけていった。いよいよ女芯にさわるというところで今度は反対側の内腿を愛撫する。

じらされて、待子は茂みを突き上げた。

しばらくじらしてから、ようやく女芯を指で撫でる。蜜液を湧き出させている女芯を指でなぞり、小粒の小突起に撫でつける。

「ああっ……」

待子は女体をピクンと弾ませた。

何度かその愛撫を行なってから、大原は指をすべらせたようにして、スルリ、と通路に中指をもぐり込ませた。

「あーっ……」

待子は叫んだ。

通路が中指を強い力で締めつける。

中指の血行が止まりそうなほど、通路の締めつけ方は強かった。

大原は通路の天井を中指で探った。無数の襞《ひだ》がうごめいていた。襞の角はかなりすり減っている感じがした。

「亡くなったご主人、毎晩のように求めたでしょう」

大原は、すり減った感じがする通路の天井の襞を指先でくすぐりながら尋ねた。

「ええ」

こっくりと待子はうなずいた。

「平日で毎晩。土日、祭日は一日に三回は抱きました」

「そりゃあ、やり過ぎですよ。やり過ぎて体が弱って、それで亡くなられたのですよ」

大原は空いている左手できれいな形をした茂みを撫で、太腿や乳房を撫でる。

「やはりそうですか。お医者さまもそんなことをおっしゃってました。房事《ぼうじ》過度だって」

待子は恥ずかしそうに顔をそむけた。大原は茂みの上に唇を伏せた。女の匂いがかすかに立ちのぼっている。柔らかい茂みが唇にやさしかった。

大原は待子の両足を大きく開かせた。唇を女芯に押しつける。

待子の女芯には、成熟した女の匂いと未成熟な女の匂いが同居していた。

成熟した人妻の女芯の匂いは女の香気が男のリキッドで中和された、落ち着いた匂いがする。しかし、男のリキッドで中和されることのない処女の匂いは、独得の処女臭という強い香気を持っている。

かつては男のリキッドで中和され、それが中和されなくなった未亡人の女芯の匂いは、人妻の匂いに処女の香気をほんのわずかまぜあわせた匂いである。

処女臭は処女が女芯を洗わないために、より強調されるが、未亡人はよく洗うために、それほど匂いが強くないのだ。

その香気を楽しみながら舌で女芯をなめ上げる。舌がすくい取った蜜液を芯芽に塗りつける。

「あーっ……」

待子は女体を痙攣させた。

通路の奥から新しい蜜液が湧き出してくる。

通路の中はいっそうすべりやすくなった。

そろそろ入り頃である。男は女芯から唇をはなし、同時に指も抜いた。

「入りますよ」

待子に念を押す。

「はい」

待子は小さな声で返事をし、うなずきながら唾液を飲み込んだ。

大原は待子の両足の間に膝をついた。

いきり立って出番を待っていた欲棒を女芯に押しつける。

「あ……」

女芯の入口に欲棒を感じて待子は小さく叫び声を上げた。

大原は腰を進めた。

スルリ、と欲棒は待子の中にすべり込んだ。

「あーっ……」

待子は叫びながらわずかにずり上がった。それを追いかけるようにして欲棒は女体の中に入っていく。女体の通路は欲棒を押し返すように締めつけてきた。

ついに、欲棒は根元まで待子の中に入った。

待子の恥骨のふくらみの上に大原は体を重ねた。

「ああ、この感じだわ……」

待子は口走った。

「思い出しましたか」

大原はしっかりと体を重ねたまま、待子の顔を覗き込んだ。

「ええ」

待子は嬉しそうに何度もうなずく。

大原はそっと出没運動を始めた。

「ああ、あーっ……」

待子は大原の背中に手を回し、しきりに恥骨のふくらみを押しつける。腰を動かすのを必死になって遠慮しているのを大原は感じた。

大原は次第に出没運動のピッチを上げ、振幅を大きくした。

「わたし、どうにかなりそう……」

待子はそう叫ぶ。それまでの遠慮をかなぐり捨てたように、待子は腰を使い始めた。

「ああ、いいっ……」

そう言いながら、大きく腰を使う。欲棒を締めつけてくる力も加わった。

「そうですよ。その調子です。乱れて乱れて乱れ抜くのですよ。そうすれば、ご主人はあきらめて遠い国へ旅立てるのです」

大原は耳元で囁く。

「ああっ、とってもいいのよ……」

待子は目を半眼に開いて、女体を小刻みに痙攣させた。

待子は、夫の死で封印していた欲情を自らの手で破り捨て、むさぼろうとしていた。

「わたし、イクーッ……」

しきりに腰を動かしていた待子がそう叫ぶまで、それほど時間はかからなかった。

「一緒にイッてぇ……」

待子は女体を痙攣させながら背中をそらしてそう叫ぶ。

女の中にはクライマックスが一緒でないとイヤだというものがかなりいる。待子もそのタイプらしい。大原は待子の望みを叶《かな》えてやることにした。

待子の女芯はヒクヒクしていた。クライマックスが始まったのだ。大原は出没運動のピッチを最高にした。

女芯が子犬が水を飲むような音を立てて、大原の出没運動を歓迎している。

大原は女芯のヒクヒクが消える前に、通路の中に、男のリキッドをリズミカルに放出した。

待子は叫びながら男のリキッドを迎え入れた。

愛人リース

1

大原商会とリブレ産業はきわめて商売がうまくいった。

なにしろ、大原商会の社長の大原とリブレ産業の営業部長の酒井待子が出来てしまったのだから、両社は親戚同様になってしまったのだ。

大原に抱かれてからは、待子は夜半に、亡くなった夫からのしかかられる夢にうなされて、目をさますこともなくなった、と言う。要するに、欲求不満が解消されたのである。

大原は一回だけで待子との関係を終わらせる気は、毛頭なかった。なにしろ、手放すにはもったいないほどの美貌の未亡人である。

待子を抱いて一週間ほど経った夜、大原は仕事にかこつけて、再び、先日のホテルのバーに美貌の未亡人を呼び出した。

待子は大原に抱かれたのを見て、夫が遠くの天国に去り、成仏《じょうぶつ》したものと信じていた。こんなことなら、もっと早く、男の人に抱かれるのだったわ、と言う。

「成仏はまだですよ」

大原は首を振った。

「あれから、随分、ご主人の亡霊に悩まされ続けているのですよ。随分、いやがらせをされています」

真面目な顔をしてそう言う。

「それは知りませんでしたわ」

「あなたを抱いた男はご主人に復讐《ふくしゅう》をされる、と申し上げましたでしょう。あれですよ」

「例えば、どんなことを主人にされたのですか」

「歩いていますと、歩道の敷石がいきなり持ち上がって、蹴《け》つまずいてころびそうになったことがあります」

「まあ」

「それから、夜になると、わたしの胸に乗っかって、揺さぶるのですよ。あなたを返せ、というのですね」

「まあ……」

「わたしはその度《たび》に、あきらめなさい、待子さんはもうぼくのものですから、とご主人に引導を渡しました。それでも、なかなか納得しないようですね。よほど、あなたに惚《ほ》れ込んでいたのですね」

大原は口から出まかせを言った。

「ええ、惚れ込んでいたのは確かですが。でも、いい加減に諦《あきら》めてもらわないと、わたし、迷惑ですわ」

「ぼくも迷惑です」

「どうすればいいのですか」

「ご主人の霊があきらめるまで、しばらく、わたしに抱かれて乱れてほしいのですが」

「抱かれて乱れればよろしいのですね」

待子は、早くも濡れた目で大原を見つめた。

「それも、できるだけ、本気でわたしに惚れて、本気で乱れてほしいのです」

「分かりました」

待子は息を荒くした。

「もし、ご協力をいただけるようでしたら、このホテルに部屋を取りたいと思いますが」

大原は待子を見た。

「もちろん、ご協力いたしますわ」

待子は言葉に力を込めた。

大原はバーを出て、フロントに行き、ダブルの部屋にチェック・インをした。キイを持ってバーに戻る。

「待子さん。また、ご主人の霊に意地悪をされましたよ」

大原は待子のそばに腰をおろすと、耳元に息を吹きかけるようにして囁《ささや》いた。

「まあ、どんな意地悪をしましたの？」

待子はくすぐったそうな顔をして尋ねる。

「わたしが宿泊カードに記入していましたら、宿泊カードが、スッと五センチほど動くのです。わたしに記入させないようにしたのですね」

大原は真顔で作り話をした。

「それじゃ、あの人、今、ここにいるのですね」

待子はそっとあたりを見回した。

「腕を組んで部屋に参りましょう。見せつけて、早く成仏してもらわなければなりませんから」

大原はレジでビルにサインをして、待子と腕を組んで、エレベーターで部屋のある階に上がって行った。

大原は部屋に入るとドアを閉め、待子を抱き寄せてキスをした。

「夫の霊は近くにいるのかしら」

キスをすませると、待子は体を密着させたまま、尋ねた。

「すぐそばにいますよ」

「どこに?」

「ご主人、キスをしてから、こんなことをしませんでしたか」

大原は待子のスカートの中に手を入れた。

「しましたわ。よく」

待子は顔を赤らめた。

「わたしの手が自然に動くのですよ。ご主人がわたしの手を使って、あなたにさわっているのですよ」

「可哀想に」

待子は恥骨のふくらみを大原の手に押しつけて来た。

大原は、おやっ、と思った。ザラッとしたパンストではなく、手ざわりのよい、パンティが手に触れたからだ。待子はパンストではなく、ストッキングとパンティを着用しているらしい。

そう言えば、この前は、風呂上がりの待子を抱いたので、どんな下着を着ているかは確かめていない。

「夫はパンストがきらいでしたの。スカートの中に手を入れたときに、パンティに手が触れないと、機嫌が悪くなったものです」

「それでぼくの手を借りて、あなたのパンティにさわったのですね。多分、それが気がかりで成仏できなかったのではないのかな」

大原はスカートの中に入れた手で、手ざわりのいいパンティの上から恥骨のふくらみを撫でた。

待子はパンティではなく、正確に言うと、未亡人にしてはいささか気になるスキャンティというのをはいていた。横の部分の幅が一センチぐらいしかない、露出部分の大きいヤツである。

うしろを撫でてみると、ヒップが半分、スキャンティからはみだして、今にも脱げそうになっている。

「大胆なスキャンティをはいているのですね」

大原はスキャンティの輪郭を指でなぞった。

「夫が好きでしたから」

待子はうなずいた。

「撫でているうちに、どんなスキャンティか見たくなりましたよ」

大原はそう言うと、素早く待子の前にひざまずき、スカートの中に頭を入れた。待子はそうされても、別にイヤがらなかった。

目の前に可愛らしいピンクのスキャンティがあった。こんもりと恥骨のふくらみが盛り上がっている。スキャンティは薄く、押し潰された茂みが透けて見えた。

成熟した女の匂いがスカートの中にこもっていた。

大原は太腿を両手でつかんで待子の下半身を引き寄せて、スキャンティの上から茂みにキスをした。

「ああ、夫だわ。夫はいつもそうやってスカートの中に頭を入れて、わたしを困らせたものですわ」

待子は膝頭を小刻みに震わせた。

大原は手をスキャンティの裾《すそ》からこじ入れた。茂みが手に触れた。大原はその茂みを手でもみしだくようにした。

女の香気が一段と強くなった。

しかし、大原は女芯にはさわらなかった。

それは、ベッドでの楽しみに取っておくことにしたのだ。

しばらく、茂みの感触を楽しんでから、大原はスカートの中から頭を出した。

立ち上がって待子を抱き締めて長いキスをする。

「ああ、待子さん、あなたが欲しくなってきましたよ」

そう囁く。

「乱れるのですね」

待子は念を押すように大原の目をみつめた。

「乱れてください。ご主人のために」

大原は、再び、スカートの中に手を入れて、パンティを撫でた。

そう言うと、大原はかまわずに待子をベッドに押し倒した。くるりとスカートをまくり上げる。

ピンク色のスキャンティが目の前に現われた。

ストッキングで包まれた、すらりと伸びた脚線が大原の食欲をそそる。

ストッキングは黒いガーターベルトでとめてある。

ガーターベルトはスキャンティの上からストッキングをとめている。スキャンティを脱がせるには、ガーターベルトとストッキングを離してしまわなければならない。

「明かりを暗くしていただけませんか」

待子は恥ずかしそうに手で顔を覆って言う。

「ダメです。この前が暗すぎました。それでご主人の霊によく見えなかったのです」

大原は首を振った。

そう言われると、待子はそれ以上、明かりを暗くしてほしいとは言えなくなってしまった。

大原は、最初に、ガーターベルトとストッキングを離した。

スキャンティとストッキングの間にわずかに覗いている、柔らかそうな太腿の白さが強烈に目を射る。

大原は思わずその白い太腿にキスをした。柔らかい太腿が唇に吸いついてくる。太腿には女の香気がこびりついていた。

キスをしたついでに、大原は太腿の女の香気を舌でなめとった。太腿はかすかにしょっぱい味がした。

大原は待子の太腿をなめながら、ストッキングに包まれた足を撫でた。

「ストッキング、脱ぎましょうか。あなたに脱がせていただいてもいいのですが、破れると困りますから」

待子はそう言う。

せっかくだから、ストッキングとガーターベルトはつけさせたまま、抱こう……。大原はそう思った。そのほうが強い刺激を受けられそうだった。

パリやロンドンあたりの娼婦《しょうふ》を抱くときに、ストッキングやガーターベルトはわざとつけさせたまま、セックスをする年輩の好き者の客は多い。全裸にして抱くよりもそういった最小限の下着類を身につけさせてするほうが興奮するからである。

「ストッキングは脱がなくても結構です」

大原はそう言った。

スキャンティだけは脱がさなければ結合ができないから脱がせるが、本当はスキャンティをはかせたまま、したいほどだった。

大原は待子のスカートをまくったまま、素早く裸になった。

2

大原が裸になったのを見て、待子はベッドに体を起こし、ワンピースを脱いだ。大原はそのワンピースを受けとってクロゼットのハンガーにかけて、ベッドに戻った。待子は黒いブラジャーをしていた。

黒いブラジャーは待子の白い肌を引き立てていた。

「なかなか黒が似合いますね」

大原はブラジャーの周囲に唇を這《は》わせた。

「喪《も》に服しているつもりなのです」

待子は言う。

「その喪中のしるしを脱がせるのは申し訳ないけど、やっぱり、これだけは脱がせたい」

大原はブラジャーのホックをはずした。

「明るいから恥ずかしいわ」

待子はそう言う。

その言葉を無視して、大原はブラジャーを取り除いた。

ブラジャーをつけさせたまま、しようと思えばいくらでもできるが、やはり、乳房にたわむれてみたい。

丸くて隆起した乳房が現われた。

大原はその乳房を両手で、ギュッ、と握った。強い弾力性が指を押し返してくる。

「ああ……」

待子は呻《うめ》いた。

大原は指先で乳首をくすぐるようにして尖《とが》らせた。

乳首は固く尖った。

尖らせた乳首を指でつまんで軽くもみしだく。

「ああ、いい……」

待子は体をよじった。

大原は体をずらして乳首をくわえた。

空いた手でスキャンティを撫でる。スキャンティの股間の部分は湿気を帯びた感じがした。

大原はスキャンティの上部から手を入れた。

柔らかい茂みに指が触れた。

スキャンティは茂みを辛《かろ》うじて覆っていた。

大原の指は、茂みの下の女芯の亀裂に降りていった。

亀裂の外まで蜜液が溢《あふ》れ出ていた。

溢れた蜜液は、スキャンティの内側を濡らしている。

夫の急死で一触即発の不安定な状態に置かれていた未亡人の女体は、大原のちょっとした刺激にも過敏に反応するのである。

大原はふたつの乳首を交互に吸いながら、亀裂の上部にある小粒の芯芽を指で軽く叩《たた》いた。

その度《たび》に、女体はピクッ、ピクッと弾む。

蜜液が一段と激しく溢れてきた。

大原は体を起こした。

茂みを覆っているスキャンティに手をかける。

待子はヒップを持ち上げた。

大原はスキャンティを剝《は》ぎ取った。

黒々とした茂みが現われた。

茂みの下の女芯の亀裂は、おびただしい蜜液を溢れさせている。

大原は蜜液の中を指で探った。ともすれば、ツルリ、と指が通路の中にすべり込みそうになる。

大原は通路の入口を指で撫で、反対側の丘の登り口にある芯芽を撫でる。

通路の入口の窪《くぼ》みから丘の登り口の芯芽まで、それほど距離はなかった。

芯芽を指が押さえる度に、待子は体をピクンと震わせて大きな声を出す。

女芯は溢れる蜜液でぬるぬるになっていた。

大原はそろそろひとつになってもいいだろう、と思った。

待子に両足を開かせてその間に両膝をつく。

「早いかもしれないけど入りますよ。もう待てそうもない」

茂みの下に欲棒を押しつけながら大原は言った。早いかもしれないけど、と言ったのは、きょうは舌を使う愛戯を省略しているからだ。

待子はこっくりとうなずいた。

「わたしも早く入って来てほしいの」

そう言う。

大原は、ぐい、と腰を進めた。

なめらかに欲棒は通路に進入した。

通路の中は燃えるように熱かった。

待子の体は雄々《おお》しくなった男に埋められるのを望んでいた。その望みどおりに、大原はいきり立った欲棒で待子の空白をいっぱいに埋めた。

「ああ、いい……」

待子は呻いた。

「さあ、乱れてください。ご主人の霊に、明るいところでしっかりと乱れて見せるのです」

大原は囁く。

「ああ、いいっ……」

待子は大きな声を出し、ゆっくりと腰を使った。

白い未亡人の腰が妖《あや》しくうねる。亡霊でも勃起しそうなほど、それは魅力的な眺めだった。

大原は出没運動を始めた。大きなスライドで、ズシン、ズシンと、恥骨のふくらみに茂みをぶっつけるようにして動く。

大原の茂みが、ズシン、と恥骨のふくらみにぶつかる度に、女芯は欲棒を、キュッ、と吸い込んだ。

「いいっ……」

待子はのけぞった。

本当にいいらしく、通路の奥からこんこんと温かい蜜液が湧《わ》き出してくる。

大原は待子の両足を上げさせて肩にかついだ。女にとってはかなり辛《つら》い屈曲位である。

女体をふたつ折りにされるその形にも、待子はまるで文句は言わなかった。

女の両足を男が肩にかついで女体をふたつ折りにしてする形で行なうと、通路に欲棒が出没する様子がよく見える。

しかし、待子は目を閉じて欲棒が出没する様子を見ようとしない。

「待子さん。あなたの中にわたしがダイナミックに出没する様子を見てごらんなさい」

大原は待子の後頭部を持ち上げて、結合部を覗かせた。

体をふたつ折りにされている上に、後頭部を持ち上げられて、待子はますます窮屈な姿勢になった。

待子は結合部を覗き込む形になった。しっかりと目を開いて、待子は結合部を眺める。

「ああ、大きいあなたがわたしを訪問していますわ」

そう言いながら、待子はブルッと体を震わせた。

「そうです。あなたの中に、ズシン、ズシンと入っていくのが見えるでしょう」

「ああ、凄《すご》いわ……」

待子の黒目がゆっくりと上瞼《まぶた》の中に隠れていった。

「ああ……」

待子が体を支えている大原の腕をつかんだ。激しく女体が痙攣《けいれん》する。

大原は肩から待子の両足をはずした。今度は両足を揃えて伸ばさせる。その両足を大原は外側からはさみつけた。その形で出没運動を行なう。

欲棒が通路をえぐり、大原の恥骨が芯芽を叩く。

「ああ、いい……」

待子は伸ばした両足をよじる。

通路の奥から湧き出す蜜液はますますふえてきた。

待子が両足をしっかりと閉ざしているのに、大原はなめらかに出没運動を行なうことができた。

しばらくその形で行なってから、大原は今度は待子にバックの形をとらせた。

待子はいやがらずにバックの形をとった。白いヒップが突き出される。

そのヒップを引き寄せるようにして大原はバックからひとつになる。美貌の未亡人を犯す形である。

「こんな形でしたら、夫の霊は嫉妬に怒り狂うのではないかしら」

待子はつぶやく。

「どんな形でも、他の男に妻の下半身を自由にされれば主人は怒りますよ」

大原は出没運動のピッチを上げた。

「ああ……」

待子はしきりに体を小刻みに痙攣させる。

バック独得の異音が発生した。

「ああ、変な音」

恥ずかしそうに待子はヒップをよじる。

大原は爆発点に近づいたのを感じた。

待子はバックの形ではクライマックスに達するのがむずかしそうだった。

「クライマックスは正常位がいいですか」

大原は尋ねる。

「ええ」

待子は恥ずかしそうにうなずいた。

大原は結合を解いた。待子を仰向けにする。仰向けになって大原を迎える形を取ったとき、女芯からブーッと空気が洩《も》れた。

「いやだわ……」

待子は体をよじって恥ずかしがる。

それが大原にはとても新鮮に感じられた。

大原は正常位でひとつになった。

待子の恥骨のふくらみが圧迫快感を伝えてくる。大原は爆発が近いことを待子に伝えた。

「わたしもイキそう」

待子はつぶやくように言う。

通路がしきりに締めつけてくる。

大原は最後の出没運動を始めた。大原の出没運動に合わせて待子も腰を使う。

遠慮をかなぐり捨てた腰の使い方だった。

大原はたちまち爆発点に到達した。

「ああ……」

大原は低く呻くと勢いよく男のリキッドを噴射した。

「ああ、熱いのが……」

大原の爆発を感じて、待子はぐいと背中を持ち上げた。

白い喉《のど》を見せて全身を激しく痙攣させる。

通路がリズミカルに収縮した。

大原の爆発に触発されてクライマックスに達したのだ。

男のリキッドの放出を終えると、大原は痙攣を続ける若い未亡人の体を抱き締めて、余韻を楽しんだ。いつもは男のリキッドを放出してしまうと、さっさと女体から離れるのだが、待子からは不思議に離れたくなかった。

「夫の霊、諦めてくれたかしら」

持ち上げていた背中を平らにすると、待子はけだるそうに大原を見上げた。

「しばらく様子を見ないと分かりませんね」

「様子を見る、といいますと」

「当分、定期的にこれを続けながら、反応を見るのですよ」

「定期的にするのですか」

待子は嬉しそうに顔を輝かした。

「毎週一回、ここのホテルのバーで会って、これをどのくらいか、することにしましょう」

「どのくらいですか」

「ご主人の霊が諦めるまでです。一年になるか、二年になるか、根くらべです」

「三年になるかもしれないし、四年になるかもしれないわね」

「そうです」

「よかった」

待子はしっかりと大原を抱き締めた。

3

待子は胸のふくらみをしっかりと押しつけながら、上目使いに大原を見上げた。

「ねえ、大原さん」

「何ですか」

大原は待子の背中を撫でた。

「あーっ、そこ弱いの。だから、背中は撫でないでお話を聞いてほしいの」

待子は体をくねらせた。

「撫でながらではいけませんか」

「だって、撫でられていたら、わたし、またあなたが欲しくなるかもしれませんわよ」

「かまいませんよ。これで終わりにするつもりはありませんから」

「うれしいわ。だったら、ご自由に」

待子は鼻を鳴らした。

「今度は、これも脱がせていただけますか」

待子はガーターベルトとストッキングを脱ぎたいようだった。

「それはダメです」

大原は首を振った。

黒いガーターベルトとストッキングを待子が白い肌につけているので、興奮の度合が強いのだ。

「それで、話というのは?」

背中を撫でながら待子をうながす。

「あなたに抱かれながら考えたのだけど、世の中の未亡人といわれている人たちは、夫が死んで、半強制的にセックスを奪われた人たちが大半だと思うの」

「分かるよ。セックスを止めたくないのに、夫《や》が死んだために世間から尼さんのような生活を強要されてしまうなんて、こんな不合理なことはないと思うよ」

「そんな未亡人たちに、愛人をリースしたら受けるのではないかしら」

「愛人のリース?」

「そうなの」

「なるほどねえ」

大原は唸《うな》った。さすがにリース屋の考え出しそうなことである。

「リースだから、イヤになったら契約を解消できるし、ひとりで満足できなければふたりと契約すればいいし」

待子は目を閉じてうっとりと言う。

「しかし、金銭のやりとりがあると売春にならないかな」

大原は首をひねった。

「売春というのは女を買うことでしょう。女が男をリースするのだから売春にはならないはずだわ」

待子は目を開けて大原を見た。

「試《ため》しに、別会社を作って愛人リース業を始めてみたいの。あなたもひと口、乗ってくださらない？」

待子は柔らかくなった欲棒をぎゅっとつかんだ。男は欲棒をつかまれて迫られるとなかなかイヤとは言えない。大原は目を白黒させた。

「世の中には可哀想な未亡人はたくさんいると思うの。そんな未亡人たちをセックスの飢餓状態に置いておくのは、人権問題だと思うわ」

待子は大原の欲棒を握って演説をぶった。

「人権問題ねぇ。なるほど」

「だから、愛人リースの利用者は、当面、未亡人だけに制限するの」

「しかし、未亡人はすぐに集まるかもしれないけど、相手をする男はどうやって集めるのですか」

「まず、未亡人に深い理解のあるあなたに登録していただくわ」

「ちょっと待ってくれませんか。わたしがリースに登録したら、女房はだまってはいないと思いますよ。浮気を認めてくれるようなそんな太っ腹な女じゃありませんからね」

「あら、浮気じゃないわ。立派な人助けよ」

「しかし、結局は未亡人を抱くのでしょう」

「抱くけど、浮気ではないわ」

「女房がそう思うかなぁ」

「わたしが説得するわ」

「それで、ダメだと言ったらどうしますか」

「ダメだと言われてみないと分からないわ」

「多分、ダメだと言いますよ」

「でも、わたし、一度、説得してみるわ」

待子はそう言い張る。

「それなら、説得してごらんなさい」

大原は待子に説得させてみることにした。

「男性はいくらでも集まると思うの。だって、男性が必要な未亡人は若い人だと思うの」

「しかし、女は灰になるまで、と言いますからね。五十代や六十代、中には冥土《めいど》の土産《みやげ》に、と言って、七十代や八十代の未亡人も愛人リースを希望するかもしれませんよ」

「そうかなあ」

待子は首をかしげた。

「わたしは、万一、妻の許可が出て、愛人リースに登録したとしても、せいぜい相手をするのは三十代までの未亡人ですよ。それ以上はお断わりしますよ」

大原はそう言った。

待子は二十代前半の美貌の未亡人である。しかし、未亡人がみんな二十代の前半で美貌だとは限らない。

「でも、中には熟女が好きだという男性もいるはずだわ。女であれば年は問題じゃない、という男だっているはずよ。愛人リースに登録すると、未亡人が抱けるのよ。きっと希望者は殺到すると思うの」

「あなたと意見が対立するのは悲しいけど、わたしは男は集まらないと思いますよ」

大原は首を振った。

「分かったわ。わたし、もっとよく考えてみるわ」

待子はうなずいた。

「ところであなたと意見が一致しているのは、まだする、ということでしたわね」

待子は手で欲棒をしごいた。欲棒はすっかり回復していた。

大原は指で女芯の状態を探ってみた。

女芯には新しい蜜液が湧き出していた。

正常位では、せっかくガーターベルトとストッキングをはかせたましても、ほとんど視野の中には入らない。それではもったいない、と思う。

大原は待子にバックの形を取らせた。

バックの形なら、白い肌にアクセントをつけている黒いガーターベルトと太腿を包んでいるストッキングを見ながらできる。

それだけではない。

欲棒が女芯に出没する様子まで、しっかり見ながらできるのだ。

大原はバックからひとつになった。

ガーターベルトが食い込んでいるくびれたウエストをしっかりと引き寄せ、ストッキングに包まれた太腿に自分の太腿を密着させる。

そうしておいて、大原は出没運動を始めた。

真っ白く盛り上がったヒップを抱いて撫で回しながら、欲棒を勢いよく通路に送り込む。バック独得の空気の洩れる異音が、結合部から聞こえてきた。

「恥ずかしい音」

待子は体をよじる。

「気にしないでください。どんな高貴なご夫人でも、この形を取らせると、この音は出るものなのですよ」

大原は空気洩れの異音が出ても、この前のように結合は解こうとしなかった。

出没運動を続ける。

「ああ……」

恥ずかしがりながら、待子もヒップをリズミカルに動かす。空気が洩れるとき、女体の通路の壁を音が震わせるのがいい、と言う。

大原はガーターベルトとストッキングをつけさせたままの女体を最後まで眺めながら抱くことにした。

「最後までこの形でしますよ」

大原はそう言った。

「ええ、いいわ」

待子は大きくうなずいた。

待子は両肘と両膝で体を支えているのが辛そうだった。

欲棒を締めつける力が強くなった。

待子はバックの形のまま、クライマックスに達するつもりらしい。

クライマックスは近そうだった。

大原は出没運動のピッチを上げた。一気に爆発点に向かって突っ走る。

空気洩れの異音はますます騒々しくなったが、大原は気にしなかった。ブレーキがきかない状態になり、大原は欲棒を女体にしっかりと埋めて、男のリキッドを爆発させた。

待子は女体を激しく痙攣させながら、背中をのけぞらせ、大きく叫んでクライマックスに到達した。

大原は男のリキッドをすっかり放出すると結合を解いた。

待子はガーターベルトとストッキングをつけたまま、うつ伏せになってノビている。背中の線が惚れ惚れとするほど美しい。

これでは、死んだ亭主の霊は遠い死者の国に旅立つどころか、ますます待子に取りつきたがるだろうな、と大原は思った。

「ねえ、愛人リースの会社に全面的に協力してね。こんないいことを未亡人たちから取りあげるなんて、人道上、許せないわ」

快感の余韻にどっぷりと漬かって、待子は言った。

「分かりました。全面的に協力します。細部については、また、ベッドの上で相談しましょう」

大原は待子の背中を撫でながらうなずいた。

「嬉しいわ。わたし、あなたが登録第一号になるように奥さんを説得するわ」

待子は大原にしがみついてきた。

「女房はぼくが説得しますよ」

大原は慌てて言った。

そんなことを待子から佳子に言われたら、佳子は男ヤモメ救済の愛人リースを作って、その第一号に登録しかねない。

「そうね。奥さんの説得はあなたがしたほうがいいかもしれないわね」

待子はあっさりそう言った。大原はホッとした。

「ねえ、また、しない？」

待子は柔らかくなった欲棒をつかんだ。

「もう、ダメだよ。日を改めよう」

大原は白旗を掲げた。

どんなに待子が若くて魅力的な未亡人でも、男には限界がある。

「奥さんにとっておくの？」

待子は嫉妬の目で大原を睨《にら》んだ。

「とんでもない。そんなにしたら、女房が未亡人になるよ」

大原は首を振った。

ベッドから出てバスルームに行き、体を洗う。大原はバスルームから出ると、素早くパンツをはいた。

待子は入れ代わりに鼻唄を歌いながらバスルームに入った。立て続けに二回したので待子は上機嫌だった。

大原が身仕度をすっかり整えたとき、待子はやはり鼻唄を歌いながらバスルームから出てきた。

「わたし、危うくガーターベルトとストッキングをつけたまま、お風呂に入るところだったわ。あなたに裸で抱かれたつもりだったのね」

楽しそうにそう言って笑う。

女は抱いてやるとどうしてこんなに機嫌がよく、明るくなるのだろう……。大原は待子を不思議そうに眺めた。

会長の孫娘

1

「大原君、ちょっと、応接室まで来てくれないか」

　大原は上司の谷山《たにやま》部長に声をかけられた。

　大原は夜は大原商会の社長だが、昼は外資系の会社サザンフェニックスのサラリーマンである。

「何でしょうか」

　大原は谷山部長のあとについて、応接室に入って行った。

「実は、アメリカの親会社の『サザンカンパニー』のドレーン会長の孫娘のミアが、あした日本にやって来ることになってね。君にミアの日本滞在中のお守役《もり》を頼みたいのだ。期間は二週間。ほかに、適当な社員がいなくてね」

谷山部長はそう言った。

「それに、社員でＢＭＷを乗り回しているのは君だけだし、まさか会長の孫娘を中古のマイカーに乗せるわけにはいかないからね」

谷山部長はそうも言う。

アメリカの会社では、会長は社長よりも権力を持った、企業の第一人者である。会長は会社の成績が悪くなると平気で社長をクビにしてしまうのである。それほどの権力を握っている。

その会長が目の中に入れても痛くないほど可愛がっているのが孫娘のミアなのだ、と谷山は言った。

「それは会社の命令ですか」

大原は尋ねた。

「社長や専務と話し合って決めたのだから、会社の命令だ、と受け取ってもらってもいい」

谷山はうなずいた。

会社の命令なら拒否はできない。会社の命令を拒否すれば、クビになっても文句は言えないのだ。

二週間も会長の孫娘のお守をさせられたのでは、その期間は、美貌の未亡人の待子とべッドで仲良くできなくなる。

よほど、サザンフェニックスを辞める覚悟で断わろうかとも思ったが、まだ、脱サラは時期尚早《しょうそう》である。

それに、ここで、ドレーン会長に恩を売っておけば、将来、脱サラをしたときに役に立つかもしれない。そう考えたのだ。

「分かりました。やりましょう」

大原はうなずいた。

「ところで、ドレーン会長の孫娘のミアさんですが、東京ディズニーランドぐらいしか案内する場所はないと思いますが……」

「いや、孫娘といってもそんな小さな子供ではない。向こうの大学の一年生だそうだから、十八歳だ。行きたいところは自分で言うそうだ。だから、彼女がここに行きたい、と言うところに案内してくれればいい。もちろん、費用はすべて会社が持つ」

「そんな大きな人ですか」

大原はホッとした。お守、というから、もっと小さな子供かと思っていたのだ。

翌日の午後、大原はＢＭＷに野田《のだ》社長を乗せて成田の空港にミアを迎えに行った。

税関を通って姿を現わしたミアは栗毛の美人だった。背も大原と同じぐらい高い。

もちろん、プロポーションは抜群である。

こんな美女のお守なら、大歓迎だ。ミアを見た瞬間、大原はそう思った。

顔を知っている野田社長はオーバーなジェスチュアでミアを迎え、大原を紹介した。

「あなたが日本に滞在中、お世話をする男です」

英語でそう言う。

「よろしく、ミア」

大原はミアと握手をした。もちろん、使うのは英語である。ミアは英語しか話せない。

「いいかね、会長のお孫さんだから、くれぐれも失礼のないように頼むよ」

握手をしている大原に野田社長は言った。

大原は駐車場まで車を取りに行く、とミアに言った。

「それでは、駐車場まで歩きましょう」

ミアは持ってきた荷物を野田社長に持たせ、大原の腕にぶらさがって歩き始めた。野田社長は仕方なく荷物を持って、大原とミアのあとに続いた。

「まあ、BMW! これ会社の車?」

ミアは車を見て目を輝かした。

「いや、これはわたしの車ですよ」

大原はリアシートのドアを開けた。

「BMWなら、わたし、前に乗るわ」

ミアはさっさと助手席に乗り込んだ。

野田は憮然《ぶぜん》としてリアシートに乗り込む。

車をスタートさせると、ミアは大原のほうに体を寄せて来た。化粧はしていないので、少女の匂いがする。ワキガの匂いもかすかにした。

欧米人はワキガの匂いが大好きである。ワキガの匂いのまったくしない女はつまらないと言う。

ミアは欧米人好みの女なのだ。

「きょうはホテルに直行します。長旅でお疲れでしょうから、今夜はごゆっくりお休みください」

リアシートから、野田が体を乗り出すようにして言った。

「そうします」

ミアは素直にうなずいた。

「明日はどちらをごらんになりたいですか」

「三日ほど、東京を見て、それから東海道《とうかいどう》新幹線で京都に行きたいわ。京都を見たら大阪を見て、広島《ひろしま》にも行ってみたいわ」

ミアはそう言った。

「社長。地方にもわたしがお供をするのですか」

大原は野田に尋ねた。

「もちろんだよ」

野田は当然だというように言った。

「いいかね。くれぐれも失礼がないように」

野田は念を押した。

ミアは東京では、銀座や浅草《あさくさ》に行って見たいと言った。

「それでは、明朝、九時にお迎えに上がります」

宿舎の新宿《しんじゅく》ヒルトンホテルでミアを降ろすと、大原はそう言った。

「分かりました。それじゃ、チャオ」

ミアはひとりでホテルに入った。

ミアを見送ってから大原は野田社長と会社に帰った。

会社に帰ると、すぐに、ミアは電話をしてきた。

「ねえ、こっちへ来てくれない。食事とディスコをつき合ってほしいの」

ミアは甘えた声を出した。

「分かりました」

大原は苦笑した。

すぐにホテルに引き返す。

ミアはホテルのロビーで大原を待っていた。

「野田社長はゆっくり休めと言ったけど、わたし、まったく疲れていないの。だから、どこかで食事をして踊りに行きたいわ」

ミアは言う。ミアは元気たっぷりだった。

大原は神戸《こうべ》牛のステーキのおいしい店にミアを案内した。

日本料理をと思ったが、日本料理は次の日の夜、野田社長が案内することになっている。あまり日本料理攻めにすることはない、と大原は思った。

ミアはステーキをひと口食べて、目を丸くした。

「おいしいわ」

そう言う。

ミアはアッという間に二百グラムのステーキをペロリと平らげた。食欲はきわめて旺盛である。

ステーキのあとで、アイスクリームとメロンも平らげる。

食事がすむと、大原は地下の駐車場に車を取りに行く、と言った。

「わたしも一緒に行きます」

ミアは言う。

駐車場に止めている車のところまで行くと、大原はリアシートのドアを開けた。

「わたし、前がいいわ」

ミアは首を振った。

大原は改めて助手席のドアを開けた。

ミアが長い足を折り畳んで助手席に乗った。そのときスカートの奥がチラリと見えた。

大原は、アレッと思った。スカートの奥に茂みが見えたからだ。

どうやらミアはノーパンティらしい。はくのを忘れたのかな、と大原は思った。

しかし、パンティをはき忘れたとは考えられない。意識的にはかずに出てきたのだろう。

欧米の女はパンティをあまりはきたがらない。パンストをはく場合は、ほとんどノーパンティである。

そのために、メーカーはパンストのパンティの部分が厚くなったのを売り出したが、これがパンティをはかない主義の女たちに受けて、バカ売れなのだ。

女芯は湿気が多い。ノーパンティだと、女芯にホコリがつかないだろうか、と他人事《ひとごと》ながら、大原は心配になった。

大原は若い人向けの店とアダルトディスコのどちらに行きたいか、とミアに尋ねた。

「もちろん、アダルトディスコよ。チキンの集まる店はイヤよ」

ミアは言った。

「チキン」というのはアメリカのスラングで、「ガキ」という意味である。

まだ「チキン」のミアが、若い子たちのことをチキンと言うのが大原にはおかしかった。

大原はＢＭＷを運転して、六本木《ろっぽんぎ》のアダルトディスコにミアを連れていった。

インテリアが黒で統一されたディスコである。

ミアはその店がすっかり気に入ったようだった。大原をフロアに引っ張りだして、早速、ミアは踊った。ミアの踊り方は、ダイナミックでしかもしなやかだった。

「この店に来ている女の子の中では、一番踊りが上手ですよ」

大原はほめた。

「ありがとう」

ミアは嬉しそうに笑った。

二時間ほど、ミアはほとんど休みなしに踊った。さすがに二時間近く踊ると、ミアは満足したようだった。

「帰りますか」

大原はミアに尋ねた。

「スローを踊ったら帰りましょう」

ミアは言う。

スローの曲がかかると、大原はミアを抱いて踊った。体を密着させるとミアの胸が大原を押し返してきた。日本人にない発達したボインである。ウエストは信じられないほどくびれていた。

欲棒を張り出した恥骨が押してくる。

大原はミアがパンティをはいていないことを思い出した。

途端に、欲棒が勢いよく頭を持ち上げてきた。

大原は慌《あわ》てた。相手はアメリカの親会社の会長の孫娘である。野田社長からくれぐれも失礼がないように、と念を押されている。そのミアに欲棒を固くして突きつける形になったのだ。これ以上の失礼はない、と思ったのだ。

ところが、ミアは固くなった欲棒にぐいぐいと恥骨を押しつけて来たのだ。

大原は恥骨で固くなった欲棒を押して来たミアを眺めた。

ミアはじっと大原を見つめる。

その目が、キスをしてほしい、と訴えていた。

大原は唇を唇に近づけた。唇が軽く唇に触れる。それが初めての挨拶だった。

二回目は舌と舌がからみ合うディープキスだった。

ミアは、大原の背中に回した手に力を入れた。

大原はミアの体を抱き締めながら女体を撫で回す。パンティをはいていないヒップも撫で回す。

まるで垂れ下がっていない、メイド・イン・ＵＳＡの量感のあるヒップを撫で回すと欲棒はますますいきり立った。

長い情熱的なキスだった。

キスをしながら、大原はミアの女芯が蜜液を溢れさせているかもしれないな、と思った。

ともすれば、手がスカートの中に入り込もうとする。辛《かろ》うじてその手を自制して、大原はキスを続ける。

スローの曲が終わるまで、ミアは唇を離さなかった。

ようやくスローの曲がすむと、ミアは大原を離した。

「帰りましょう」

そう言うと、出口に向かう。

大原はレジで勘定を払って店を出た。

2

駐車場に止めておいたBMWの助手席に、ミアを乗せる。

ミアは大原が運転席に腰をおろすと飛びかかってキスをしてきた。

大原はキスに応じながら、今度は、スカートの下に手をすべり込ませた。冷たいすべすべしたヒップに手が触れた。

柔らかい茂みにも手が触れる。

茂みの下の女芯には思ったとおりに蜜液が熱く湧き出していた。

大原は女芯の中から蜜液まみれになっていた芯芽を探り出した。ミアは可愛らしい顔に似合わず大粒の芯芽を持っていた。その芯芽を指でくすぐる。

「うっ……」

女体を小刻みに痙攣させながらミアは呻いた。

ミアは大原のズボンのファスナーを引き下げた。パンツの中からいきり立った欲棒を引っ張り出す。

「とっても固いのね」

ミアはそう言うと、いきなり欲棒をパクリとくわえた。大胆に、喉《のど》に突きたてるようなくわえ方だった。

ミアは熱心に大原の欲棒をしゃぶった。

そのテクニックは日本のソープランド嬢よりもはるかに上手だった。なにしろ、くわえ方からして大胆である。大原はミアにしゃぶられているうちに、男のリキッドを放出したくなった。

ミアにそう言う。

「リクライニングシートを倒して」

ミアは言う。

大原はリクライニングシートを倒した。

ミアは体の向きを百八十度変えて、大原の上に乗ってきた。

大原の目の前にミアの女芯が突き出された。

薄暗い駐車場の車の中である。

女芯の様子ははっきりとは見えないが、淫唇はかなり発達して尖っていた。

女芯の亀裂は長い。芯芽も大粒だった。

ガーターベルトで吊《つ》ったストッキングの上部が、蜜液で濡れていた。

女芯からはかなり強烈な女の香気が立ちのぼっていた。日本の女のそれとは違って、バターの匂いがする女の香気である。

大原はスカートを大きくめくって女芯にガブリとくらいつくようにして舌を使った。バターの匂いのするミアの香気が大原を包む。

「おうっ……」

ミアは声を出すと、欲棒をくわえた。唇と舌でゆっくりとしごく。

大原は長い亀裂を舌でなめて、芯芽をくすぐった。

「ああ、いいっ……」

ミアはしきりに呻く。

しばらくシックスナインでお互いに愛撫を行なって、ミアは体の向きを再び変えた。

大原と向かいあい、頭を車の天井にぶっつけないようにして女上位でひとつになる。

欲棒はゆるやかに女芯の中にすっぽりと埋まった。

「日本人の指は器用だと聞いていたけど、舌までも器用なのね。わたしをたまらなくしてしまったのだから」

ミアはひとつになると、言い訳をするようにつぶやいた。

「ああ、とても固いわ」

体を前後にスライドさせながらそう言う。

サイズはアメリカの男にはとても敵《かな》わないが、硬度なら、日本人が上である。

ミアの動きに合わせて大原は下から腰を突き上げて、固い欲棒を打ち込んだ。

「ああ、いい……」

ミアは体をよじった。

感じているのだ。

ミアは上半身は脱いでいない。大原は乳房をじかにつかむわけにはいかなかった。

ゆるやかだった女芯に収縮が生まれた。

「ああ……」

ミアはブルッと女体を震わせると、大原の胸の上に倒れ込んだ。欲棒を締めつける力が強くなる。

ミアは全身を痙攣させながら大原にしがみついた。クライマックスに達したのだ。

大原はミアの体を抱き締めると下から突き上げるようにして出没運動を行ない、男のリキッドを勢いよく放出した。

ミアは大原の放出のリズムがおさまると結合を解いた。

ハンドバッグからポケットティッシュペーパーを出して、欲棒を拭《ぬぐ》い、スカートをまくって女芯を拭う。

大原はいつの間にかずり下げられていたパンツとズボンをあげ、ファスナーを引き上げた。

リクライニングシートを元の位置にして、素早くあたりを見回した。

駐車場には人影はない。

大原はエンジンを始動させ、車を発進させた。

ミアは大原の膝に手を乗せて来た。

「ねえ、オードブルだけでメインディッシュがない夕食って、おなかが空くわね」

そう言う。

「そうですね」

大原はミアが何を言いたいのか理解できなかった。

「わたし、今がそうなの」

「だって、食事はさっきすませましたよ」

「そうじゃないの。駐車場でオードブルだけ食べて、ベッドでのメインディッシュがなければつまんない、というのよ」

ミアは大原を流し目で見た。どうやら、駐車場での一戦はミアにとってオードブルでしかなかったらしい。

「ホテルに着いたら、一緒にお部屋に上がって来てちょうだい」

ミアは命令口調で言った。

「分かりました」

大原は大きくうなずいた。

どうせ、抱くのであれば、ベッドでゆっくりと若いミアの体を賞味したかった。

「ミア。さっき、君の中に直接出したけど、妊娠の心配はないのだろうね」

大原は尋ねた。

「ピルを飲んでるから心配ないわ。本当は、日本にいる間だけでもピルは止めようと思ったの。でも、気に入った男がいたら、飲み続けるつもりだったわ。成田であなたの顔を見た途端に、ピルは止めないことにしたの」

ミアは大原の顔を見てニヤリとした。

大原は片手で運転しながら、ミアを抱き寄せてキスをした。

3

ホテルに戻ると駐車場に車を入れ、エレベーターで、直接、部屋に向かう。

部屋に入るとミアは大原に飛びかかってきた。

窮屈だったカーセックスの元を取ろうとするように、ミアは大原に舌をからませるディープキスをしながら、ぐいぐいと恥骨のふくらみを押しつけてきた。ボインが大原の胸を押し返してくる。

大原はキスをしながらミアの背中を撫で、ボリュームのあるヒップをスカートの上から撫でた。

その手が撫でているうちにスカートの中にすべり込む。ストッキングの上にすべすべしたナマのヒップがあった。

「パンティははかない主義なのかね」

キスをすませると、大原はミアのスカートを脱がせながら尋ねた。

「パンティは持っているけど、抱かれたい日ははかないの。男の人は脱がせる手間がはぶけていいでしょう」

ミアはニッコリと笑った。

スカートを脱がせると、ミアはブラジャーだけになった。下はストッキングとガーターベルトだけである。

茂みは頭髪より幾分黒みがかった色をしていた。茂みの面積は広い。

大原はミアがパンティをはかない理由が茂みを見て分かったような気がした。茂みが大きすぎてパンティからはみだすはずである。はみだすぐらいなら、初めからはかないほうが見苦しくない。

「ビデがあれば、このままたがって洗えるけど、ここはシャワーでしょう。いちいち脱がなければならないから面倒だわ」

ミアはぶつぶつ言いながらガーターベルトとストッキングを脱いだ。

その間に大原も裸になる。

ミアは最後にブラジャーをとった。

ポロリと大きなボインが現われた。形のいい大型の乳房である。

乳輪も大きく、ピンク色をしていた。乳首は乳輪に不似合いなほど小さい。

ミアの裸を眺めているうちに、大原の欲棒はついさっきミアを抱いたことを忘れたように いきり立ってきた。

それは大原が自分で感心したほどの素早い回復力だった。

「ちょっと洗ってくるわね」

ミアは裸になるとバスルームに入った。すぐにシャワーの音が聞こえてきた。

ほんの五分ほどでミアはバスタオルで体を拭《ふ》きながら出てきた。

入れ代わりに大原は、バスルームに入ってシャワーで欲棒を洗った。欲棒を洗っただけで大原はバスルームを出た。

ミアは窓ガラスに裸の体を押しつけて新宿の町を見おろしていた。

大原はうしろからミアに近づくと、裸の肩にキスをした。

ミアはくるりと向きを変えると、大原に抱きついてきた。

ぐいぐいと尖った恥骨のふくらみを押しつけながら、キスをする。

恥骨のふくらみを覆っている茂みが、いきり立った大原の欲棒をブラッシングした。

大原はミアを抱き上げるとベッドに運んだ。ミアはしっかりと大原に抱きついている。そのために、ミアは信じられないほど軽かった。

ベッドで仰向けにミアを横たえると、大原は、まず、茂みにキスをした。

シャワーで洗ったばかりの茂みなのに、そこからアメリカ女独得の、バターとチーズをミックスしたような匂いが立ちのぼっている。茂みにしみついた匂いなのだろう、と大原は思った。別に、嫌悪感を催《もよお》す悪臭ではない。

大原はその匂いを嗅《か》いでから、改めて、唇へのキスから始めた。キスをしてから今度は乳房に唇を這《は》わせる。柔らかい大きな乳房は、唇を押しつけると窒息しそうになった。

窒息をさけるために、乳首をくわえる。

小さな乳首が固く尖った。

「おう……」

ミアの唇から声が洩れた。

乳房から大原は唇を腹部に移動させた。ヘソの窪みを尖らせた舌でくすぐり、張り出した腰骨に軽く歯を立てる。

「あーっ……」

ミアは大きく腹部を波打たせた。

そこから、太腿の外側を膝頭までゆっくりとすべり降りる。

今度は、反対側の太腿の中央を駈《か》け足《あし》で攻めのぼる。そこから再び反対側の太腿の内側に唇を移動させ、そこからきわめてスローペースで膝頭のあたりまでさがる。

さらに、反対側の内腿を女芯に向かってカタツムリの速度で這いあがる。

「ああ……」

ミアは大原の舌を歓迎するように大きく両足を開いた。

蜜液に濡れそぼった女芯が現われた。女芯は赤味がかった色をしていた。発達しかかった淫唇が女芯の左右で尖っていた。

大原は、舌で尖った淫唇の内側をそっと撫でた。

「あーっ……」

ミアは腰を突き上げた。

淫唇の上部に、芯芽がカバーの中から頭を覗かせていた。

ピンク色の、やや大きめの芯芽である。

大原はその芯芽をペロリとなめた。

「あーっ……」

ピクン、ピクンと女体を弾ませながらミアは腰を突き上げた。

大原が舌で芯芽を撫でる度《たび》に、ミアの女芯は収縮し、通路の奥からバターの匂いのする蜜液が溢れてくる。

「ねえ、来て。早く来て」

ミアは手を伸ばして大原を求める。

大原はカーセックスでは女上位でミアに楽しまれている。今度は、バックの形を取らせ、ミアを犯すようにして抱きたかった。

「バックでしよう」

大原は言った。

「あれは犯されているみたいだから、あまり好きじゃないわ」

ミアは腰を突き上げながらそう言う。

「アメリカの親会社の会長の孫娘を犯してみたいのだよ。そうすれば、男として大変な自信がつきそうなのでね」

大原はミアの女芯に指を突っ込んだ。

「あーっ、それもダメよ」

ミアは悲鳴に似た声を上げた。通路が強い力で大原の指を締めつけてきた。

大原はGスポットの場所を探った。それらしいものは見当たらなかった。

それでも、ミアは、いいっ、いいっ、と声を上げる。

「ねえ、本物を早くちょうだい」

ミアは再び手を伸ばして大原を求めた。

「うしろを向いて」

大原はミアにうしろを向かせた。

互いに体の左側を下にして横を向いた形である。

大原はミアの右足を上げさせて、うしろから女芯に欲棒を挿入した。なめらかに欲棒は通路に迎え入れられた。

しかし、横臥《おうが》では、動きがままならない。

ミアはじれったそうに腰を使った。

角度に無理があるのか、ミアが大きく腰を使うと、すぐに結合がはずれる。

「ねえ、上になって」

ミアは言う。

「バックだよ」

「言いだしたら聞かないのね」

ミアは溜息をつくと、バックの形を取った。

大原はミアの後ろに回った。

目の前にミアの安産型のヒップが突き出されている。

大原はバックからミアを貫《つらぬ》こうとした。しかし、突き出された通路の位置が高すぎて結合ができないのだ。背丈の高さはほぼ同じくらいだが、ミアは足が長いのだ。

大原は中腰になってようやくミアを貫いた。

「いいっ……」

ミアは体をよじる。

大原は満足した。

ついに、アメリカの親会社の会長の孫娘を犯す形で抱いたからだ。

4

親会社の会長の孫娘を犯す形で抱くというのは、サラリーマンにとって最高の勲章である。

あとはミアをクライマックスに導いてやって、骨抜きにしてしまうことである。

その前に大原は、まず、自分がネギを背負ってアメリカからやってきたカモをたっぷりと堪能することにした。

大原はミアの白いヒップをわしづかみにして、出没運動のピッチを上げた。

「ああ、いい……」

バックの形は好きではない、と言いながら、ミアはあえぎ始めた。

通路がキュッと締めつけてくる。

大原は強く締めつけてくる通路に逆らうように、大きな振幅で欲棒を出没させた。

バックの形では、欲棒が女芯に出没する様子がバッチリと見える。欲棒を抜く動きをすると、靴下を脱ぐときのように、通路の内側が欲棒にからみついて反転しそうになりながら出てくる。ひじょうに刺激的な眺めである。

大原は男のリキッドの爆発が近づいたのを感じた。そのことをミアに言う。

「ダメーッ！」

ミアは強い力で欲棒を締めつけた。

「ひとりだけでクライマックスに達するなんて許せないわ」

そう言う。

レディファーストの国アメリカでは男だけがクライマックスに達したりすると、離婚を申し立てられても弁解の余地はないらしい。だから、早漏の男はホモに走るしかないのだな、と大原は思った。

不思議なことに、欲棒を強く締めつけられたために、放出感は遠ざかった。

大原は出没運動を続けながら、剝《む》き出しになったアヌスを親指で押さえた。

「あうっ……」

ミアは呻いて、またもや強く欲棒を締めつけた。

出没運動を続けていると、バック独得の放屁《ほうひ》音に似た異音が発生した。

「この音が出るからバックはイヤなの」

ミアは体をよじった。

会長の孫娘がオナラに似た音を、ブーッ、ブブーッ、と鳴らしているのはみっともいいものではない。

大原は中腰を続けていて、疲れを感じていた。

犯す形でミアを抱いて当初の目的は達している。大原は結合を解いた。

「どうしたの?」

体をよじってけげんそうにミアは大原を見た。

大原はミアを仰向けにした。正常位で結合する。

「あーっ、いいっ。これで、抱かれたかった」

ミアは嬉しそうに叫んだ。

ミアは大原が出没運動を始めるより早く、下から腰を突き上げてきた。

安産型の大きく張り出した腰の持主だけに、突き上げ方もダイナミックである。

ミアが腰を突き上げる度に、恥骨のふくらみが圧迫快感を伝えてくる。ミアはきわめて乗り心地のいい女体の持主だった。

大原は波にゆられて舟遊びを楽しむように、ミアの上でじっと身を委《ゆだ》ねていた。

ミアの動きがあまりにもダイナミックなので、出没運動を行なわなくても気持ちがいい。

　舟遊びでは、たまに船酔いをすることがあるが、ミアの上で女酔いをする心配はなさそうだった。

「あなたも動いて」

　腰を突き上げながらミアは叫ぶ。

　大原はようやく出没運動を始めた。ミアが腰を突き上げてくるときに、大原は腰を突き出す。ミアが腰を突き上げるスピードに大原の腰を突き出すスピードが加わって、出没運動のスピードは一挙に二倍になった。

　快感も一気に二倍になった。

　それはミアも同じらしく、あえぎ方が激しくなった。

　大原は駈け足で爆発点に近づいた。

「たまらないよ、ミア」

　大原はミアの乳首に吸いついた。

　勝手に男のリキッドを爆発させるな、と言われても、無理な状況だった。大原はミアの乳房をわしづかみにしながらそう言った。

「いいわ。わたしも止まらないわ。出して」

　ミアは息も絶え絶えにうなずいた。グイッ、と大きく背中を持ち上げる。通路が強い力で欲棒を締めつけた。

大原は熱い男のリキッドをメイド・イン・USAのグラマラスな女体の奥深く、勢いよく放った。

さっき駐車場でのカーセックスでも出しているから二回目の爆発である。

それにもかかわらず、男のリキッドの量は少なくなかった。一回目と同じほどたっぷりと出たのだ。

「熱くてやけどしそう……」

ミアは呻きながら、激しく女体を痙攣させた。

大原が男のリキッドのリズミカルな噴射を終えると、ミアの持ち上げていた背中が崩れ落ちた。

ミアは額に汗を浮かべて、荒い呼吸をしていた。

「素晴らしいわ、広志」

しっかりとしがみついてキスをする。

ミアの瞳は輝いていた。

「あなたのは小さいけど性能は世界一ね」

ミアはそう言った。

大原はいささか不満だった。自分では大きい欲棒のつもりだが、アメリカでは、並以下の大きさらしい。

大原は欲棒を、小型で性能がいい、とほめられたのは初めてである。そんなほめ方をするのはアメリカの女しかいないだろう、と思う。それだけアメリカではキングサイズの欲棒の持主が多いのだろう。

「小さいのにとても固いのね。鉄の棒が入っていたみたい」

ミアは柔らかくなった欲棒を、不思議そうにいじり回した。

そのうちに疲れたのか、ミアは眠ってしまった。大原もすぐに眠った。


どれぐらい眠ったか、大原は欲棒に快感をおぼえて目をさました。

欲棒はすでにいきり立っていた。

ミアが欲棒をくわえて入念に愛撫を加えていた。

大原が目をさましたと分かると、欲棒から口をはなして、キスをしてきた。

「目をさましたら、あなたのが鉄の棒が入ったような状態になっていたの。だから、本当に鉄の棒が入っているかどうか、確かめていたのよ」

キスをしてから弁解するように言う。どうやら、大原の欲棒が朝の現象を起こしていたらしい。

「鉄は入っていたかね」

「形状記憶合金が入っているみたい」

ミアはそう言いながら大原に乗りかかってきた。女上位になって、手を使わずにひとつになる。欲棒はなめらかに女芯にすべり込んだ。

「ミアのほうの形状記憶合金も確かなようだね。手を使わずに迎え入れてくれるのだから」

大原はミアを抱き締めた。

女芯の中には、新しい蜜液が熱く溢れていた。

「わたし、淫乱かしら。心配になっちゃった。いつもは、こんなにほしがらないのよ」

ミアは弁解しながら、早くも動き始めた。

体を上下にスライドさせる動きである。

キュッ、キュッと女芯が欲棒を締めつけてくる。

「あなたの固いのがわたしを淫乱にさせたのだわ。ああ、固いのが、コツン、コツンと当たるのが分かるぅ」

ミアは上ずった声を出した。

奥には、コツン、コツンと、当たっていないから、天井や左右の壁を突いているのだろう。

女上位にするとミアはかなり重いことが分かる。

大原はトイレに行きたかった。女上位のままでは、漏《も》れかねない。

ミアは上半身を起こした。同時に、大原も上半身を起こす。居茶臼《いちゃうす》の形になったのだ。

これなら、しばらくはトイレに行くのを我慢できる。

アメリカ人を始め、外人はトイレでは便座に腰をおろして用を足す。そのために、蹲踞《そんきょ》の姿勢で用を足す日本人に比べると足腰の踏ん張りが弱い。

女にしてもそれは同じで、腰を浮かして蹲踞の姿勢に近い形を取らなければならない居茶臼には弱い。

居茶臼では出没運動の主導権は女にある。腰を浮かし加減にして動かすのは女の役目である。

しかし、ミアはともすれば、尻もちをつきそうになった。

すでに、昨夜、二回のクライマックスでミアは疲れている。ミアは動くのがいかにも辛《つら》そうだった。

居茶臼では、男はただ単に女体を支えるだけでは能がない。居茶臼では、他の形では攻められない女のアキレス腱《けん》を攻めるべきである。つまり、女のアヌスを攻めるのだ。

大原はミアのヒップを支えながら、指を伸ばしてアヌスを愛撫した。それができるのは、居茶臼だけである。

「あっ……」

大原の指がアヌスを撫でたり、押したり、突いたりする度に、ミアは小さな悲鳴を上げて腰を浮かせる。

そうすると、自然にミアは出没運動の動きをすることになる。

しかし、それも長く続くとミアは疲れてしまった。

それに、快感が高まってクライマックスが近づいてくると動きが鈍くなる。

ミアがストンと腰を落としたときを狙って、大原はアヌスをさわっていた指をスルリと中にすべり込ませた。

「あーっ……」

ミアは叫び、ヒクヒクと女体を痙攣させた。指の先に隣りのホールに入り込んでいる欲棒がさわった。

ふたつのホールは薄い粘膜一枚をへだてているだけだ、ということがよく分かる。

大原は腰を突き出しながら、指も出没させた。

「あーっ……」

ミアは大きく叫び、通路とアヌスを、同時に、強く収縮させた。

クライマックスに達したのだ。

大原はアヌスから指を引き抜くと、ミアを仰向けにして上になり、激しく出没運動を行なって、男のリキッドを噴射した。

そのまま、失神したようにミアはぐったりなる。

大原はベッドから降りるとバスルームに入り、小用を行なった。欲棒の通路を詰まらせるようにして残っていた男のリキッドのために、小用は八方に飛び散り、床をびしょびしょにした。

大原はバスタブにお湯を入れ、小用のついでに朝風呂を楽しんだ。

サンドイッチの味

1

ミアは三日かけて東京見物をしたが、なにしろ、午前中は眠っていて、午後になって出かけるのだから、なかなか見物は、はかどらなかった。毎晩、くたくたになるまで大原を放さないのだから、朝になっても起き上がれないのだ。

その代わり、ミアのご機嫌は最高に麗《うるわ》しかった。いつも、鼻唄気分なのである。

東京見物がすむと、大原はミアを新幹線で京都に案内することになった。

野田社長は、さすがに、大原とふたりだけで京都に行かせることを危惧《きぐ》して、社長秘書の松下麻美《まつしたまみ》を同行させることにした。

麻美は社長秘書だけあって、英語が堪能な二十五歳のすらりとした美人である。

「大原さんとふたりだけでいいよ」

ミアは野田にそう言ったが、野田は男とふたりだけで京都に行かせたことがおじいさまの会長にバレたら、わたしはクビです、と言って、松下麻美を押しつけた。

「万一、ミアさんが日本で妊娠してアメリカに帰られたら、サザンフェニックスは潰《つぶ》されてしまいます」

そうも言う。

「野田さん。アメリカの女が妊娠するようなヘマをするはずはないわ」

ミアはそう言ったが、野田は聞かなかった。

「とにかく、松下麻美をお連れください」

そう言い張る。

「その代わり、ミアさんのおっしゃることは何でも聞くように言ってありますから」

そうも言う。

「本当に、何でも言うことを聞いてくれるのね」

ミアは念を押して麻美の同行を認めた。

「松下さんが行ってくれるなら、わたしはお役御免ですね」

ホッとしたように大原は言った。毎晩、明け方まで、こってりしたセックスにつき合わされて、いささかグロッキー気味だったのだ。

「ダメよ。松下麻美さんが同行しても、あなたも一緒に行くのよ」

ミアは命令した。

「ミアさんがああおっしゃるのだ。君も京都につき合いなさい」

野田は無責任にそう言う。

「分かりました」

大原は京都に行けば、寝室は別だからゆっくり休める、と思って、渋々うなずいた。

東京を出たのが午後二時の列車だったので、京都のホテルに入ったのは午後五時すぎだった。ホテルに着くと、松下麻美はシングルの部屋を三部屋取ろうとした。

「ダメよ。シングルは。ダブルベッドがくっついているスイートをひと部屋取りなさい」

ミアは麻美に命令した。

社長の野田からミアの言うことは何でも聞くようにと言われている麻美は、スイートの部屋をひとつ取った。

「部屋がひとつでベッドがふたつということは、どういうふうに寝るのですか」

部屋に入ると、不安そうに麻美はミアに尋ねた。

「三人一緒に寝るのよ」

こともなげにミアは言う。

「大原さんを真ん中にはさんで、アメリカンクラブサンドイッチで寝ましょうよ。わたし、ひとりだけだと、寂しくて眠れないの」

「しかし、男性を真ん中にはさんで寝たら、それこそ緊張して、眠れないのじゃありませんか」

麻美は困った顔をした。

「眠れるか眠れないか試してみたら。あなたもきっと、アメリカンクラブサンドイッチのトリコになると思うわ」

ミアは麻美にウインクをした。大原はミアが３Ｐに麻美を誘い込むつもりだな、と思った。

疲れてはいるが、３Ｐとなると話は別である。３Ｐならいくらでも頑張れそうな気がする。

「大原さんは一緒の部屋でいいのですか」

麻美は困った顔で大原を見た。

「わたしはミアさんのおっしゃるとおりにしますよ。なにしろ、我が社の将来はミアさんにかかっているのですからね」

大原はニヤニヤしながらうなずいた。

「分かりました」

麻美は唇を噛んだ。

「それでは、京都の料亭を予約しますわ」

麻美はベッドのそばのテーブルの上にあった電話を取りあげようとした。しかし、手が震えて、電話を取り落とす。

「料亭って、日本の料理?」

ミアが尋ねた。

「はい。日本の料理を楽しみながら、舞妓《まいこ》さんを呼んで踊りや歌を見ていただくように、と社長に言われていますから」

麻美は言った。

「それ止めましょう。やはり、食事はステーキがいいわ。ステーキにワイン。日本料理も舞妓さんもいらないわ」

ミアは首を振った。

今夜も楽しむつもりのミアは、スタミナのない日本料理よりも強精作用のあるステーキをリクエストしたのだ。

「しかし、社長から――」

そう言いかける麻美を、大原はさえぎった。

「社長からは、何事もミアさんの言うとおりにするように、と言われているだろう?」

「あ、はい。でも、わたし、京都でステーキを食べさせる店は知らないのです」

「ぼくが調べよう」

大原はコンシェルジェに電話をして、ステーキのおいしい店を教えてもらった。

タクシーを飛ばしてその店に行く。

麻美はワインをガブ飲みした。

酔わなければ、一緒の部屋に寝られない、という感じである。

大原たちはステーキを食べながらワインを二本空にしたが、麻美はひとりで一本近く飲み干した。

「ダメだわ。今夜は、いくら飲んでも酔わないわ」

麻美は最後のグラスを空にすると溜息をついた。

夜の京都の町は、祇園《ぎおん》や先斗町《ぽんと》でお茶屋あそびをするのでなければ、カラオケかディスコぐらいしか遊ぶ場所はない。カラオケは日本語がまるでダメなミアには不向きな場所である。ディスコはもういいわ、とミアは言う。

そうなるとホテルに帰って寝るしかない。

「今夜は早く寝てあしたは朝から京都見物をしましょう。金閣寺《きんかくじ》や銀閣寺《ぎんかくじ》を見たいし、清水寺《きよみずでら》も見たいから午後からでは遅いでしょ」

ミアは珍しくそう言う。

「それじゃ、ホテルに帰ることにしよう」

大原はタクシーを拾って、ミアと麻美と一緒にホテルに戻った。

ミア、大原、麻美の順番にバスルームを使うことになった。

ミアがバスルームに入ると、麻美は冷蔵庫からワインを出して飲み始めた。

「松下さん。念のために聞いておくけど、あなたは処女ですか」

大原は尋ねた。

麻美はピクンと体を震わせた。

「どうしてそんな失礼なことを尋ねるの」

麻美は顔色を変えた。

「男と女がひとつのベッドに寝るのだよ。間違って君の胸に手がさわるかもしれないし、股間に手がいくかもしれない。その度に、悲鳴を上げられたのでは迷惑だからね」

大原は麻美の顔を覗き込んだ。

「わたし、二十五歳なのよ。処女ならとっくに卒業しました。でも、とても敏感なので、あなたにさわられたらきっと声を出すわね。それを考えたから、酔わないのよ」

麻美は怒ったように言った。

「でも、意識的にさわらないでね。声を出したらミアさんに悪いでしょう?」

「ミアさんなら何とも思わないだろうね」

「だって、ミアさんは、まだ処女でしょう」

「処女どころか、男性経験は人妻並だよ」

「まあ……」

「だから、ひょっとすると、今夜、ぼくはミアさんに襲われるかもしれない」

「そんな……。わたしのそばでヘンなことをされたら、困るわ。拒《こば》むのでしょう」

「拒むつもりでも、こいつがどう反応するかだね。こいつがいきり立てば、何も拒むというわけにはいかないだろう」

大原は股間を撫でた。

「とにかく、始まったら、目をつぶって、ジッとしていることだね」

「そんな……」

麻美は体をよじって、大原を恨めしそうに睨《にら》んだ。

ミアはバスルームから出てくると、持参のベビードールに着替えた。ベビードールの下はブラジャーもパンティもつけていない。乳首や茂みが、薄い布を通してはっきりと浮び出ている。

大原はひと風呂浴びて裸で出てくると、素肌に浴衣《ゆかた》を着た。もちろん、パンツなどははかなかった。

「ねえ、こっちでナイトキャップをやらない？」

ミアは悩ましい声で応接セットに大原を誘った。

入れ代わりに麻美がバスルームに入る。

大原はミアのそばに腰をおろす。

ミアは待ち構えていたようにキスをしてきた。

「ねえ、わたしを抱いたあとで麻美さんを抱いてあげて」

低い声でミアは言う。

「あの子、あなたに抱かれるかもしれない、と思って、ワインをガブ飲みしているのよ」

ミアは大原を見た。

「麻美さんは野田社長の愛人ね」

「えーっ、まさか……」

「アメリカを出る前に調べたの。彼女、野田社長の愛人だったわ」

「へえーっ、それは知らなかったな」

大原は目を丸くした。

もっとも、毎日、退社時間が来ると、さっさと会社を出て、大原商会の社長に変身する大原には分かるはずはない。

「アメリカ本社では、子会社の経営者の女性スキャンダルはもっとも嫌うから、初めからそうと分かっていたら、野田さんを社長にはしなかったわね。でも、契約してから分かったのだから、本社の調査ミスよ。それで、黙っていることにしたの」

「ふーん」

「そのことは新幹線の列車の中で麻美さんの口を割らせたわ。彼女、つとめを続けるために仕方なく週に一度、野田と寝ているのだ、と言ったわ。だから、ちっとも楽しくないって」

ミアはもう一度大原にキスをした。

「今夜、麻美さんに楽しいセックスを教えてあげて。それに、わたしもあなたが他の女を抱くところを眺めてみたいの」

ミアはキラキラと目を輝かせた。

「だって、わたし、ビデオでしか男と女がセックスするのを見たことはないのよ。一度、本物を眺めて見たかったの」

そう言いながら、浴衣の裾から手を入れて欲棒をつかむ。

「あら、もう、こんなになってる」

ミアは固くなった欲棒を撫でて、溜息をついた。

2

麻美がバスルームのドアを開けて現われた。

麻美はしっかりとホテルの浴衣をまとっている。

「麻美さん。寝るときには下着はつけないでね」

ミアが言った。

「はい」

麻美はさからわずに、うしろを向いて浴衣の下にはいていたパンティを脱いだ。

「それじゃ、寝ましょう」

ミアはベッドへ上がった。一番左端に仰向けに横たわる。続いて大原が真ん中に寝た。右端に麻美が横になる。

真っ暗はミアはイヤだと言うので、明かりは小さいのを枕元につけたままにする。

三人が横になるとミアは早速、大原の浴衣を脱がせた。毛布にもぐり込んで、欲棒をしゃぶり始める。

麻美はしっかりと目を閉じているが、ミアが何をしているかは知っていた。

欲棒をしゃぶりながら、ミアはベビードールを脱いだ。

ミアの舌の洗礼を受けるまでもなく、大原の欲棒はいきり立っている。それをたっぷりしゃぶってから、ミアは上からひとつになった。

体を上下にスライドさせて、激しく動く。ベッドがミアの動きに合わせて揺れた。

「ああ、いい……」

ミアは麻美に聞かせるように大声であえいでみせた。麻美の体が小刻みに震え始めた。

それを見て、ミアはニヤリとした。

ミアの通路が欲棒を強く締めつけてきた。

「わたし、クライマックスに達しそう……」

ミアは言う。

大原は、それもミアが麻美に聞かせるために言っているのだろう、と思った。

しかし、本当にミアはクライマックスに達したのだ。ミアは背中をのけぞらせ女芯を収縮させると、あっけなくクライマックスに達した。東京で毎晩大原に抱かれているうちに、すっかり肌が馴染《なじ》んでしまったのだ。

ミアはすべり落ちるように、ベッドにうつ伏せになった。

「さあ、今度は麻美さんにしてあげて」

そう囁く。

大原はうなずくとミアに背中を向けた。

麻美の浴衣の胸元から手を入れる。

「あっ……」

ピクリ、と体を弾ませて、麻美は大原の手をおさえた。

大原は麻美の乳房をつかんだ。大きいが柔らかい乳房である。

「困ります」

麻美は目を開いて首を振った。

大原は構わずに、麻美の浴衣の紐《ひも》を解いた。

手を下げる。柔らかな茂みに手が触れる。大原は指で茂みの下を探った。

麻美の女芯にはぐっしょりと温かい蜜液が湧き出していた。

「こんなに濡れているじゃないか……」

大原は言った。

すぐそばで大原とミアがセックスをしたので、その刺激を受けて濡れてしまったのだ。

「いや……」

恥ずかしそうに、麻美は首を振った。

「どんなになっているの?」

ミアが大原の体越しに麻美の股間に手を伸ばしてきた。

「あっ、困ります」

麻美は慌てて両足を閉じようとした。

「社長はミアが望むことは何でもしろ、とおっしゃっただろう」

大原は麻美に言った。麻美は閉じていた両足の力を抜いた。

ミアは麻美の両足を開かせると、細い指を素早く通路に入れた。

「あーっ……」

麻美はピクンと女体を弾ませた。

「凄く濡れてるわ」

ミアは麻美を見た。

「あなたも大原さんに抱いてもらえばいいのよ。大原さんを貸してあげるから、抱いてもらいなさい」

そう言う。

「でも……」

麻美は体をよじった。

「野田社長には内緒にしておいてあげるわよ」

ミアは言う。

「それならいいでしょう」

「はい」

麻美はぎこちなくうなずいた。

「もう、充分に入れるわね」

女芯の濡れ具合を確かめながらミアは言う。

「あなた、どんな形がいいの？　正常位？　それとも、女上位？　バックというのもあるわ」

ミアは麻美の両足の間に体を入れた。指を入れている女芯に唇を這わせる。

ミアはペロリと麻美の女芯をナメた。

「あーっ、ミア。ナメちゃダメーッ」

麻美は叫ぶ。

「一度、どんな味か、なめてみたかったの。男がわたしのも夢中でなめるから、どんな味がするのだろう、と思っていたの。でも、男の棒のほうがおいしいわね」

ミアは麻美の女芯をナメてみて妙な顔をした。

「わたしにもナメさせて。ミア」

麻美はミアを押し倒すと、両足を開かせてペロリと女芯をナメた。

「うわーっん、しょっぱい」

麻美は顔をしかめた。

ついでに指も入れてみる。

「くすぐったいわ」

ミアはピクン、ピクンと女体を弾ませた。

大原の顔の前には、ミアの女芯に指を入れている麻美のヒップが突き出されている。

麻美のヒップはミアよりもほっそりとしている。やはり、メイド・イン・ジャパンとメイド・イン・ＵＳＡの違いは歴然としている。

大原はその小さなヒップに食欲をそそられた。

やはり、大原もステーキよりお茶づけの日本人である。

大原は麻美のヒップを引きよせると、ドンと欲棒を挿入した。

「あーっ……」

麻美は大きな声で叫ぶと体をよじった。

麻美の通路はミアよりも小さかった。しかし、通路の中は充分に潤《うるお》っていて、欲棒は滑らかに根元まで埋まった。

麻美は欲棒をすっかり受け入れると、強い力で締めつけてきた。

それは、さっきまで羞《は》じらっていた同じ女性とは思われないほど、好色な締めつけ方だった。

「凄い力だな」

大原は呻いた。

「だって……」

ヒクッ、ヒクッと強い力で締めつけながら、麻美は首を振った。

「だって?」

「ミアさんに見られているのよ。わたし、人に見られながらするのは初めてよ」

麻美は泣きだしそうな声で言った。

「見られながらすると感じるのだろう?」

「感じ過ぎちゃって恥ずかしいわ」

麻美は背中をのけぞらせた。

ミアが体を起こして大原のそばにすり寄ってきた。

「あら、バックですると、男が出入りする様子が丸見えなのね」

麻美の背中を見おろして言う。

「それに、アヌスも丸見えだわ」

「イヤーッ、見ないでミア」

麻美は体をよじって恥ずかしがる。

「ボーイフレンドたちがどうしてバックからしたがるかがよく分かったわ」

ミアは、納得がいったようにうなずいた。

眺めたついでに、野菊に似た麻美のアヌスを指で撫でる。

「あーっ、変なところをさわらないで、ミア」

麻美は叫びながら通路を激しく締めつけてきた。

大原は麻美のヒップを押し開くようにして、欲棒を大きな振幅で出没させた。

「ああ、いいっ……」

ミアはツン、ツンとアヌスをつつく。

「ああ、ミア、止めて……」

麻美は全身をピクン、ピクンと弾ませた。

ミアは麻美の体の下に仰向けになってもぐり込んだ。

麻美の芯芽を指先で押し回す。

「ああ、ミア。たまんないわ」

麻美は泣きだしそうな声で叫んだ。

バックから大原を迎え入れ、激しく出没運動をされながら、下にもぐり込んだミアに女芯を攻められて麻美は叫んだ。

たちまち、クライマックスに近づく。

そのクライマックスをさらに早めるように、ミアは空いているほうの手で麻美の乳房をつかんでもみしだいた。

「ああ、わたし、もう、ダメーッ……」

麻美は小刻みに体を震わせた。

強い力で締めつけていた通路がヒクヒクというリズミカルな収縮に変わった。麻美はクライマックスに達したのだ。大原も限界だった。

大原は麻美の体を引きつけると、ズシンと欲棒を叩きつけるようにして、女体の最深部に男のリキッドを放出した。

3

大原が男のリキッドをすっかり放出すると、麻美はベッドに突っ伏した。

大きく肩で息をする。

「麻美、あなた、ピル飲んでるの？」

ミアは麻美のヒップを撫でながら尋ねた。

「あっ、いけない」

麻美は体をふらつかせながらベッドを降りてバスルームに飛び込んだ。すぐにシャワーを出す音が聞こえた。

「わたしが洗ってあげる」

ミアもバスルームに入って行った。

ひと呼吸置いて、大原もバスルームに入った。

バスタブの両縁《ふち》に足を乗せて麻美が大きく股を開き、その股間を覗き込むようにしてミアがシャワーを当てていた。麻美の女芯に指を入れ、大原の出した男のリキッドを掻《か》き出している。

「入口のほうに出しておけばいいのに、奥のほうに出すから、洗うのが大変だわ」

ミアは大原を見てそう言った。

「麻美さん、ちょうど危ないときだって。妊娠させたらどうするの？」

そうも言う。

「これからは出すのはわたしの中よ。麻美さんに出したらダメよ」

「分かりました」

「大丈夫かしら。妊娠しないかしら」

ミアが女芯を中まで洗い終えると、麻美は心配そうに股間を覗き込んだ。

「しっかり洗ったから、多分、大丈夫とは思うけど、万一、妊娠したら大原さんに認知させるのね」

「えーっ、認知？ わたし、未婚の母になるのはイヤよ。結婚もしたいし、未婚の母になることは、結婚を諦めることでしょう？ そんなのイヤよ」

「だったら、すぐに横にならないで、しばらく立っておくことね。わたしはもう一度、広志と楽しむわ」

ミアはタオルで体を拭《ふ》くと、大原をベッドに引っ張って行った。

ミアは大原をベッドに押し倒すと、柔らかくなった欲棒をパクリとくわえた。口と手で欲棒をしごき立てる。ミアは大原がバックで麻美を貫いて、ダイナミックに果てるのを目の前で見ているから、さっきのぼりつめたことは忘れて、すっかり催している。

これで麻美の目の前でミアを抱けば、次は麻美が興奮して求めてくるかもしれない。それを見て、また、次はミアが求めてきて、さらに、それを眺めた麻美が興奮して求めてくると、エンドレス・セックス・パーティになってしまう。男がひとり、女がふたりのエンドレス・セックス・パーティでは、大原には勝ち目はない。へたをすると命を落としかねない……。大原はそう思った。

欲棒はミアに強制的に回復させられた。いきり立ってきた欲棒には筋肉痛が感じられた。太腿のあたりが今にも痙攣しそうである。

「わたしもバックでして」

ミアはクルリと体の向きを変えて、バックの形を取った。

ミアとバックでするには、大原は中腰にならないと女芯がうまく結合できない。

大原は中腰になった。腰のあたりが重い。しかし、そんなことは言ってはいられなかった。女芯に欲棒を当てがってひとつになる。

ズブリ、と欲棒は弛《ゆる》めの女芯に根元まで突き刺さった。

「あーっ、いいっ……」

ミアは派手に体をくねらせる。

それを見て、麻美が大原ににじり寄ってきた。

大原の背中にキスをし、胸に手を回して撫で、茂みを押しつけてくる。茂みの奥はしっとりとした感じがした。

「ねえ、ミアの次に、また、してね」

大原の肩を軽く噛んで次の予約をする。

「立てば、するよ」

大原は出没運動を行ないながら言った。

「イヤッ、必ず、して」

「しかし……」

「ミアの中に出さなければいいでしょう」

麻美は大原の肩越しにバックで結合している部分を覗き込んだ。

「本当だわ。あなたのがミアの中に出没する様子がバッチリ見えるわ。それに、ミアのアヌスも丸見えね」

麻美はミアのアヌスを人差指の先でチョコンと突いた。

「あーっ……」

ミアは女芯を収縮させて大声で叫ぶ。

「可愛らしいからグリグリしちゃおう」

麻美はミアのアヌスを指先でえぐるようにした。

「あーっ、そんなことされたら、わたし、イッちゃう……」

ミアは背中をのけぞらせた。

「出してーっ……」

ミアは叫びながら大原に男のリキッドを放出するように求めた。

「だめよ、出しては」

麻美は大原の腰をつねった。

「出してーっ……」

ミアは絶叫する。

「ダメーッ……」

麻美も負けずに絶叫する。

ミアは大原が放出する前に、ヒューズを飛ばしてぐったりとなった。

「わたし、正常位がいいわ。アヌスを覗かれながらなんてイヤ」

麻美はミアのそばに仰向けになって両足を大きく開く。大原は、ミアの蜜液に濡れた欲棒を麻美の通路に挿入した。麻美の女芯は新しい蜜液をたっぷりと湧き出させていた。なめらかに欲棒を迎え入れ、狭い通路でこれでもか、これでもか、と締めつける。

「ああ、いいっ……」

大原は呻いた。

「知らないわよ。麻美さんの中に出しても。わたし、もう、洗ってあげないから」

ミアはすねたように言う。

大原はどうにか麻美の中に出すことなく、つとめを終えた。

麻美が白眼を剝《む》いてヒューズを飛ばしたのだ。

「休憩だ」

大原は放出していなかったが、とても疲れていた。

ひたすら横になって眠りたかった。

大原は一方的に休憩を宣言すると、ふたつの女の匂いに包まれて、深い眠りに落ちた。

翌朝、起き抜けに、ミアと麻美を一度ずつ抱く。

朝食はルームサービスを取ったが、大原はほとんど食欲がなく、ビールだけを飲んだ。

ふたりの女たちは旺盛な食欲を発揮して、ベーコンエッグスの朝食を平らげた。

朝食をすませてから、タクシーを借り切って京都見物に出かけたが、大原は夢うつつだった。

どこをどう見たのかほとんど記憶にない。

大原は案内役は麻美にまかせ、タクシーの中ではひたすら眠りをむさぼり、休養に充てた。

二泊の京都見物を終えて東京に帰る新幹線のグリーン車でも、大原は眠りっ放しだった。

短い日本滞在を終えてミアは成田からアメリカに帰国したが、その前日、大原に抱かれながら言った。

「とても充実した日本滞在だったわ。あなたが将来独立し、何かわたしが力になれるようなことがあったら遠慮なく言ってください。わが社は全力をあげてあなたに協力するわ」

大原はミアの言葉をぼんやりと聞いていた。

愛人採用試験

1

大原はミアがアメリカに帰国すると、しばらく会社から公休を貰《もら》った。栄養をつけて睡眠をむさぼって体力を回復しなければ、とてもビジネス戦線に復帰できなかったのである。

「そんなにミアの人使いは乱暴だったかね」

野田社長は疑わしそうに大原の休暇願いを眺めていたが、麻美がそばからミアの人使いの荒さを証言してくれたので、大原は無事に休暇が取れた。

麻美にすれば、京都での3Pをバラされては大変だから、大原には全面協力である。

大原は体力を回復すると、大原商会の社長業から仕事を再開した。大原商会の社長はしばらくお休みしていたから気になっていたのである。

大原が大原商会に出勤したのは午前十時だった。こんな時間に出勤したのは、会社を創立してから初めてである。

午後五時までは、サザンフェニックスの社員で通していたからだ。

「お休み中に、酒井待子という女性が何度もお電話をかけてこられました」

大原商会に顔を出すと本浦真紀が大原に言った。

「誰ですか、酒井待子って」

大原と体の関係があるだけに嫉妬が先に出る。

「取引先の営業部長さんだ」

大原はうるさそうに答えた。

「それにしては馴れ馴れしい感じでしたわ」

真紀は大原を睨《にら》む。

「そうかね。あの人は未亡人だから、ちょっと危ない印象は受けるけどね」

「ああ、未亡人ですか。それなら、男とみたら誰にでも寄りかかる感じを出すのは無理もありませんね」

真紀は納得したようにうなずいた。

大原は電話に手を伸ばすと、待子に電話をかけた。

「ああ、大原さんね。あまり会社を留守にしておられるので心配していましたのよ」

待子の声がすり寄ってきた。

「実は、この前お話した愛人リースの登録人の選考会を開きたいと思いまして。あなたのご都合と、どんなふうにして選考会を開けばいいか、お知恵を拝借したかったので」

「そうですか」

「これから、いかがですか」

「そうですね。それでは、正午に、先日のホテルのコーヒーショップでお話を伺いましょう。あそこでしたら駐車場の心配はありませんから」

大原は、真紀に聞かせるように言った。

「わかりました。正午ですね」

待子は電話を切った。

大原は正午までに、たまっていた仕事をてきぱきと片づけて、ホテルに向かった。

ホテルのコーヒーショップには待子は先に来ていて、待っていた。

「お部屋、とっておきましたわ」

待子は大原を見ると濡れた目で言った。

部屋を取っておいたということは、抱かれたいという意思表示である。

大原はほとんど体力を回復していたので、受けて立つことにした。

部屋に入ると、待子はむさぼるように、大原の欲棒をくわえ、熱心にしゃぶった。

「ああ、久し振り。わたし、あまりあなたから連絡がないから、気が変になりそうでしたわ」

待子は顔を赤らめてそう言う。

「わたし、ますます愛人リースの構想は間違いない、と確信しましたの。でも、そのことはあとでお話しますわ。その前に……」

待子は茂みをすりつけてきた。茂みを通して蜜液が溢《あふ》れているのが感じられた。

大原は待子が満足するまで、飢餓状態に陥っていた女体に欲棒を打ち込んで、何度もクライマックスに導いてやった。

待子は激しく乱れた。

「わたしが乱れれば乱れるほど、主人は成仏するのでしょう」

そう言う。

大原にしても、今更、あれは口から出まかせでした、とは言えない。

「そうですよ。もっともっと乱れて、ご主人を成仏させてあげてください」

待子の耳元でそう囁く。

その後、待子は立て続けに五回クライマックスに達して、ようやく大原を放した。

大原も五回目のクライマックスに合わせて男のリキッドを放出する。

「お陰様ですっきりしましたわ」

待子は口がきけるほど回復すると、恥ずかしそうにそう言った。

待子の茂みを通して地肌が赤くはれ上がっているのが見えた。それほど、激しく待子は茂みをこすりつけ、自分で腰を使ったのだ。

「肝心のお話があと回しになりましたけど、例の愛人リースですけど、ぜひ、登録したいという男性が、すでに、二十人ほど申し込んできています」

「ほう、そんなにもですか」

「世の中には犠牲的な精神の男性がかくも多いのか、と感激いたしましたわ」

「まあ、犠牲的精神だけとは思われませんけどね」

「もちろん、中には好奇心だけとか、未亡人の肉体と財産を目当ての人もいる、と思います。そこで、そういった不純分子をはぶいていくために、採用試験をしたいと思うのですが」

「なるほど」

「採用試験は筆記と実技に分けて行ないたいと思います」

「実技、と申しますと？」

「お水を入れたヤカンを男性自身にぶらさげて、何メートル歩けるか、とか……」

「ははあ、水を入れたヤカンをですか」

大原はまじまじと待子の顔を眺めた。

「水を入れたヤカンを男性自身にぶらさげて五メートル歩けたら、優秀な機能を持った男だと亡くなった夫が申しておりましたわ」

待子は大原を見た。

「多分、ご主人は冗談でそうおっしゃったのだと思いますよ。そんな無茶をしたら折れてしまって使いものにならなくなりますからね」

大原は顔をしかめた。

「あら、折れたら大変ですわね」

待子は痛そうな顔をした。

「ヤカンをぶらさげるのがだめだとすると、どんな方法がいいのですか」

待子は当惑した表情を見せた。

「男性の勃起力のテストなら、素っ裸でポルノビデオを観賞させて、審査員が勃起したものを見たりさわったりする、という方法もありますよ。ところで審査員は誰ですか」

大原は言った。

「審査員は、わたしと愛人リースに登録した未亡人ふたりの三人ですわ」

待子は真っ赤になった。

「見たりさわったりしなければいけないのですか。例えば、愛人希望者に着衣のまま、審査員とダンスを踊らせて、どれぐらいズボンの中が固くなるかを判定させるのもいいではありませんか」

「ダンスを踊って固さが分かりますか」

「分かると思います」

「ズボンに偽物を入れられたら、分からないでしょう」

「偽物ですか？」

「よくリンゴなんかズボンのポケットに入れて踊るヤツもいるのですよ」

「そんなことをされたら、分からないわ」

「だったら、裸にしてポルノビデオを見せるのが間違いありませんよ」

「でも、固くなったのにさわってみる、というのが……」

待子ははじらった。

「審査員がそんなことでどうするのですか。ぎゅっ、とつかんでみればいいじゃありませんか」

「ぎゅっと、ですね」

待子は柔らかくなった大原の欲棒をぎゅっとつかんだ。

「うっ……」

大原が思わず呻《うめ》いたほど、待子の力は強かった。

「持続力のテストはどんな方法がありますか」

欲棒をつかみながら待子は尋ねる。

「ポルノビデオを見て固くなったのをしごいてみれば、簡単ですよ」

「こうやってしごくのですね」

待子は欲棒をしごいた。

「それで十分間持てば充分でしょうね」

「爆発したら?」

「不合格ですよ」

「合格者は少なくなりそうだわ」

待子はつぶやいた。

2

数日後の午後八時から、愛人リースに登録希望する男性の、筆記と実技の試験の最終打ち合わせが大原商会で行なわれた。

出席したのは、大原とイトコの雪枝と待子と審査員の未亡人ふたりである。

未亡人は富岡麻沙代《とみおかまさよ》という三十八歳の女性と、水島洋子《みずしまようこ》という四十三歳の女性である。

どちらも、腰のまわりに肉がついた精力的な感じの女性である。

「見たりさわったりではまどろっこしいわ。いっそ、ベッドで相手をして、それをABCDEの五段階で評価したらどうかしら。テクニックはAだけど、持続力はCで、勃起力はB。回復力はD。連続二回がやっとだから、スタミナはE、というふうにランクをつけたほうが、選ぶ未亡人に親切ではないかしら」

富岡麻沙代は待子の提案を聞いて過激な提案をした。

「まあ……」

待子は口をあんぐりと開けた。

「わたしもそのほうがいいと思いますわ」

水島洋子も、富岡麻沙代の意見に賛成した。

「愛人リースに登録希望をする男性は二十人だけど、ふたりで十人ずつ、審査するの?」

待子はふたりの未亡人の顔を交互に見た。

「あら、社長も審査員でしょう?」

富岡麻沙代は言う。

「わたしはそんな審査なら降りるわ。客観性に欠けるもの」

「わたし、審査員に加わってもいいわ」

話をそばで聞いていた雪枝が、体を乗り出して来た。

「雪枝さんは人妻だから、未亡人クラブに登録する資格はないよ」

大原は雪枝をたしなめた。

「だから、審査員だけをしてあげましょう、と言っているのよ。ふたりで十人ずつ相手をするのは無茶よ。わたしなら、現役の人妻だから、何人でもこなせるけど、しばらく男から遠ざかっていた未亡人には、十人ずつは荷が重すぎるわ」

雪枝は未亡人たちを見回した。

「助かるわ」

未亡人たちは頼もしそうに雪枝を見た。

「ぜひ、お願いよ」

富岡麻沙代と水島洋子は雪枝に言った。

「三人で二十人の男性を試験するとなると、半端が出るわね」

雪枝はふたりの未亡人を見た。

「こうしましょう。あなたたちふたりは六人ずつ、試験してください。残りの八人をわたしが引き受けるわ」

雪枝は言う。

「ちょっと、待って。実技の前に筆記試験をするのよ。残った男性だけ実地試験を行なうの。だから、そんな分けかたをしても無駄よ」

待子は雪枝をたしなめるように言った。

「筆記試験って、どんなことを試験するのですか」

雪枝は口を尖らせた。

「筆記試験では男性の知性度を採点します」

待子は言った。

「知性度が必要なのですか」

雪枝は首をかしげた。

「だって、ふたりきりになって密室でアレをするのですから、興奮して首なんか締めて殺されたら大変でしょう。そんな事故が起こらないように万全を期さなければならないし、そのために知性と教養のある男を選ぶべきですわ」

待子は言った。

「そう言われればそうね」

雪枝は納得した。

筆記試験に合格した男は、わずかに四人だった。

四人の男の実技の試験は、シティホテルの部屋を使って実施することになった。

はじめは、試験官の富岡麻沙代と水島洋子がひとりずつ担当し、雪枝は残るふたりを担当するという案が待子から出された。

「わずか四人だから、わたしたち試験官全員が、四人の男たちみんなの試験をすればいいのではないかしら。そうすれば、スタミナ度もはかれるし……」

富岡麻沙代はそう言った。

「それがいいわ。やはり、三人の女を満足させるような精力が無ければ、愛人リースの愛人はつとまらないと思うわ」

水島洋子は富岡麻沙代の案に賛成した。

「そうね。それに、やはり、最初は不安だから、実地試験には、大原さんと待子さんに立ち会ってもらったほうがいいわ」

雪枝はそう言う。

「待子さんも、試験の監督官ならかまわないでしょう?」

雪枝は待子を見た。

「監督官ならいいわ」

待子はうなずいた。

試験は次の日曜日の午後一時から、新宿のシティホテルを三部屋借りて、行なうことになった。

ふた部屋が試験室で、ひと部屋が控室である。

3

当日、待子は並び部屋を三部屋確保した。

筆記試験に合格した四人の男たちは、緊張した表情で、午後一時にホテルのロビーに集まった。

待子は男たちに一番から四番までの番号をつけた。

一番は身長が百八十センチ近い、スラリとしたスタイルのいい男だった。年齢は三十五歳。妻帯者である。

二番はずんぐりしたいかにも精力的な男だった。年齢は三十歳。妻帯者だが、妻が病身なので、セックスの機会がほとんどないので愛人リースに登録を希望したのだと言う。

三番は身長百七十センチの大学生だった。紅顔可憐な感じが残っている。

四番は中肉中背の四十歳。妻を亡くして三年目の男だった。

「一番の方は、一二一一号室へ、二番の方は一二一二号室へ入って下さい。三番と四番の方は一二一〇号室の控室で順番を待ってください」

待子は男たちに部屋のキイを渡した。

「それでは、麻沙代さんは一番の方と、一二一一号室に入ってください。大原社長は監督官として一二一一号室をお願いします。洋子さんは二番の方とご一緒してください。一二一二号室の監督官はわたしがつとめます。雪枝さんは三番と四番の方と控室で待ってください」

待子はてきぱきと言った。

「ねえ、待子さん。わたし、一二一〇号室で三番の方と試験を始めてもいいでしょう？ほかの人の汗がしみついたベッドではイヤだわ。四番の方はロビーで待っていただいて、交代のときに呼びに来ればいいわ」

雪枝が言った。

「でも、それでは監督官がいないわ」

待子は困った顔をした。

「監督官はいらないわ」

雪枝は首を振った。

「それでよろしければ、どうぞ」

待子はうなずいた。

「それじゃ、行きましょう」

真っ先に雪枝が三番の大学生の手を取って、エレベーターホールに向かった。

「それじゃ、しばらくこちらでお待ちください」

待子は四番の男にそう言うと、残りのふた組をうながして雪枝たちのあとを追う。

十二階に上がると、それぞれの部屋に別れる。

大原は一番の男と麻沙代と三人で、一二一一号室に入った。

部屋はキングサイズのダブルベッドだった。

「さあ、お風呂に入って」

麻沙代は男に言った。

「監督官は備品と同じだから気にしないでね」

「分かりました」

男は裸になった。早くも欲棒は半立ちになっている。

大原は男の欲棒を見て、心の中で唸《うな》った。身長と同様に、きわめて長いのである。太さは標準サイズだが、長さは標準をはるかに上回っている。

男はバスルームに入った。

その間に麻沙代は裸になる。腹部に贅《ぜい》肉がついていて、乳房は、やや、垂れ気味である。

しかし、太腿のあたりのながめは男の欲情を充分にそそる。

男がバスルームから出てくると、麻沙代は入れ代わりにバスルームに入った。

男は裸のまま、ベッドに入った。

麻沙代はすぐにバスルームから出てきた。

毛布をめくって男の欲棒にスキンをつける。そして、男の欲棒はいきり立っている。

「長さと固さは合格点があげられるけど、太さがちょっともの足りないわね」

麻沙代はそう言う。

「それじゃ、前戯をしてみて」

麻沙代はベッドに仰向けに横たわった。

麻沙代の茂みは未亡人のたくましい生命力を表わすように、広い面積に原始林を思わせるように黒々と生えている。一本ずつの茂みはそれほど縮れていない。

男は体を起こして麻沙代の乳房をつかんだ。

「あ、もっとやさしくよ。つかみ方が強すぎるわ」

麻沙代は注文をつけた。

麻沙代の乳首は、黒に近い褐色をしている。

男はその乳首に吸いついた。黒い乳首が大きくなった。尖る、という感じではない。

男の手が太腿を撫でた。

「しっかりと撫でて。さわるかさわらないような撫でかただと、くすぐったくて仕方がないわ」

麻沙代は再び注文をつけた。

男の手は、今度は、太腿をもみしだくように撫でた。

「そうよ。その撫で方のほうがいいわ」

麻沙代はうなずいた。

太腿から男の手は茂みを撫でた。

麻沙代は両足を開いた。しかし、男の手はなかなか女芯にさわろうとしない。

麻沙代はじれったそうに腰を突き上げた。

ようやく、男の指は女芯に触れた。

「ああ……」

麻沙代は声を出した。

女芯がピチャピチャと、子猫が水を飲むような音を立てた。かなり濡れているようである。

麻沙代は手を伸ばし、欲棒をつかんでしごき立てた。

大原は麻沙代の足元に位置を変えた。

麻沙代の女芯を覗き込む形になる。女芯はかなり使い込んだ色をしていた。淫唇は団子状に発達し、乳首のように黒い色をしている。眺めはけっして美しくはない。

男は体をずりさげて、麻沙代の茂みに顔を伏せた。けっして美しくない女芯を舌で愛撫し始める。

大原は男に同情した。

しかし、男はかなりの好きものらしく、熱心に女芯をナメ続ける。

「あーっ……」

麻沙代はのけぞって呻いた。もう、採点どころではないようである。

舌の使い方のテクニックは八十点やってもよさそうだな……。監督官の大原はそう思った。

男は麻沙代の体に痙攣《けいれん》が生じるまで女芯をナメ続けた。

「ねえ……」

麻沙代は手を伸ばして男を求めた。

「入りますか」

男は尋ねる。

「来て……」

麻沙代はうなずいた。男は正常位でひとつになった。

「ああ、奥まで届くわ」

麻沙代は呻いた。

男は出没運動を始めた。ドスン、ドスンと女芯に体を打ちつけるように動く。

「長過ぎる。そんなに奥を突かれると痛いわね」

麻沙代は顔をしかめた。

「でも長いほうがいいのでしょう」

男は痛いと言われて、不満そうに麻沙代を見た。

「あなたのは根元に鍔《つば》が必要ね。これ以上は入ってはいけないというレッドゾーンに、鍔をつける必要があるわ」

麻沙代は首を振る。

「そうでしょうか」

男はかなしそうな顔をした。

「男のが長いときには、麻沙代さんが両足を閉じれば、深く入りませんよ」

そばから大原が口を出した。

「わたしが両足を閉じればいいのね」

麻沙代は両足を閉じた。その両足を、男が足ではさみつける。

麻沙代の恥骨のふくらみと、太腿の肉が邪魔になって、結合は浅くなった。

男は出没運動を行なった。

「これなら、痛くないわ」

麻沙代はうなずいた。

「長いものを持っている男とは、バックもあまり深く入らないからいいのじゃないかな」

大原は言う。

「あ、わたし、バック大好き。ねえ、バック試してみて」

麻沙代は男に結合を解かせると、くるりとうしろを向いて、両肘と両足で体を支えた。

男はバックからひとつになった。

大きなヒップの分厚い肉が、深い結合を不可能にする。

男の欲望は正常位の半分も女芯には入らない。

「ああ、いいっ……」

麻沙代は体をよじって喜ぶ。

「もっと速く動いて」

ヒップを振って男に言う。

「これ以上速く動けば、爆発するかもしれません」

男は首をひねった。

「いいから、速く動いて」

麻沙代は命令した。

「はい」

男は麻沙代の通路に激しく欲棒を出没させた。

「ああ、いいっ……」

麻沙代は男の動きに合わせて腰を押しつける。バックの形なので、思うように腰が使えないのがもどかしそうである。

そのじれたような麻沙代の腰の動きがなんとも艶《なま》めかしくて、ベッドサイドで見ている大原はヘンな気分になった。

ズボンの中で欲棒がカチン、カチンの状態になった。

「ああ……」

男が呻いた。

「あっ、まだよ……」

麻沙代が叫ぶ。

しかし、そのときすでに遅く、男はヒップを絞り込むようにしながら、男のリキッドを放出し始めていた。

「ああ、洩《も》らすのが早すぎるぅ……」

麻沙代はクライマックスの寸前で突き放されて苛立《いらだ》った様子を見せた。

「すみません。あとは舌でやりますから」

男は申し訳なさそうに言う。

「いいわ。次の人に責任を取ってもらうから」

麻沙代は結合を解いて仰向けになった。

自分でティッシュペーパーを取って、股間を始末する。

「失礼しました」

男は麻沙代に一礼してベッドを降りた。

スキンをかぶせた長い欲棒の先端には、ミルク色の男のリキッドがたっぷりと溜まっている。

男はバスルームに入って行った。

すぐにシャワーを浴びる音が聞こえ始めた。

「あれが長いのと、持続時間が短いのが欠点だわ」

麻沙代はひとりごとをつぶやいた。

「ねえ、社長さん。次の人を呼んでくださらないかしら。ロビーに四番の人が待っているはずだわ」

麻沙代はそう言う。

「いいよ」

大原は、ふくらんだズボンの前を押さえながら部屋を出た。エレベーターでロビーに降りる。

ロビーには、三番の学生と雪枝がいた。

「四番の人は？」

大原は尋ねた。

「たった今、洋子さんの部屋に行ったみたい」

雪枝は答えた。

「洋子さんの相手をした二番の男性は？」

「わたしの部屋で準備しているわ」

「それじゃ、三番の学生さんに麻沙代さんの部屋に行っていただこうか」

大原は三番の学生をうながした。

「わたしの相手は？」

「一番の男性だ。今、シャワーを浴びて降りてくる」

「分かったわ。それじゃ、頑張っていらっしゃい」

雪枝は学生に手を振った。

4

学生を連れて麻沙代の部屋に戻ると、一番の男がちょうど部屋から出てくるところだった。

部屋に入ると、麻沙代がベッドで嬉しそうに学生を手招きした。

「早くいらっしゃい」

「はい」

「かわいいわね。丸かじりしたいわね」

麻沙代はそう言う。

学生は着ているものを脱いだ。

学生は女ものののパンティを思わせるような、カラフルな可愛いブリーフをはいていた。

麻沙代は学生にブリーフをはかせたまま、ベッドに上げた。

「わたし、脱がせてあげる」

嬉しそうにブリーフを脱がせる。

学生の欲棒は半立ちだった。その欲棒の先端はきれいなピンク色をしている。

「まだ、新品同様ね」

麻沙代は欲棒をつかんで頰ずりをした。パクリと欲棒をくわえる。

「あっ……」

学生は驚きの声を洩らした。

ウング、ウング……。麻沙代は欲棒をくわえて何事かしゃべったが言葉にはならない。

「ああ、大きくなったわ」

しばらくしゃぶってから、くわえていた欲棒をはなす。欲棒はいきり立っていた。

一番の男ほど長くはないし、太さもそこそこに太い。そのいきり立った欲棒に麻沙代は素早くスキンを装着した。

「さあ、いらっしゃい」

麻沙代は仰向けになって両足を開いた。

「前戯は省略してもいいのですか」

学生は尋ねた。

「前戯はいいの。さっき、中途半端で終わったから、わたし、早く止どめを刺されたいの」

麻沙代は空腰を使った。

学生は麻沙代の両足の間に膝をついた。チラリと女芯を眺め、慌てて目を閉じる。女の古戦場ともいうべき使い古した女芯の色を眺めて、見てはならないものを見たような気がしたのだろう。

麻沙代は手を伸ばして欲棒をつかみ、女芯に導いた。

学生は麻沙代とひとつになった。

「ああ、いいっ。長さも太さもちょうどいいわ……」

麻沙代は叫び、下から激しく腰を突き上げた。

「どうしたの？」

腰を突き上げていた麻沙代がけげんそうに学生を見た。学生は、まだ、一度も出没運動を行なっていない。学生は麻沙代の耳元で何事か言った。

「えーっ、もうイッちゃったの?」

麻沙代は素《す》っ頓狂《とんきょう》な声を出した。

「どんなに早漏でも、三こすり半は持つわよ。あんた、まだ、ひとこすりもしていないじゃないの。それで、もう、イクなんて、いくらなんでも早すぎるわ」

麻沙代は学生の裸の尻を平手で叩《たた》いた。

「すみません」

しょんぼりして学生は麻沙代の上からおりた。

バスルームに入る。

「次の男を呼んでくるよ」

大原は腰を上げた。

「社長さん。止どめを刺してください。このままでは、わたし、気が狂いそうよ」

麻沙代はベッドからおりると、大原の腕をつかんだ。背広を脱がせ、ズボンを脱がせると、大原をベッドに引っ張り込む。

「きょうは、愛人採用試験であなたがクライマックスに達するかどうかは、どうでもいいことでしょう?」

「そうはいかないわよ」

麻沙代は大原をベッドに押し倒すとパンツを脱がせた。半立ちの欲棒が現われる。それをパクリとくわえて、いきり立った状態にする。

「すぐに入ってきて」

麻沙代は仰向けになって両足を開き、大原を迎える形を取った。

大原は麻沙代の両足の間に膝をついた。

麻沙代は欲棒をつかんで女芯に導く。

大原にはスキンをつけようとしない。

「スキンは？」

大原は尋ねた。

「試験を受ける人用に、四個しか用意していないから、社長さんはナマでいいわ。身元ははっきりしているし、妊娠したら中絶料を貰えばいいわ」

麻沙代は腰を押しつけてきた。

なめらかに欲棒は女芯に迎え入れられた。

「ああ、いいっ……」

麻沙代は下から激しく腰を突き上げながら、グラインドさせた。

かなりの迫力である。

大原はゆっくりと出没運動を行なった。

「ああ、いいっ……」

麻沙代はのけぞった。

「イキそう……」

シーツをわしづかみにして呻く。

大原は出没運動のピッチを上げた。

麻沙代はグイと背中を持ち上げた。

激しく全身を痙攣させ、欲棒を強い力で締めつける。結合してものの一分足らずでクライマックスに達したのだ。

女芯の締めつけ方はリズミカルなものに変わり、やがてそのリズムも消えて、弛緩していった。

大原は結合を解いて、ティッシュペーパーで欲棒を拭《ぬぐ》ってパンツをはいた。

大原が身仕度をして、椅子に腰をおろしたとき、バスルームから学生が出てきた。

麻沙代はベッドで裸のまま、白眼を剝《む》いて横たわっている。その麻沙代を見て、学生は訳が分からない、という顔をした。

早くイッたことをあれほど怒っていた麻沙代が静かにノビているのが、理解できなかったのだ。学生はバスルームで体を洗っている間に、大原が麻沙代を抱いて止どめを刺したことを知らない。

首をかしげながら学生が身仕度をすると、大原はノビている麻沙代に、次の男を呼んでくるよ、と声をかけた。

「ダメーッ。しばらく休ませて」

麻沙代は大儀そうに首を振った。

「今、男にさわられたら、くすぐったくて蹴飛ばしてしまうわ」

そう言う。

「分かったよ」

大原は学生と一緒に部屋を出ると、ロビーに降りて行った。

ロビーには二番の男がいた。

かなり消耗した感じである。

「少し、休ませてください。今、ふたり目の試験官としたばかりなので、くたびれていますから」

男はそう言う。

「どうぞ、試験官も、今、ノビていますから」

大原はうなずいた。

「ヘエーッ、試験官をノバしたのですか。これは恐れ入りました」

二番の男は畏怖の目で学生を見た。

学生がノバしたのだと思い込んだのだ。

大原はあえて訂正はしなかった。

十五分ほど休憩しても、男は元気にならなかった。

「わたし、とても、愛人はつとまりそうもありませんからリタイアします」

男は申し訳なさそうにそう言うと、帰って行った。

「ぼくも自信を喪失しました。失礼します」

学生も帰って行く。

この日、最後まで頑張って、三人の試験官を相手にしたのは、一番と四番のふたりだけだった。

「採否はのちほどお知らせします」

待子はふたりの男にそう言った。

男たちが帰っていくと、未亡人たちはふたりの男の採否を巡って意見をたたかわせた。

麻沙代は一番の男は長すぎてよくなかった、と言ったが、洋子は奥まで届いてとてもよかった、と言う。

雪枝は長すぎて痛かったと言う。

四番の男は三人ともスタミナ充分でよかった、と言った。

結局、ふたりは採用ということになった。

「社長さん、ちょっと一二一二号室へ来てください」

会議を終えると、待子は大原に言った。

「わたし、これからちょっと愛人リースの経営について大原社長さんと打ち合わせを行ないますから、みなさんはお帰りになっても結構です」

待子はほかの女たちに言った。


女たちが引き上げて行くと、大原と一二一二号室に行く。

部屋に入ると、待子は大原に飛びついてキスを求めてきた。

「ねえ、何とかして。わたし、気が変になりそうよ。洋子さんったら、三人の男に次々に抱かれてヒイヒイ叫んで喜ぶのよ。まるで、わたしに見せつけるみたいに」

待子は体を震わせた。

「先に打ち合わせを――」

「打ち合わせなんかないわ。早く抱いて」

待子は着ているものを脱ぎ捨てた。

ブラジャーとパンティだけになると、待子は大原を裸にした。

パンツも脱がせ、パクリとくわえる。

大原は麻沙代に止どめを刺してから、洗っていないことを思い出した。しかし、待子は夢中でくわえている。

大原は欲棒をくわえさせたまま、ブラジャーを取った。

待子を立たせ、パンティも脱がせる。

待子を裸にすると、もつれあうようにしてベッドに倒れ込む。

乳房をつかみ、女芯にさわる。

女芯は盛大に蜜液を溢れさせていた。

大原は女芯に指を入れてみた。女芯の中は燃えるように熱かった。

「早く入ってほしいの」

恥ずかしそうに待子は結合を催促する。

洋子が三人の男に抱かれるのをベッドサイドで観戦したのが、充分に前戯の代わりになっているらしい。

大原は女芯に入れていた指を抜くと、正常位で待子とひとつになった。

「ああ、いいっ……」

待子は呻く。

大原はゆっくりと出没運動を始めた。

麻沙代の中では爆発しなかったが、今度は待子の中で爆発するつもりだった。

「ああ……」

待子は白い喉を見せてあえぎ続ける。

通路の欲棒を締めつける力が強くなった。

「ああ、たまんない……」

待子はうつろな視線を宙に漂《ただよ》わせた。

クライマックスがすぐそこまで来ているようだった。

大原は出没運動のピッチを上げた。

欲棒の締めつけと恥骨のふくらみが伝えてくる圧迫快感で、大原はたちまち男のリキッドを放出したくなった。

大原も麻沙代が男たちに抱かれるのを見て、興奮した状態にあった。

「イキそう」

大原は待子の耳元で囁いた。待子は背中を持ち上げた。

「わたし、イクゥ……」

待子が叫ぶと同時に、女芯が強く収縮し、その収縮は、やがて、リズミカルなものに変わっていった。待子はクライマックスに達したのだ。

大原はその収縮を繰り返している女芯の中に、男のリキッドを勢いよく放出した。

「ああ……」

待子は全身を痙攣させた。密着させている恥骨のふくらみも、小刻みに震える。

男のリキッドの放出が終わるまで、大原はしっかりと女体を抱き締めて、結合部を押しつけていた。女芯は大原の放出のリズムが消えるまで、ヒクッ、ヒクッ、と収縮を繰り返していた。

大原は男のリキッドの放出を終えると、結合を解いて、女芯にティッシュペーパーをはさんでやった。

「ああ、落ち着いたわ。やっぱり女は抱いてもらわないと生きて行けないわ」

待子は大原に体を押しつけてそう言った。

「ね、夫の霊だけど、もう、随分、遠くに行ったかしら」

思い出したようにそう言う。

「麻沙代さんや洋子さんのご主人たちと手を取り合って、姿が見えないほど遠くにいったはずだよ」

大原は言った。

「そうでしょうね。最近は、胸を押さえつけられて夜中に目をさますことはなくなったもの」

待子は大原の胸に頰ずりをした。

「愛人リース、ふたりの男性だけで始めるわけだけど、大丈夫かな、男はふたりだけで」

大原は待子の乳首をつまみながら言った。

「大丈夫かな、って言うと……」

「パンクするよ、あのふたり。未亡人の貪欲《どんよく》な欲求をとても支えきれないと思うよ」

「そうかしら」

待子には男の弱さが分かっていないようだった。

「とにかく、ふたりの男を確保したのだから、それで愛人リースを始めるわ」

待子はそう言う。

失敗は見えている。しかし、失敗してみなければ分からないのなら、それも止《や》むを得ないだろう。やらせてみるほかはないな……。大原はそう思った。

「ねえ」

待子は鼻にかかった声を出した。

「洋子さんたち、三人の男の人としたのよ」

「そうだね」

「わたし、一回こっきり？」

大原に茂みを押しつける。

二度目のおねだりである。

「分かったよ」

大原は苦笑しながら、待子を抱き寄せた。

これだから、男はもたないのだ、と思う。

女たちは自分の貪欲な体質に誰も気がつかないでいるのだ。

試験台妻

1

いよいよ愛人リースをスタートさせるという前日、待子は電話で大原商会にいた大原に、至急、会いたい、と言ってきた。

「それじゃ、こっちへ来たら」

大原は言った。

「今夜は、オレ、ひとりだし」

そう言う。

「雪枝さんは？」

「亭主の沢口の発明を手伝うのだ、と言って休みを取っている」

「発明を手伝う？」

「人体実験の試験台になるのだ、と言っていたよ」

「ふーん」

「どうする?」

「やっぱりふたりだけになれるところがいいわ、そこだといきなり人が入ってくることもあるし。電話に邪魔されることもあるし……」

待子は大原に抱かれたそうな口振りだった。

「分かったよ。それじゃ、ここへ来たら一緒に出よう」

大原は電話を切った。

雪枝のような神経の図太い女なら、大原商会のソファの上で抱けばいいが、待子のような育ちのよい未亡人は、万一、誰かがことの最中に現われたりすると、膣痙攣《ちつけいれん》を起こしかねない。

待子は電話をしてきた三十分後に現われた。

未亡人とは思われない大胆なミニスカートに胸ぐりの大きなブラウスを着ている。その服装が、男が欲しい、と叫んでいた。

大原は待子と一緒に大原商会を出た。

二軒隣りがラブホテルである。あまりにも大原商会に近過ぎて、まだ、利用したことはないが、そこに待子を連れ込む。

大原は部屋に入ると待子のミニスカートをまくり上げて、パンストと一緒にパンティを脱がせた。

自分もさっさとズボンとパンツを脱いで、待子をベッドに押し倒して、正常位でひとつになる。

待子の通路はなめらかに欲棒を迎え入れた。

「ねえ、何をそんなに急いでいるの？」

待子は当惑したように大原を眺めた。

「だって、至急、したかったのだろう？」

大原は出没運動を行ないながら言った。

「至急したかったのは、相談ごとですわ」

「そうだったのですか。いささか早トチリだったな」

大原は欲棒を抜こうとした。

「あ、折角だから、抜かないで。どうせ、相談をすませたらしたいと思っていたのだし、相談ごとが先になるか、後になるかの違いだけだし……」

待子はそう言うと、欲棒を締めつけて腰を使い始めた。

前戯もなしに、いきなり結合したにもかかわらず、待子はたちまち呼吸を乱し、快感を訴え始めた。

「いいっ……、ああ、いいっ……」

そう叫びながら、しきりに腰を突き上げる。

大原は巧《たく》みな待子の腰使いに、たちまち爆発点に到達した。

「イクよ」

そう言うと男のリキッドを勢いよく噴射する。

「ああ、熱い……」

待子はリズミカルに女芯を収縮させながら背中を持ち上げた。大原の爆発の衝撃で待子もクライマックスに達したのだ。

女もベテランともなると、男の爆発を感じてクライマックスに達することができるようになる。

だから、ベテランで肌が馴染《なじ》んだ女とするときには、男はあまり、お先に失礼を恐れなくてもいい。

待子はしばらく女体を痙攣させ、しきりに女芯を収縮させていたが、やがて、ぐったりなって全身の力を抜いた。

大原は結合を解いて、女芯にティッシュペーパーをはさんでやってから、仰向《あおむ》けになった。

「で、相談というのは?」

大原は待子を見た。待子はスカートをまくり上げられたまま、横たわっている。茂みも太腿も剝《む》き出しになったままだ。

「もうちょっと、待って」

待子は荒い呼吸がおさまるまでは、口をきくのが辛そうだった。

大原は待子の回復を待った。

ようやく待子の呼吸がおさまった。

待子は目を開いて、恥ずかしそうに大原を見た。

「わたしの体を見て」

待子はスカートを脱ぎ、腹部をあらわにした。上半身も裸になる。抱かれる前に脱がずに、すんでから脱ぐのだから、なんとなく変である。

「……？」

大原は待子の体と顔を交互に眺めた。

「あなたの赤ちゃんがいるのよ」

待子は大原の手を取って腹部に導いた。

「えーっ……」

大原は柔らかい腹部を当惑したように撫でた。

「生理が、もう、二回ないの。ひょっとしたら、と思ってお医者さんに診てもらったの。そうしたら、妊娠三カ月、と言われたわ」

待子は大原の表情を窺《うかが》うような目をして、ウフフ、と楽しそうに笑った。

「未亡人が子供を生んだらちょっとしたスキャンダルね」

他人事のように待子は言った。

子供を生んだことのある待子の乳房はもともと黒ずんでいるから、妊娠した、と言われても色に変わりはない。

「生むのかね」

いささか憮然として、大原は待子の乳首をつまんだ。

「未亡人が父なし子を生んだら世間の物笑いになるわ。もちろん、オロしますわ」

待子はきっぱりと言った。若い女なら、生んでみようかしら、などと言って男を困らせるところである。おとなの待子はそんなことは言わなかった。

大原はホッとした。待子に、生む、と言われると、立往生するところである。

「妊娠して、いろいろ考えたの」

待子は大原の胸に甘えてきた。

「いろいろ、って?」

「愛人リースもやめようか、と思うの」

「やめる?」

「これまでは、セックスすれば妊娠する、ということを考えていなかったわ。単純に、未亡人にもセックスの歓びを与えてあげたい、とそれだけを考えて愛人リースを発足させようとしてきたの。でも、セックスをすると、未亡人でも妊娠するのよね」

待子は溜息をついた。

「そりゃあ、未亡人でもセックスをすれば妊娠するよ」

大原はうなずいた。

「それが問題なのよ。妊娠をめぐって、未亡人と愛人リースの男がトラブルを引き起こすことも考えられるし、中には、生む、と言いだす未亡人もいると思うの」

「なるほどね」

「未亡人が妊娠する度にトラブルに巻き込まれるのはイヤだわ。だから、愛人リースはやめよう、と思うの」

待子はそう言う。

大原はもともと愛人リースには積極的ではなかった。むしろ、反対だった。

「やめる、というのなら、ぼくは賛成だよ。せっかく採用したふたりの男性には悪いが、仕方がない」

大原は待子の背中を撫《な》でた。

「ふたりの男性は麻沙代さんと洋子さんに、専用の愛人として引き受けてもらおうと思うの」

待子はつぶやくように言った。

「そうか。それがいい」

大原は待子にキスをした。

「ああ、愛人リースをやめることにしたらホッとしたわ」

待子は明るい笑顔を見せた。

「中絶の手術をしたら、しばらくセックスはできないから、もう一度、してくださらない？」

「そのつもりだよ」

大原は女芯に手を伸ばした。

待子との二度目の交わりもきわめて濃厚だった。未亡人が相手となると、かなり激しい交わりになる。

未亡人の胸の中に、夫以外の男を迎え入れている、という罪悪感があったとしても、現実に、夫に見つかって責められる可能性はゼロであるから、どうしても、ベッドではハメをはずすことになる。

ホテルを出たときには、待子はフラフラになっていた。

2

翌日、大原が大原商会に出社すると、雪枝が電話番をしていた。

「待子さんから電話がありました。愛人リースは正式に中止したそうです」

大原に雪枝は言った。

「それからふたりの愛人リースの契約マンは、それぞれ富岡麻沙代さんと水島洋子さんの専属の愛人になることが決まったそうです」

「やっぱり、専属になったたか」

大原はうなずいた。

「ねえ、わたし、沢口と別れようかしら」

突然、雪枝はそう言った。

「どうしたのかね」

「だって、無茶をするのよ、沢口は」

「無茶？」

「新発明の人体実験台になったのだけど、ねえ、見てくれる？」

雪枝はいきなりスカートをまくると、パンティを脱いだ。

雪枝はパンストははいていなかった。

「ほら」

ソファに腰をおろして雪枝は両足を開いた。

女芯が真っ赤にはれ上がっていた。

「どうしたのかね。劇薬でもかけられたのかね」

大原は、雪枝の顔と女芯を交互に眺めた。

「今、うちの人が発明しようと必死になっているものを知っていますか」

「まだ、何も聞いていないよ」

「ペットのオシッコとウンコの匂いを消す食品添加剤なの。これを餌にまぜて与えると、オシッコとウンコの匂いが消えるというものなの」

「それとそこがはれたのと、何か関係があるのかね」

「大ありよ」

「聞こうじゃないか」

大原はソファの前にしゃがんで、はれ上がった女芯と対面した。

「沢口はほとんどそのペットの消臭添加剤を開発したのよ。そこで沢口は欲を出したの」

「欲を？」

「女のここって匂うでしょう。それを匂わなくできないか、と考えたのね。それで、消臭食品添加剤をカプセルに入れたのを作って、わたしのここに入れたのね」

「それではれ上がった、というわけか」

「そうなの」

雪枝は口を尖《とが》らせた。

「匂いは確かに消えたようよ。わたし、沢口の命令で一昨日からここを洗っていないの。でも、匂わないみたい。ちょっと嗅《か》いでみてくれる？」

雪枝は女芯を大原の鼻先に突き出した。イトコで遠慮がないためとはいえ、いささか大胆過ぎる突き出し方である。

止むを得ず、大原は雪枝の女芯を嗅いだ。

不思議なことに、女芯からはまったく女臭はしなかった。

「確かに匂わないね」

「でも、かぶれてとても痛いのよ。いくら匂わなくされても、そんな苦痛を与えるものはダメだ、と沢口に言ったの」

「それはそうだ。しかし、沢口も、なぜ、ここの匂いを消すようなものを発明しようとしているのだろう」

「不倫を配偶者にさとられないための消臭剤だ、と沢口は言っていたわ。不倫がバレるのは、不倫の匂いを家庭に持ち込むからだ、と言うの。だから、匂いさえしなければ、そんな悲劇は防ぐことができるというのね」

「不倫を助長するためにねぇ」

「でも、ダメよ。こんなにかぶれて痛くなるのでは、不倫どころではないわ。さわられたら飛び上がるわ」

「それじゃ、不倫防止剤じゃないか」

「そうなの」

雪枝は脱いだパンティをはこうとはしなかった。はくと擦《す》れて痛いというのだ。

「沢口に発明はペットのオシッコの消臭剤だけにしろ、と言えばいい」

「でも、発明に取りかかったら、人の言うことなんか耳に入らない人なのだから。発明に取りかかったら、わたしのことなんか放りだしてしまうし。わたし、別れたくなっちゃった」

雪枝はそう言う。

「しかし、消臭剤のカプセルを雪枝さんの中に入れたときは、思い出して、彼のアレも入れてくれたのだろう?」

大原はからかうように言った。

「それが、カプセルを入れてくれただけ。わたし、アタマにきちゃった」

憤然と雪枝は言う。

「それじゃ、別れましょう、と切り出してみるしかないな」

「そうしてみるわ。このままじゃ、全然面白くないもの」

雪枝は女芯が火照《ほて》るのか、スカートをバタバタさせた。それでも女芯の匂いはしない。

大原は雪枝を早退させた。

そんなところを見せつけられていると、変な気持ちになる。

「早く帰って風呂に入って洗ったらいい」

そう言って帰らせたのだ。

大原は雪枝を早退させると、おさまりがつかない気分になった。雪枝に女芯をとっくりと眺めさせられたせいである。

大原は待子に電話を入れた。

雪枝にとっくりと女芯を見せつけられて、おさまりがつかなくなったので、体を貸してもらおうと思ったのだ。

「きょう、病院に行って、搔爬《そうは》の手術をしてきたの」

電話口で待子はそう言った。

「お医者さん、三週間はご主人に自制するように言ってください、だって」

待子はそう言うとくすくす笑った。

「未亡人って言わなかったの」

その声はひじょうになまめかしかった。大原はますますおさまりがつかなくなった。

大原商会の事務員をやっている女子大生の真紀のマンションにも電話をしてみる。

「今、彼とベッドでしているところよ」

真紀はあえぎながら言う。

おさまりがつかない状態の大原にあえぎ声を聞かせるとは、真紀も無神経過ぎる。

そんな殺生な……。大原は思わずズボンの上から欲棒をつかんだ。欲棒はいきり立っている。

こうなったら、女房でもいい。そう思って大原はクラブで仕事中の佳子に電話をした。

「何を言ってるのよ。わたし、きょうから生理なのよ」

佳子は電話口で大原を突き放し、声を出して笑った。

「いいわね、浮気をしたらわたしもしますからね」

佳子はダメを押すように言う。

こういうのを八方ふさがりと言うのだな……。大原は天を仰いで慨嘆した。

こうなれば、ソープランドかファッションマッサージに飛び込む他はない。

大原は佳子との電話を切ると、ポケットから財布を出した。財布の中を調べる。財布の中には四千円しかなかった。忙しくて財布の中味の補充に銀行に出かける時間がなかった。

悪魔が背中についているな……。大原はそう思った。それとも、亡くなった待子の亭主の復讐かもしれない……。

大原はおさまりがつかないまま、その夜はもんもんとして過ごした。

翌日、昼の仕事をすませて、大原商会に出社する。

大原商会には、真紀と雪枝が顔を揃えていた。

「かぶれ、治ったわ」

雪枝は大原を見るとそう言った。

試しに抱いてみる?

雪枝の目はそう言っていた。

「きのうはごめんなさい。きょうは空《あ》いてるわ」

真紀はそう言う。真紀も抱かれる気で出社したのだ。

今度は女が過剰になった。

順番に抱く、と言ったら、雪枝も真紀も怒るだろうな、と大原は思った。ふたりとも、大原と寝ているのは自分だけだと思っている。

「きょうは、わたしが残りますから」

真紀は雪枝に言った。

「たまには、早く帰って、旦那さまにサービスしてあげてください」

そう言う。

「あら、いいのよ。今夜は早く帰って、たまには勉強したら」

雪枝は、何を小娘のくせに生意気な、という顔をして真紀を睨《にら》んだ。

ふたりの女が睨み合ったとき、ドアに体当たりをするようにして、沢口が飛び込んで来た。

沢口は顔面蒼白《そうはく》で痩《や》せ細っていた。不精髭《ぶしょうひげ》がその顔面を覆っている。発明に熱中したら、寝食を忘れる、ということをその顔と体が証明していた。

「おい、完成したぞ！」

沢口は右手にポマードの瓶のような小さな陶器を握りしめていた。

雪枝を見ると、それを頭上に振りかざして叫ぶ。雪枝は思わず腰を浮かした。

「いやよ。かぶれる消臭剤なんて塗らないで」

股間をおさえてあとずさりをする。

「かぶれない！　今度のは、絶対にかぶれない。オレは自分の唇に塗ってみたんだ。しかし、どうにもならなかった。だから、もう一度、塗らせてくれ」

沢口は雪枝に飛びかかると、ソファに押し倒した。スカートをまくって、パンティとパンストをずりさげる。

「えーっ……」

真紀は目を剝《む》いて大原にしがみついた。

「もしも、かぶれたら、離婚するわよ、あなたの実験台になるために結婚したのじゃないのよ」

雪枝はそう言うと諦めたように両足を開いた。

「大丈夫だ。今度はかぶれない。だから、離婚することもない」

沢口は自信満々、瓶の蓋《ふた》を開け、透明なゼリー状の消臭剤を指にすくって、雪枝の女芯に塗りつけた。

「あれ、なあに？」

女子大生の真紀は好奇心の塊《かたまり》みたいなところがある。大原に囁くように尋ねる。

「消臭剤だ」

「ショウシュウザイ？、ショウシュウザイ、って、なあに」

「匂いを消す薬だよ。あれを塗ると、女のアソコが匂わなくなるそうだ。今度の沢口の大発明が、女のアソコの匂いを消す薬なんだ」

大原が説明した。

真紀はポカンと口を開いて、大原の顔をまじまじと眺めた。

大原は首を振った。

オレが発明したのじゃない。発明したのはあの男だ。

そう言うように沢口を指差す。

「売れないわよ、そんな薬」

真紀は大声で叫んだ。

その声で沢口は、はじかれるように真紀を振り返った。

「あんた、今、何と言った？」

真紀に詰め寄る。

「売れない、と言いました」

真紀はあとずさりをしながら答えた。

「なぜ、売れない、と断定するのかね。女のアソコが匂わなくなるのだよ。ありがたい薬だと思わないのかね」

「だって、わたしの彼は、わたしのアソコの匂いが大好きなのよ。だから、抱く前には絶対にお風呂に入らせないわ。わたしが抱かれる前に入浴すると怒るのよ。匂いがなくなってつまんない、と言って」

真紀は言い返した。

「う……」

沢口は言葉に詰まって目を白黒させた。

「それに、アソコをきれいにするだけなら、今はお尻を洗うのと兼用のビデが出まわっているわ。それで洗えば充分よ。そんなものを塗らなくても」

「ううっ……」

沢口は唸った。ポトリ、と手から消臭剤の瓶が落ちる。何かにつかれていたようにけわしかった沢口の眼が、おだやかな普通の人間の目に戻った。

「売れないのか……」

ガックリと肩を落とす。

「大原、売れないのか」

大原に尋ねる。

「多分、売れないだろうな。オスはメスの匂いにひかれる習性があるからな。逆に、メスはオスの匂いにひかれるものなのだ。その匂いを消すことは、男と女の特徴をなくすことになる」

大原は答えた。

「そうか。女のアソコの匂いを消すのと、ペットの排泄物《はいせつ》の匂いを消すのとは、ワケが違うのか」

「そうだよ」

「そうか、そうか」

沢口はソファの上でスカートをまくって両足を開いている雪枝を振り返った。

「悪かった。雪枝。お前の匂いと犬猫の糞尿《ふんにょう》の匂いを一緒にして。あやまるよ」

沢口はひざまずくと、雪枝の女芯にキスをした。

「あっ……」

思いもかけないシーンを目撃して、真紀は大原にしがみついた。真紀の膝頭は今にも崩れ落ちそうに震えていた。

沢口の頭の中には、大原のことも真紀のこともないようだった。

「悪かった、雪枝。大切なお前を実験台なんかにして。許してくれ」

沢口はそう言いながら、ペロペロと雪枝の女芯をナメる。

「ああ……」

雪枝は気持ちがいいのか、目を閉じて声を上げた。

ピチャピチャと子猫がミルクを飲むときのような音が聞こえてきた。

大原にしがみついている真紀の体が震えはじめた。

「出よう」

大原は小声で真紀をうながして、大原商会を出た。

3

大原たちの前で、いきなり雪枝の女芯をナメだす沢口も沢口だが、ナメさせる雪枝も雪枝である。

似たもの夫婦とは、よく言ったものだ……。

大原は呆《あき》れながらも感心した。

どうせ、ナメるだけではおさまりがつかず、夫婦の営みを始めるはずである。

大原商会はそれが終わるまでふたりにあけ渡してやらなければならないだろう。

外へ出ると、大原はそっとドアを閉めた。

真紀を支えて階段を降りる。

「社長さん」

真紀は震える体でしがみついて来た。

「ん？」

「早く、して……」

あえぐように言う。

「隣りに行くか」

「隣りはダメ」

真紀は大きく首を振った。

「きのう、彼としたばかりだろう?」

「でも、あのバカ、社長さんの電話にビックリして、出しちゃったのよ」

「でも、若いから、すぐに回復したのだろ」

「それが、ダメなの。パトロンがたずねて来るのじゃないか、とビビッちゃったのね。立たないのよ。わたし、不完全燃焼だったわ。そこにあんなのを見せつけられたら、たまんないわ」

真紀は腰の力が抜けたのか、しゃがみ込んでしまった。

「ねえ、社長さんの車の中でしましょう」

真紀は言う。

大原のBMWは、大原商会の入っているオンボロビルのそばの路上にとめてある。

「車の中か……」

大原は顔をしかめた。

「わたし、すぐに、イクと思うわ。多分、社長さんのが入った途端にイッちゃうわ。だから、誰かが来る前に、すむと思うし……」

しゃがんだまま、濡れた目で大原を見上げる。

「君だけイッてもねぇ」

大原は口を尖らせた。やっぱり大原も放出しなければ面白くない」

ＢＭＷを路上駐車している横の大原商会が入っているビルと隣りのビルの間に、小さな路地があった。

「車の中よりもここがいい」

大原はしゃがみ込んでいる真紀を立たせ、路地に連れ込んだ。

パンティを脱がせ、ハンドバッグに納めさせ、ビルに両手をつかせる。立ったままバックから欲棒を迎え入れる形を取らせたのだ。

「えーっ、こんなところでするの？」

そう言いながらも真紀は白いヒップを突き出した。真紀も早くしたいのだ。

大原はズボンとパンツを下げて、バックから真紀を貫いた。真紀の女芯はトロトロに溶けてしまったように濡れそぼっていた。

「あーっ……」

真紀は大きな声で叫ぶ。

「戸外だから声は出さないでくれよ」

大原はそう言いながら出没運動を始めた。たちまちバック独得の空気漏れの音がし始めた。

「ねえ、音がしないようにして」

今度は真紀が注文をつける。

「音はでるよ。気にしたって仕方がない。それよりも早くイッたらどうかね」

大原は出没運動のピッチを上げた。

「ああ、いい……」

真紀は声を出して結合部を押しつけてくる。もう大原は声を出すなとは言わなかった。人が来ない間に早くイカせればいい、と思う。

大原は急速に爆発点に近づいていた。そのことを真紀に言う。

「わたしもイクゥ……」

真紀は全身を痙攣させ膝頭をガクガクさせた。今にもしゃがみ込みそうになる。クライマックスに達しているのだ。

大原はそのヒップを支えて真紀の通路の奥深く、勢いよく男のリキッドを放出した。

「ああ……」

真紀の爪がビルの壁をひっ搔《か》いた。

大原はリズミカルな放出を終えると結合を解いて、素早く真紀のスカートをおろした。欲棒を上着のポケットのハンカチで拭《ぬぐ》い、パンツをはく。

大原は立っているのが辛《つら》そうな真紀に手を貸して路地を出た。

「あのふたりも、もうすんでいるだろう」

そう言って大原商会の階段を昇る。

「待って……」

真紀は階段の踊り場でしゃがみ込んだ。

「社長さんが出したのが逆流してきちゃった」

そう言って、ハンドバッグからポケットティッシュを取り出して、真紀は股間をぬぐった。

その時になって真紀はパンティをはいた。

「社長さんは脱がせるのは早いけど、はかせてくれないのだもの」

真紀は恨めしそうな顔をして大原を睨んだ。

「脱がせ方しか研究していないものでね」

大原はニヤニヤした。

「でも、すっきりしたわ」

真紀は大原の腕に体を預けてきた。

大原商会の前で大原は真紀の腕をはずし、ドアをノックした。返事を待たずに開ける。

雪枝がソファにノビていた。さすがにスカートはおろしているが、素足である。

沢口はボーッとした顔で、机の前に腰をおろしていた。

室内には沢口の男のリキッドの匂いが立ちこめていた。

「しかし、消臭剤が売れない、と言われたときはショックだったよ」

沢口は大原に言った。

「次には、売れるものを発明することだね」

大原は慰めるように言った。

「わたし、もう、試験台にされるのはイヤよ。今度、試験台にしたら、わたし、離婚するわよ」

のろのろと体を起こして雪枝は言った。

「しかし、女のあそこの匂いを消す消臭剤は売れると思ったのだけどなあ」

沢口は納得がいかないように首をひねる。

真紀は立っているのがよほど辛いと見えて、雪枝のそばに腰をおろした。

「あら、あんた、男の匂いがするわ」

雪枝は真紀を見た。

「たった今、男に抱かれたわね」

雪枝はそう言う。

「ほらね、だから、消臭剤は必要なのだよ。男に抱かれて家に帰って、亭主とモメてもおもしろくないだろう? そんなときにひと塗りすれば匂いが消える消臭剤は貴重だと思うけどね。雪枝からはオレの匂いはしないだろう？　たった今、抱いたばかりなのに」

沢口は乗り出してきた。

「わたし、亭主に他の男の匂いを嗅《か》ぎつけられるかどうかというスリルを楽しむのが人生だ、という気がするの。消臭剤は人生の楽しみを奪うから、きっと売れないと思うわ」

真紀は首を振った。

「それに、たとえあそこの匂いを消しても、今この部屋に漂っている沢口さんの男のリキッドの匂いを消さない限り役に立たないわ」

「えーっ、この部屋にオレの匂いがするのかね」

人間は自分の匂いには鈍感である。

沢口も自分の男のリキッドの匂いには気がつかないようだった。

「ああ、匂っているよ」

大原は窓を開けた。

「そうか、すると、今度は空気清浄剤も一緒に開発しなきゃダメだな」

沢口は何かを考え込む顔になった。

処女のお値段

1

大原は沢口がせっかく発明したのだから、と言って、女性性器の消臭剤を「レディクリーン」という商品名で発売した。

妻の佳子がやっているナイトクラブのホステスのお買上げを大いに期待したのだが、「レディクリーン」はまるで売れ行きがかんばしくなかった。

やはり、真紀の言ったように、男は女芯の匂いを好む傾向があり、女はその匂いを武器にしているところがあるようである。

さすがに大原も、「レディクリーン」の在庫の山を抱えて溜息をついた。

そんなある日――。

真紀は一年ほど休みを取りたい、と大原に申し出た。念願のアメリカに留学が決まったのだ、と言う。

「それはおめでとう」

大原は餞別《せんべつ》を真紀に渡した。

「それで、わたしのいない間、大原商会でバイトをしたいという友達がいるのですけど、雇っていただけませんか」

真紀は餞別を受け取ると、大原に言った。

「いいよ。あしたでも連れていらっしゃい」

大原はうなずいた。

新しい女の子を雇えば、また、抱けるかもしれない、と鼻の下が長くなる。

「分かりました。それでは、あした連れて参ります。でも……」

真紀は大原の耳に唇を近づけた。

「その子、真鍋《まなべ》沙織《さおり》という子ですけどそれは美人です」

「ほう。美人は大歓迎だよ」

「でも、その子、正真正銘の処女なのです。だから、絶対に手は出さないでほしいのです」

小声で真紀は釘を刺した。

「もしも、手を出したら、責任を取って、社長さん、結婚しなければならなくなるはずです。そんなことになると、わたしの尊敬している佳子ママが泣くことになりますから」

そう言う。

「もっとも、ママはしっかり者だから、泣きを見るのは社長さんのほうかもしれないけど」

真紀はニヤリとした。

「分かったよ。どんな美人でも手は出さないよ」

大原はいささか面白くない顔で答えた。

美人の処女であれば、男のすべてを賭けても口説く価値がある。それを、口説かない、と決めて雇うのは何とも面白くない。


翌日の夜、真紀が連れて来た真鍋沙織は、整った顔立ちの稀《まれ》に見る美人だった。

あまり美人過ぎて、これまでの男は手が出なかったのだろう……。

大原はポカンと口を開けて沙織に見とれながらそう思った。

ただちに、アルバイトで採用する。

沙織は理知的な美人ではなく白痴美的な美人だった。しかし、女子大に入ったのだから本当は頭はよいのだろう、と大原は思った。

ところが、沙織は採用してすぐに、さっそく、大エラーをやってしまったのだ。

大原商会の電話番は、大原がサラリーマンとしてサザンフェニックスの社員の仕事を終えて出社するまでに入った電話注文を受け、相手と何をいくら、いつまでに納めるかをノートに記録する仕事がもっとも重要な仕事である。ところが、沙織は見事に、注文主と納期を聞いたのをノートにメモしておかなかったのだ。

しかも、その日入った注文は、売れないと諦めていた、「レディクリーン」を一万個、という有難い注文だったのだ。

「レディクリーン」は単価九百九十五円だから、一万個の注文は、九百九十五万円の商談である。

それが、分かったのは、「レディクリーン」の納期が遅れたから要《い》らない、とキャンセルの電話を大原が受けたからである。大原はキャンセルの電話があるまで、そんな注文があったことすら知らなかった。キャンセルの電話を受けてから沙織に尋ねて、はじめてその注文があったことを知ったのだ。

「お蔭で一千万円近い商談をパアにしてしまったよ。しっかりしてくれなくては困るよ」

大原はやんわりと沙織を叱った。美人だと怒鳴り飛ばせないところが弱い。

考えようによっては、もともとそんな注文はなかったと思えばどうということはないのだが、やはり、約一千万円の商談を逃したことは残念である。

大原に叱られて沙織はしょげ返った。あまり普段から叱られたことはないらしい。沙織はしばらく机に向かってうなだれていたが、何かを決心したように、席を立って大原の机のそばに来た。

大原商会に他には誰もいなかった。

沢口が発明をしていないこの時期は、雪枝は食前食後にベッドに引っ張り込まれ、大原商会を手伝うどころではない。

「あのう……」

沙織は体をもじもじさせた。

辞めます、と言うのかな、と大原は思った。責任を取って辞める、と言い出せば、慰留するつもりだった。

雪枝が沢口にベッドに引っ張り込まれているこの時期に辞められては、それこそ大原商会の仕事に支障を来たす。

間違いは、二度犯さなければいい。

「わたし、会社に与えた損害を弁償したいと思います」

沙織はそう言った。

「弁償する？　どうやって弁償すると言うの？」

大原は呆れたようにポカンと口を開けた。

「あのう、わたしの処女を買っていただけないでしょうか」

沙織は顔をそむけて言った。

「えーっ……」

考えてもみなかった言葉が沙織の口を突いて出たので、大原は目を剝《む》いた。

「今、何と言ったのかね」

耳にした言葉が信じられなくて、大原は聞き返した。

「わたしの処女を買っていただきたいのです。わたしにはそれしか売るものはありません」

沙織はそう言うと真っ赤になった。

「しかし、処女なんて売るものじゃないよ。結婚まで大切にしておくべきだ」

とっさにそう言いながら、大原は思わず苦笑した。

そんな古くさい言葉が自分の口から出ようとは思ってもみなかったからだ。

「処女が売るものではない、という社長さんのお言葉はよく分かります。でも、結婚まで大切に守っておくものという社長さんの考え方には賛成できません」

沙織は言った。

大原は言葉に詰まって目を白黒させた。

「社長さん。処女って売るとすればかなり高いのでしょう？　昔、芸者の水揚げは高かった、と大学で教わりましたけど」

沙織は大原から目をそらしながら言った。

「わたしも、高かった、と聞いている」

大原はうなずいた。

「だから、わたしの処女を買って、それで、損失の穴埋めをしてください」

「しかし……」

「社長さんが買ってくださらないのなら、わたし、他の人に買ってもらいます」

沙織はそう言う。

「そんな……」

大原は思わず腰を浮かした。そんなもったいないことをさせるわけにはいかない。

「だって、処女のまま結婚しても、一文にもなりませんわ。夫になる男性が処女にまるで価値を認めないかもしれませんし」

「それはそうだ」

思わず大原はそう言った。

「それに、見も知らない男性に売るよりは、わたしは社長さんに買っていただきたいのです」

沙織は恥ずかしそうに大原を見た。

大原は改めて沙織を上から下まで眺めた。処女らしく、体の線は硬質である。タイトスカートの前の部分がもっこりと盛り上がっている。恥骨のふくらみはかなり高そうである。

処女の沙織には手を出さないでほしい、と真紀に釘を刺されていたので、これまでは抱く対象として眺めたことはない。

しかし、改めて、抱く対象として眺めると、大原好みの女である。

沙織を抱いてみたい、と大原は思った。そう思った途端に、ズボンの中で欲棒が頭を持ち上げた。

「分かった。処女を買わせてもらおう」

大原はうなずいた。

「いくらで買っていただけますか」

沙織は大原を正面から眺めた。

「わたし、できるだけ高く買っていただきたいのです」

沙織は言う。

「いくらで買ってほしいのかね」

大原はまぶしそうに沙織を見た。

「大原商会に損害を与えた分を弁償できる額でないと困ります」

沙織は真剣だった。

大原はホッとした。あまり突飛な値段で買えと言われても困る、と思っていたからだ。

「君が大原商会に与えた損害は、ちょうど、九百九十五万円だ。君の処女を一千万円で買ってあげよう。つまり、差し引き、君の手元に五万円が残ることになる。それで、どうかね」

大原は言った。

もともと沙織が大原商会に与えた損害は、注文がなかったと思えば損失にはならないものである。つまり、大原は沙織の処女に、わずか五万円の値段をつけたのである。

しかし、沙織は一千万円の値段をつけられた、と受けとめたから感激した。

「ありがとうございます」

そう言うと、沙織は大原に抱きついてキスをした。

処女であってもキスぐらいはする。

「社長さんの気持ちが変わらないうちに、早く、処女を売り渡したいわ」

頬を染めてそう言う。

「いつがいいかね」

大原は尋ねた。どうせ、処女をいただくのであれば、強精ドリンクを一週間ほど飲み続けて、ベストコンディションで抱きたい、と大原は考えた。

「これから、すぐにお願いします」

沙織は大原に唇をつけんばかりにして言う。

処女は自分でしたキスに早くも興奮してしまったのだ。

「これから、すぐに、かね」

「はい」

こっくりと沙織はうなずいた。

「分かった。それでは、すぐに買いとりましょう」

大原は沙織の希望に応じることにした。

「どこか、希望の場所はあるかね」

大原は沙織を見た。

「できれば、ラブホテルなどではなくて、ちゃんとしたホテルがいいのですが」

沙織は震える声で言った。

「分かった」

大原は大きくうなずいた。

「でも、本当にいいのだね」

大原は真鍋沙織に念を押した。

「あとで、元の処女に戻してほしい、と言っても、二度と処女には戻れないのだよ」

そう言う。

「処女でなければ結婚しない、という男はこちらが願いさげよ」

挑《いど》むように、沙織は胸を突き出した。

「それに、どうしても処女でなければいけない状態に追い込まれたら、処女膜再生手術をうければ、何とかごまかせるはずですわ」

そうも言う。

「大原社長がわたしの処女につけてくださったお値段は一千万円だし、処女膜再生手術の値段は二十万円ぐらいでしょ。一千万円で売って、二十万円で処女に戻れば、差し引き九百八十万円の儲けだわ」

沙織はちゃっかりソロバンをはじいてみせた。

取らぬタヌキの皮算用のような、ヘンなソロバンである。

大原は沙織の処女を買ったと言ったが、実際に一千万円の現金を払うわけではない。

沙織が大原商会に損失を与えた九百九十五万円の穴埋めをして、現金は五万円だけ、沙織の手元に残るのである。それも、大原商会は実際に損失を受け、ダメージを受けたわけではない。損失と言えば損失だが、実害のまるでない損失である。何も沙織は処女を大原に売ってまで、弁償しなければならないものではない。

つまり、大原は沙織の手元に残る五万円だけで、処女を買うことになるのだ。

古今東西、こんな安い処女の買いものはないだろうな、と大原は思った。処女の値段は、本来、とても高いものである。

遊女の場合は今の貨幣価値に換算して、五十万円から百万円の値段がつき、あとの面倒もいろいろ見なければならなかった、ということを聞いたことがある。素人の処女を破った場合には、男は責任を取って結婚し、相手の女の全人生を背負い込まなければならない、というのが少し前までの通り相場であった。

それが崩れたのは、女の側が処女を破った男が生涯を託《たく》するに価《あたい》しない男であることに気づき、別の男を探すようになったからである。

大原は立ち上がって、机の角をまわり、沙織の前に立った。

「君に覚悟ができているかどうかを確認するよ」

そう言って沙織を抱き寄せてキスをする。沙織は体を小刻みに震わせながら、されるままになっている。

処女を捨てる覚悟はできているようだな、と大原は思った。

大原は机の上の電話を取り上げた。

2

大原は新宿のシティホテルの電話番号を押した。

交換手が出ると、フロントにまわしてくれるように頼む。

予約の電話は予約係が受けるが、当日の予約はフロントが受けることになっているからである。

「急で、申し訳ないのですが、ダブルの部屋、なければツインの部屋を、今夜、お願いしたいのですが」

そう言いながら、沙織の表情を窺《うかが》う。沙織が体を固くしているのが分かった。

フロント係はダブルの部屋をご用意できます、と言った。

「それでは、そこをお願いします」

「何時ごろ、到着なさいますか」

フロント係は時間を尋ねた。

「三十分以内です」

大原は答えた。

フロント係は名前を名乗り、ご予約を承《うけたまわ》りました、と言った。

「行こう」

電話を置くと、大原は沙織をうながした。

「はい」

コックリと沙織はうなずく。沙織はギュッと下唇を嚙《か》んでいた。それは今夜、これから、処女を捨てるのよ、と自分に言い聞かせているようでもあった。

大原は沙織と一緒に大原商会を出た。

タクシーを拾って、予約したシティホテルの名前を言う。

タクシーが走りだすと、沙織は大原の手を握って来た。強い力で大原の手を握って来たが、その手は小刻みに震えていた。

シティホテルに着くと、タクシーを降りた沙織はよろめいた。酒を飲んではいないのに、足元が酔っ払ったようにもつれている。

大原は沙織の体を支えてホテルに入った。ロビーのソファに沙織を腰掛けさせ、フロントでチェック・インの手続きをする。

部屋までのボーイの案内は断わって、キーを受け取ると、沙織に腕を貸してエレベーターに乗る。

沙織の体の震えは、ますます激しくなった。膝頭がガクガクなり、今にも崩れ落ちそうになる。

エレベーターを降りると、大原は沙織の腰に手をまわし、体を支えた。そうしなければ、沙織はエレベーターを降りたところで、へたり込んでいたはずだ。

大原は部屋のドアをキーで開けると、中に入り、明かりをつけた。

ドアを閉めて、沙織を抱き寄せ、キスをする。

スカートの中に手を入れ、パンストとパンティの下に指を進める。

沙織は驚くほど濡れそぼっていた。

大原はしばらくパンティの中に手を入れて、濡れそぼった女芯をさわってから、沙織をソファに坐《すわ》らせた。

「わたし、お風呂に入りたいのですが」

体を震わせながら沙織は言った。

「どうぞ」

大原はうなずいた。

沙織は足元をふらつかせながらバスルームに行った。

バスルームのドアの前で振りかえると、沙織は大原を見た。

「あのう……」

「何か？」

「お風呂に入っているところを覗《のぞ》かないでほしいのですが」

そう言う。

どうやら、大原が一緒に入ってくるのではないか、と思ったようである。

「覗かないよ」

大原は苦笑しながらうなずいた。

沙織はホッとしたように溜息をつくと、バスルームに入った。

大原は沙織の女芯を探った右手の中指を、鼻先に持っていってみた。処女特有の強い香気が指先からプーンと匂った。その処女臭が正真正銘の処女であることを証明していた。

その指にからみついた処女臭を嗅いだだけで、大原の欲棒はむっくりと頭を持ち上げた。

大原は裸になると、ホテルの浴衣を着た。浴衣の下はもちろんフリチンである。

大原は冷蔵庫から缶ビールを出して飲みはじめた。

沙織はおそろしく長風呂だった。よほど入念に体を洗っているのだろう、と大原は思った。

大原が二本目の缶ビールを飲み干したときに、ようやく沙織はバスルームから出てきた。胸のところでバスタオルをきつく巻いている。

大原は入れ代わりにバスルームに入った。

大原はカラスの行水である。簡単に欲棒を洗うとバスルームを出る。

沙織は窓際に立って大都会の夜景を見おろしていた。

「そろそろ床入りにしようか」

大原は沙織をうしろからそっと抱き締めて耳元で囁いた。沙織は小さくうなずいた。欲棒が沙織のヒップを突く。

沙織は欲棒が邪魔になるのかヒップをよじった。

大原はうしろから沙織を押してベッドに連れて行った。毛布をはいで沙織を横たえる。

「明かりを暗くしていただけませんか」

沙織は恥ずかしそうに言った。

「暗くすると処女かどうかが確かめられないからね。明るいままでするよ」

大原は首を振った。

沙織が処女であることは指先にこびりついた処女臭で確認してある。それにもかかわらず、大原が暗くすると処女かどうか分からない、と言ったのは、明かりを消したくなかったからである。明るい光の中で処女の体をたっぷりと観賞したい、と大原は思っていた。

それに、沙織の股間を覗き込んで、処女膜を眺めておきたかった。

男が処女膜を観賞するチャンスはほとんどといっていいほど、ない。処女とするときにはもみあいになって、じっくりと処女膜を眺めるどころではない、ことが多い。それだけに、処女膜は一度も男の眼に触れないまま破られる運命にある、と言ってもいい。

大原は、男は余裕を持って、処女のためにも処女のシンボルである処女膜を見てやるべきである、と考えている。処女膜を眺め、美しい処女膜をたたえてから、破らせてもらうのが、礼義正しい処女膜の破り方だと思う。そのためにも、部屋は暗くすべきではない。

それに、暗いところで処女を失った女は、暗くないとセックスをしなくなるし、暗くないとクライマックスにも達しなくなる。つまり、暗いところを好む女になってしまうのだ。

男にとっては、こんなコウモリの親戚のような女はつまらない。

だから、そんな女にしないためにも最初が肝心である。明るいところで処女にサヨナラをさせてやるのが、最初の男の責任でもあるのだ。

大原は胸のところで強く締められているバスタオルを弛《ゆる》めた。沙織はハッとして大原の手を押さえる。処女の本能が身を守ろうとしたのである。大原はその手をそっと排除した。

バスタオルの合わせ目を、ゆっくりと開く。

処女の体が、初めて男の目にさらされた。

大きく盛り上がった乳房が現われた。その乳房の頂上に、小さなピンク色の乳輪が貼りついていて、その中に、先端が落ち窪んだ乳首が恥ずかしそうに体を縮めていた。

一度も、男の手に触れられたことがないことをその眺めが物語っていた。

成熟した女体を感じさせる肉付きのよい二本の太腿の合わさったところに、黒い花が咲いたように茂みが息づいている。茂みは定規で引いたような逆三角形をしていた。

全身から石鹼の匂いと処女の香気がひそやかに立ちのぼっている。

ウエストはくびれ、腹部はヘラで削《そ》ぎとったように、なだらかに窪《くぼ》んでいた。シミひとつない、美しい肌である。大原は思わず溜息をついた。

3

大原は沙織の体の下にバスタオルを敷いたままにしておいた。処女は出血するものである。そのときに備えたのである。

大原は沙織の体をそっと抱いた。処女の体は小刻みに震えていた。

「後悔はしないね」

改めて念を押す。

「しません」

沙織は震えながらもキッパリと答えた。

「やさしくしてください」

おずおずと注文をつける。

「最大限、やさしくしてあげるよ」

大原は約束した。

そっと唇にキスをする。沙織は歯を開いて大原の舌を迎え入れた。舌と舌がからみあう。沙織の舌はやはり小刻みに震えていた。

大原はキスをしながら、乳房をソフトにつかんだ。柔らかい弾力性が男の手に反発するように指を押し返してきた。

ふたつの乳房の弾力性はまったく同じだった。

それを確かめてから、今度は指で乳首をつまんでみる。乳輪の中に埋もれている乳首はなかなか指でつまむことができなかった。

大原は唇を乳房に這《は》わせ、そっと乳首をほじり出した。

恥ずかしそうに乳首が頭を持ち上げてきた。落ち窪んでいた乳首の先端がプックリとふくらんだ。

大原は乳首を尖らせておいてから、指でつまんだ。

「痛いわ」

ほとんど力を入れずにつまんだにもかかわらず、沙織はそう言う。大原は乳首とそれ以上戯《たわむ》れるのは諦めた。

唇をさらに下方に移動させる。処女の匂いが近づいてきた。唇は腹部を通過して、茂みに到達する。処女臭が一本ずつの茂みにこびりついていた。

長い時間をかけて入浴して、一体、どこを洗っていたのだろう……。大原は首をかしげた。それほど、処女臭は茂みから強く立ちのぼっていたのである。

その匂いに大原は酔ったようになった。

思わず茂みにキスをする。固い恥骨のふくらみが、茂みを通して唇に感じられた。

大原は茂みから太腿に唇を移動させた。

柔らかさと固さが巧みに入り混じった太腿である。その太腿を通過し膝頭を通り過ぎ、足首まで唇を這わせる。

小さな足の指が可愛らしい。

大原は沙織の可愛らしい足の指にガブリと噛みついた。

もちろん、ソフトにである。

「あーっ……」

予想もしなかったところに噛みつかれて、沙織は悲鳴を上げた。

大原はついでに土踏まずをペロリとナメた。

「あっ……」

沙織はくすぐったいのか、不用意に足を曲げた。

茂みの下に、処女の亀裂が一本の線になって現われた。

大原は足首からふくらはぎの内側にそって唇を這いのぼらせた。膝頭の裏側で小休止して、内腿を女芯に向かう。

内腿にも処女臭はかすかにからみついていた。その匂いがともすれば大原を荒々しい気持ちに駆り立てる。

欲棒はすっかりいきり立っていた。

大原ははやる気持ちを押し殺して、ジワリと女芯ににじり寄った。内腿に唇を這わせて女芯に近づけば、否応なしに両足は押し開かれる。足を開くまいとする沙織は頭を太腿ではさみつけた。

「恥ずかしがらずに足を開いて」

窒息しそうになって大原はそう言った。

沙織はおずおずと足を開いた。

茂みの下の一本の煽情《せんじょう》の処女の女芯は、相変わらず、一本の線でしかなかった。ただ、線の始まりの部分に、芯芽のカバーが覗いていた。

しかし、亀裂はしっかりと閉ざされていて、大きく両足を開かせても、女芯の内側を大原の目に触れさせる気配は感じられなかった。

一本線にしか見えない女芯からはしきりに処女の芳香が立ちのぼっている。

大原は女芯の左右の柔らかく盛り上がったふくらみに、両手の親指を押しつけた。

ゆっくりと女芯を左右に開く。鮮《あざ》やかなピンク色の女芯が姿を現わした。女芯はかなり短目だった。

ピンクの亀裂の両側を、肉の薄い褐色の淫唇が取り囲んでいる。その淫唇が終わりになったあたりに、女体の入口が小さな真円を描いていた。

真円を取り囲んでいる粘膜が処女膜である。それは、膜、というよりも粘膜の一部といったほうがいい。欠け目のまるでない、真円の処女孔は感動的な美しさだった。

大原は唇を近づけた。処女膜にキスをする。

「あっ……」

沙織はピクンと女体を弾ませた。処女の匂いが大原の後頭部をジーンと痺《しび》れさせた。

大原は処女の香気に酔ったようになりながら、真円を描いている処女孔を舌でなめ回した。ピクン、ピクンと処女の女体は弾《はず》みっぱなしである。

大原は舌を処女の通路に押し込むようにした。

「あっ……」

沙織はずり上がる。

処女はずり上がるもの、ということを大原は思い出した。処女は処女膜を破られそうになると、本能的にずり上がって、逃れようとするものである。

ひとつになるときには、しっかりと押さえ込まなければ失敗するぞ……。処女地をナメながら、大原はそう思った。

処女をずり上がらせないために、台湾《たいわん》では、屈曲位をとらせる、という話を大原は耳にしたことがある。台湾の女性が両足を大きく広げて屈曲位を取りたがるのは初めてその形で男を迎え入れ、セックスとはその形でするものだ、と思い込んでしまうからである。それを知らないと、台湾バーで口説いた女とベッド・インをしたときに、いきなり、両足を大きく上げられて、びっくりすることになる。

あまり、沙織がずり上がるようなら、台湾式で処女を破るのもひとつの方法だな、と大原は思った。

沙織は大原に舌で女芯を愛撫され、大洪水を引き起こしていた。溢れた処女の蜜液はシーツにしたたり落ちて、広い範囲に蜜液を滲《にじ》ませていた。

恐怖だけで処女を破られる女と、期待して破らせる女の違いがその濡れ方に表われていた。

沙織の体は積極的に処女を失いたがっていた。

大原は処女の蜜液を充分に堪能すると、ひとつになることにした。そのことを沙織に言う。

沙織はこっくりとうなずいた。

大原は沙織の両足をさらに大きく開かせた。その両足の間に膝をついて、女芯に欲棒を押しつける。

「あっ……」

沙織は痛そうな顔をしてジリッとずり上がった。

太腿に力が入り、固くなった。

「力を抜いて」

大原は沙織の耳元で囁いて、乳首をペロリとなめた。沙織はゆっくりと全身の力を抜いた。大原は改めて結合の姿勢を取った。

グイッ、と欲棒を進める。

「あーっ、痛いーっ……」

沙織は叫んで大きくずり上がった。欲棒は結合に失敗して空を切った。

4

大原は沙織にずり上がられて結合に失敗した。

それでも、沙織は額《ひたい》に汗を滲ませて、荒い呼吸をしている。

「ごめんなさい。痛かったものですから」

沙織は荒い呼吸の下でそう言った。

台湾式でやってみよう。大原はそう思った。

「違う形でしてみよう」

そう言う。

「はい」

違う形がどんな形か知らないくせに、沙織はうなずいた。

大原は沙織の両足首を肩にかついだ。沙織の体をふたつ折りにする。沙織は戸惑ったようにまばたきを繰り返した。

大原はその形で欲棒を女芯にしっかりと押し当てた。真上から体を落とすようにする。

「痛いーっ！」

沙織は絶叫した。しかし、体をふたつ折りにされ、大原に全体重を掛けられては逃げることはできなかった。もろちん、ずり上がることもできない。

大原の欲棒は狭い処女地を押し開きながら、誰も踏み込んだことのない空間に押し入った。

根元まで欲棒を埋めると、大原は沙織の両足首を肩からはずし、足を伸ばさせた。

沙織の恥骨のふくらみが、しっかりと大原の体重を支える。

「重いかね」

処女でなくなったばかりの沙織に大原は感想を尋ねた。

「ううん。重くはないわ」

沙織は不思議そうに大原を見た。

どんな重い男の体重も結合した形では、女はほとんど重さを感じないから不思議である。結合をせずに、女の体に男が体重をかけると、女は窒息しそうなほど重さを感じるものである。いかに、恥骨がしっかりした力学上の構造を持っているかがよく分かる。

「重くはないけどとても痛いわ」

沙織は言う。

「多少は痛いと覚悟はしていたけど、こんなに痛いとは思わなかったわ」

「女になるときに一度だけ痛い思いをしなくちゃならないのだよ」

「それにしても痛いわ。引き裂かれるような痛みと焼け火箸《ひばし》を突っ込まれるような痛みが一緒に来るのだから凄い痛みよ」

「よく我慢したね」

大原は沙織の髪を撫でると、ゆっくりと出没運動を始めた。

「あーっ、痛いっ。無茶をしないで!」

沙織は絶叫して大原の胸を突っ張った。

しかし、いくら苦痛を訴えられても大原とすれば、出没運動を止めるわけにはいかない。

「我慢して。痛いのは最初だけだから」

そう囁きながら、出没運動を続ける。

「痛いから止めてーっ!」

沙織は大原の胸を下から突き放そうとする。

「痛いからじっとしてて」

そう言う。

処女だった沙織には、出没運動を行なって大原が快感を高め、男のリキッドを発射しなければ行為は終わらないことが分からないのだ。

そのことを説明しようとして、大原は口をつぐんだ。沙織が処女を失って、苦痛を必死で耐えているのに、大原が快感を得るために、出没運動を行なうのは、あまりにも男の身勝手なような気がしたのだ。

「早く終わりにするには動かなければならないのだよ」

大原はそう言いながら出没運動を続けた。

「どうして動かなければ終わりにならないの？」

痛そうに顔をしかめながら、沙織は恨めしそうに大原を見た。

「神様がそういうふうに男と女を作ったのだ」

大原はとっさに神様のせいにした。

「神様って残酷なのね」

「でも、その苦痛に耐えて女になるから、年を取るに従って女はたくましくなるのではないかな」

「わたし、たくましくなんかなりたくないわ」

沙織は首を振った。

大原はようやく爆発が近づいてきたのを感じた。

「終わるよ。最後だから、我慢してね」

大原は沙織をしっかりと抱き締めて、出没運動のピッチを上げた。

「うう……」

沙織は歯を食いしばって苦痛に耐える。その苦痛に歪《ゆが》んだ沙織の顔を眺めながら、大原は男のリキッドを処女地に放った。

リズミカルに放出を続ける。沙織は目を閉じて眉を寄せて男のリキッドを受け止めた。

大原は男のリキッドをすっかり放出しても、すぐには沙織の上から降りなかった。結合したまま、沙織を抱き締めて余韻を楽しむ。

「そうやって、じっとしてくれてれば、痛くはないわ」

沙織はつぶやいた。

「もう、終わったよ」

大原は沙織にキスをした。

大原は結合を解いた。

「痛いっ」

沙織は欲棒が抜けるときに最後の悲鳴を上げた。

欲棒の背面には、処女の流した鮮血がひと筋、くっきりとついていた。すでに乾いた血痕は沙織の内腿や女芯の周囲にもついている。

沙織は両足を開いたままにしていた。閉じようとはしない。そのために、破られたばかりの処女膜の様子がはっきりと見て取れた。処女膜は時計の文字盤の四時四十分の位置の二カ所に亀裂が入り、出血が続いていた。

淫唇もはれ上がっている。

シーツにも処女の流した血が、幾分いびつな日の丸を描いていた。

大原は亀裂の入った処女膜の傷口にティッシュペーパーを当ててしばらく押さえていた。それで、簡単に出血は止まった。

「もう、大丈夫だよ。出血は止まったよ」

大原は新しいティッシュペーパーで女芯を拭《ぬぐ》うと両足を閉じさせた。沙織は大きく溜息をついた。

「まだ、ズキン、ズキンと痛みがあるわ。大きな釘を打ち込まれたみたい」

そう言う。

「もう、苦痛を感じることはないよ。処女にさようならをするときだけが痛いのだよ」

大原は沙織の体をやさしく愛撫した。

「本当に、もう、痛くない？」

「痛くないよ。今度、またしてみようか」

大原は乳房をつかんだ。

乳首にキスをする。

「そうね。もう一度、してみようかしら。苦痛がない、という社長さんの言葉が本当なら、今度は楽にできるはずだから」

沙織はうなずいた。

「内腿に血がついているから、バスルームで洗ったらどうかね」

大原は言った。

「そうします」

沙織はベッドから降りたが、きわめて歩きにくそうだった。歩き方がガニ股になっている。

「太いものがはさまっているみたいよ」

そう言いながら、壁伝いにそろそろと歩く。

バスルームに入った沙織はなかなか出て来なかった。

ようやく出て来ると、沙織は裸のまま、ベッドに倒れ込んだ。処女を失ったばかりなのに、もう、裸を隠そうとしない。

「白っぽい液体が、あとからあとから出てきて、わたし、湯当たりしそうになっちゃったわ」

そう言う。

「それは、ぼくが出した男のリキッドだよ」

大原は言った。

「そんなものを出すの？」

沙織は信じられない、と言うように大原を見た。

大原は沙織が長湯をしている間に、早くも回復をしていた。

しかし、処女をなくしたばかりの沙織に、もう一度相手をさせるのは残酷なような気がした。それに、二回目からは痛くない、と言ったものの、傷口が真新しいときに行なえば、苦痛を与えることになる。傷口が癒《い》えてから、抱くべきだろう。

「男が出す液体を見せてあげようか」

大原は言った。

「見せて」

沙織はうなずいた。

大原は回復した欲棒をつかんでオナニーを始めた。

目の前には、処女をなくしたばかりの沙織の裸がある。

オナニーの条件は揃っていた。

沙織は目を剝いて大原のオナニーを見つめた。息を飲んで見ているのだ。

欲棒の先端が紫色に変色し、体積が増した。

「こんなに大きいのがわたしに押し入ったのね」

沙織の目は酔っぱらったようにすわっていた。

爆発が近づいて来た。

「君のおなかの上に出すよ」

大原は言った。沙織はうなずく。

大原は欲棒の先を沙織のヘソのあたりに突きつけると、男のリキッドを噴射した。

白濁した液が、沙織の腹の上に飛び出した。

大原は欲棒をしごきながら射出がおさまるまで、何度も男のリキッドを噴射した。

男のリキッドが沙織の腹部の広い範囲に飛び散った。

「これは、なあに。社長さん、病気ではないのでしょうね」

沙織は恐ろしそうに尋ねる。

「これが、精液というものなのだよ。子供を作る素《もと》なのだ」

大原は肩で呼吸をしながら言った。

「それを、さっきはわたしの中に出したのね」

「そうだよ」

「わたし、妊娠しないかしら」

不安そうに沙織は大原を見た。

「この前、生理はいつあったの」

「いつだったかなぁ。もうそろそろつぎのがあるころよ」

沙織は困った顔をした。

「生理はよく狂うほう?」

「とても、正確よ」

「それじゃ、大丈夫だよ。数日中に生理があれば、妊娠しなかった証拠だ」

大原は自信を持って断言した。

沙織はホッとしたように深呼吸をした。

とんでる女子大生

1

大原が沙織の処女をいただいてから、一週間が過ぎた。

沙織は処女で大原商会に与えた損失を弁償したことで、処女でなくなってからも明るかった。

最近は処女をなくしたときに女が泣かなくなってきている。昔は、処女でなくなることは、即、結婚ができない体になることだった。だから、処女を失ったときには、結婚を諦めて涙を流したのである。

しかし、現代では、処女性と結婚はまるで別の問題である。処女をなくしたからといって結婚できなくなるわけではないし、泣かなければならない理由はまったくないのだ。だから、女も処女を失ってもケロリとして、泣かなくなったのだ。

もちろん、沙織も処女を失っても泣かなかった。それどころか、処女を卒業するという人生の関門を無事に通過して、かえって元気になったように思われる。

「どう。そろそろ、傷も癒《い》えたのではないかね」

大原は大原商会に顔を出すと沙織に尋ねた。

「傷ですか?」

沙織はキョトンとして大原を見つめた。

「ほら、処女をぼくにくれたときに裂傷を負った、あの傷だよ」

「ああ、あれならもう大丈夫みたいです。三日ほどは、あそこになにかはさんでいるようなヘンな気持ちでしたけど、もうそんな異物感もなくなりました。傷は完全に治っていると思います」

沙織は顔を赤らめながらそう言った。

「どうだろう。きょうあたり、二回目を試《ため》してみないかね」

大原は沙織の体をなめ回すように眺めた。

「二回目ですか?」

沙織は気が進まないような返事をした。

「もう、この前みたいには苦痛はないはずだよ」

大原は言う。

「苦痛がないことを確かめて、自信を持ったほうがいい」

「はい。でも……」

「不安なのかね」

「そうではありません」

「と言うと？」

「この前、処女を買っていただいたように、今度も、二度目の体を買っていただきたいのです。まるっきりタダでは、何だか損をしたような気がするの」

沙織は言う。

さすがに現代っ子だな、しっかりしている……。

大原は苦笑した。

「いくら欲しいのかね」

大原は尋ねた。

「処女でない女は安いのでしょう？」

沙織は大原に尋ねた。

「やはり、処女を破ってから初めてのほうが十回目の女よりも高いのかしら」

そうも言う。

「二回目も十回目も処女でなければ同じだよ。しかも、値段は処女の何十分の一だね」

大原は、沙織の体を値踏みするように眺めた。処女を失った女という眼で見るせいか、何となく体の線に丸味が出てきた感じがする。

「処女と処女でない女とはそんなに値段が違うのですか」

沙織はがっかりしたように肩を落とした。

「だったらお金はいりませんわ。社長さんのBMWを半日だけ貸していただけませんか。わたし、あの車を一度でいいから自由に乗り回してみたかったのです」

沙織は大原の表情を窺《うかが》った。

「いいよ」

大原はあっさりうなずいた。

どうせ、サザンフェニックスに出社してしまえば、大原商会に出勤するまでは、ガレージであくびをしている車である。

「ほんと？」

沙織は嬉しそうに目を丸くした。

「あしたの朝、大手町《おおてまち》のサザンフェニックスという会社の前に、八時五十分に待っていてくれないか。ぼくがBMWを運転して行く。そこで君にバトンタッチをしよう。君は午後五時十分に、同じ場所にぼくを迎えに来てくれればいい。それまで、自由に乗り回していいよ」

大原はそう言った。

「嬉しいわ」

沙織は大原に飛びついて頬にキスをした。その体を抱き締めて、大原は唇を重ねる。沙織は唇を重ねられて驚いたようにもがいたが、すぐにおとなしくなった。唇を吸われるままにじっとしている。

「さあ、それでは、行こうか」

大原は沙織をうながした。

沙織はぼんやりと突っ立ったままだった。キスに痺《しび》れたのだ。

「さあ」

大原は沙織の背中を押した。

「あのう、会社は空けてもいいのですか」

沙織は焦点の定まらない目で大原を見た。

「今夜は臨時休業にしよう」

「はい」

沙織は大原の腕につかまって大原商会を出た。

「また、この前のシティホテルがいいかね」

大原は尋ねた。

「どこでもいいです」

「ラブホテルでもいいのかね」

「はい」

沙織は真っ赤になってうなずいた。

「この前は、処女だったので、みじめな思いをしたくなかったのです」

そう言う。

2

大原は大原商会を出ると、あまり遠くないラブホテルに沙織を連れて行った。

玄関を入ったところにあるカラーパネルで部屋を選び、その部屋のボタンを押してフロントでキイを受け取って、エレベーターで部屋に行く。

もちろん、処女だった沙織はラブホテルに入るのは初めてである。珍しそうにキョロキョロしている。

「普通のホテルと、随分、入り方が違うのですね」

部屋に入るとそう言う。

「普通のホテルは宿泊が目的だけど、ラブホテルはセックスをするために利用するのだから、入り方もおのずと違ってくるよ」

大原はそう言った。

「バスルームにしても、ふたりが一緒に入れる大きさになっている。しかも、入っているところが覗けるように仕切りの壁は透明なガラスだ」

「ほんとだ。いやらしい造りですね」

「女が風呂に入っているところを覗きたい、というのは男の共通した願望だからね。ラブホテルではそれが叶《かな》えられることになっている」

大原はそう言いながら沙織を抱き寄せた。

キスをする。

途端に、沙織の全身から力が抜けた。

「まず、風呂に入ろう」

大原は沙織の着ているものを脱がせた。たちまち、沙織はブラジャーとパンティだけになった。それも脱がせる。

大原は裸にした沙織の茂みに顔を押しつけて、匂いを嗅いだ。処女独得の強い香気はすっかり消えてしまっていた。代わりに、成熟した女の匂いが立ちのぼっていた。

「処女だったときとは匂いまで違っている」

大原は言った。

「そんなに処女でなくなるといろいろ変わるのですか」

当惑したように沙織はつぶやいた。

「そうだよ」

大原はうなずきながら、素早く裸になった。

沙織の背中を押してバスルームに入る。バスルームはダブルサイズのウエスタン風呂だった。

「覗かれるよりも一緒に入ったほうがいいだろう」

そう言う。

「はい」

沙織はこっくりとうなずいた。処女でなくなったとはいえ、まだ、初々《ういうい》しさは残っている。

大原はバスタブにお湯を入れた。

「さあ、よく洗ってから入ろうね」

大原は沙織をしゃがませて両足を開かせ、女芯にお湯をかけ、手で洗った。

沙織はされるがままになっている。

沙織の女芯を洗ってやっているだけで、大原の欲棒はいきり立った。大原は女芯を洗いながら、指を入れてみたい、という衝動を必死で我慢した。まだ、そこまでするのは残酷な気がしたのだ。

大原は沙織の女芯を洗い終わると、一緒にバスタブに横になった。大原のいきり立った欲棒は、水面の上に頭を飛び出させている。沙織は水面から頭を出している欲棒をつかんだ。

「これ、パンツの中に入りきらないのではありませんか」

そう言う。

「普段は小さいから大丈夫だよ」

大原は言った。

「普段は小さい、ってどんなになっているのかしら。ねえ、小さくして見せて」

沙織は大原を見た。

そう言えば、処女を失って以来、沙織は大きくなった欲棒しか見たことはない。

「今は、小さくはならないよ」

困ったように大原は言った。

「いつ、小さくなるの?」

沙織は大原の顔を覗き込んだ。

「沙織ちゃんを抱いたら小さくなるよ」

「本当に?」

「本当に小さくなるよ」

「だったら、抱いたあとで小さくなったのを見せて」

「いいよ」

大原は苦笑した。

大原は欲棒を簡単に石鹼で洗うとバスルームを出た。あとから、沙織も出てくる。沙織は体にバスタオルを巻きつけていた。

大原は沙織をベッドに横たえた。

もう、沙織は明かりを消してほしい、とは、言わなかった。

大原は明るい光の中で、沙織が体に巻きつけたバスタオルを開いた。小振りな乳房が現われた。続いて、漆黒《しっこく》の茂みが現われる。

一見した感じでは、処女と処女でなくなってからの沙織の体には、まるで変化は認められなかった。外見上はまったく変わりがないのだ。

大原は茂みを撫でた。

沙織は茂みを撫でられて、ゆっくりと両足を開いた。そういった反応には処女でなくなって、女になった沙織の反応がはっきりと現われていた。

大原は乳首を唇でくわえ、軽く吸った。乳首がツンと尖《とが》った。

大原はふたつの乳首を尖らせて、唇を茂みに向かってずり下げて行った。

唇が茂みに到達する。

沙織の茂みは、石鹸の匂いと女の匂いが入り混じっていた。どちらかというと、女の匂いのほうが強い。あまり入念には洗っていないのだ。お湯をかけて、石鹸をつけた手でそっと触れる程度なのだろう。茂みがその程度の洗い方だから、女芯は洗っていないはずだ。ただ、お湯に女芯を入れるだけだろう。

茂みの匂いを嗅ぎながら大原はそう思った。

大原は沙織の両足を開かせた。女の匂いは急に強くなった。女芯が閉じ込めていた匂いが一気に立ちのぼったのだ。

女芯をまるで洗っていないことは、その匂いが告白していた。

大原は女芯の匂いに酔ったようになった。頭の芯がボーッとなった。快《こころよ》い酔い心地である。

大原はさらに大きく両足を開かせた。

処女だったときには、両足を開かせても、女芯の亀裂は現われなかった。女芯の両サイドのふくらみがぴったりとくっついて、亀裂を隠蔽《いんぺい》していたからだ。

ところが、処女でなくなったために、両足を開かせると、女芯の亀裂もパックリと開いた。

亀裂はあまり長くなかった。亀裂の長さは、処女でなくなっても、処女だったときと変わらないものらしい。

亀裂の上部には、芯芽がカバーの中に体を縮めていた。

亀裂は開いたと言っても、ほんの少しピンクの内面を覗かせているぐらいである。

大原はよく観察するために、女芯の両サイドのふくらみを両手の親指で左右に開いた。

蜜液に濡れた女芯が剝《む》き出しになった。

大原が処女をいただいた直後には、踏み荒らされた花園のようにはれ上がって悲惨な状態を呈《てい》していた女芯は、そのはれも治まって穏やかな眺めを見せていた。

ピンクの亀裂の最下部に開いている通路の入口は、時計の文字盤の四時四十分の位置に二カ所、亀裂が認められた。亀裂の傷口はすっかり癒えていた。

「きょうは痛くないよ」

傷口が癒えた処女膜痕を見て、大原は言った。

沙織は体を固くして、何も言わない。やってみるまでは、信じられないのだ。

苦痛を与えずに結合するには蜜液が不足していた。

大原は処女膜痕を舌でなめた。

「あっ……」

ピクン、と沙織は女体を弾《はず》ませた。大原は舌で亀裂をなめ上げた。ピクン、ピクンと沙織は女体を弾ませた。

その度《たび》に、乳房が震える。

大原は何度か沙織の女芯に舌を往復させせた。そして最後に芯芽をそっと押し回す。

「ああ……」

沙織は小刻みに体を震わせながら小さな声を上げた。透明な蜜液がドッという感じで溢《あふ》れてきた。

処女であったときも沙織の濡れ方は激しかった。その濡れ方が処女でなくなってから、あまり激しくなくなった感じだったが、それも、大原が女芯に舌を使うと、処女時代のように激しいものになった。

蜜液はたちまち女芯から溢れ、小さなアヌスの窪《くぼ》地に溜《た》まった。しかし、蜜液は次から次に湧き出して、アヌスの窪地の容量をすぐに越えてしまった。

オーバーフローした蜜液は小さな窪地から、糸を引いてシーツにしたたり落ちた。

沙織に苦痛を与えずに結合できるほど、女芯は滑らかになった。

「入るよ」

大原は沙織に言った。

沙織はうなずくと、両足を大きく上げた。処女を貫通したときに大原が取らせた形を、沙織は自分で取ったのだ。

大原はアヌスが天井を向くほど両足を上げた沙織に、あえて何も言わなかった。

いきり立って出番を待っていた欲棒を女芯に押しつける。沙織は痛そうに眉を寄せた。

「痛いかね」

大原は尋ねた。

沙織は首を振った。苦痛を感じるのではないか、と思って、眉を寄せていたのだ。

大原は体重を欲棒にかけた。女芯の入口にわずかに抵抗が感じられた。それを、プスリ、と突き破る。

「あっ……」

沙織は叫んだ。

そのときには、すでに、欲棒は半分以上、女体の中に入り込んでいた。

「痛いかね」

大原は尋ねた。

「ちょっとだけ、痛かった」

沙織は大原を見上げた。その表情には苦痛の色はまったくなかった。

大原は欲棒を根元まで挿入した。

「初めてのときのような痛みではないだろう？」

「はい。入るときに、ちょっと古傷にさわるような痛みがあっただけです」

沙織はうなずいた。

大原は出没運動を始めた。沙織が全身に力を入れた。

「こうやって動いても痛くはないだろう?」

出没運動を行ないながら大原は沙織の顔を覗き込んだ。

「痛くはありません」

沙織はうなずいた。

不思議そうに大原の顔を見上げる。

「この前、あんなに痛かったのが嘘みたい」

そう言う。

「痛いのは処女にサヨナラするときだけだよ」

大原は沙織の額にキスをした。

「これから一回毎《ごと》によくなるのだよ」

「よくなる?」

沙織は首をかしげた。

「女の歓びを知るのさ」

「ふーん」

沙織にはそのあたりのことは分からないようだった。

「重いかね。体重七十五キロの男が君に乗っているのだよ」

大原は尋ねた。

正常位なので、大原は全体重を沙織にかけている。その大原の体重を張り出した沙織の恥骨のふくらみがしっかりと支えている。

「重くはないわ。不思議ね」

沙織は少し考えて大原の肩口に顔を埋めた。

「信じられないことばかり」

そうつぶやく。

「痛みがないし、社長さんがちっとも重くないし」

沙織は小さく笑った。

「もっと信じられないことをしようか」

「どんなこと?」

「君を上にするのさ」

大原は沙織をしっかりと抱いて、体を反転させ、体の位置を入れ替えた。沙織を上に乗せたのだ。

「こんな恥ずかしいことをさせるなんて、社長さんの意地悪」

沙織は上にさせられて、戸惑《とまど》ったように大原を睨《にら》んだ。

処女を失って、次に抱かれるときに早くも女上位を経験させられる女は少ないだろうな、と大原は苦笑した。

こうなったら、いろんな形を教えてやろう……。大原はそう思った。

女上位の形で大原は背中を向けるように沙織に言った。

「このまま抜かないで向こうを向くのだよ」

そう念を押す。ぎこちなく、沙織は向きを変えた。

「むずかしいのね」

ようやく背中を見せて、沙織は肩で息をした。

「馴れればどうってことはないよ」

「そうかしら」

「この形は帆かけ舟と言うのだよ。さっきのが女上位」

「女上位という言葉は知っていたから、多分、女が上になるのだろう、と予想はついてたけど、帆かけ舟は知らなかったわ」

背中を向けたまま、沙織は言った。

3

帆かけ舟で結合したまま、大原は上体を起こした。沙織に両手をつかせて上体を支えさせ、両膝で下半身を支えさせて、帆かけ舟からバックの形に移行する。

「これがバックなのね」

沙織は言った。女子大生だけに耳学問ではいろいろと分かっているのだ。

「バックの形を男がなぜ喜ぶかわかるかね」

大原は可愛らしく突き出されたヒップを撫でながら尋ねた。

「わたし、この形だと、犯されている感じがするわ。だから、男性は女を征服している気分になるのではないかしら」

沙織はヒップを蹂躙《じゅうりん》されるに委《まか》せながらそう言った。

「それもある。でも、もっと大きな理由があるのだよ」

「何かしら」

「君はうしろ向きになっているからわからないかもしれないが、バックの形だと、ぼくが君に出没運動する様子が、モロに見えるのだよ」

そう言いながら、大原は欲棒を大きな振幅で出没させた。

「えーっ……」

沙織は体をよじった。

「恥ずかしいわ。そんなところ見られるなんて」

そう言う。

「面白いものだよ。ズブリと入ったり、抜けそうになるほどでたりするのを眺めるのは」

「悪趣味ねえ。変なところを見ないで」

沙織は抗議をするようにヒップを振った。

ブリッ、ブリブリ……。放屁音に似た、バック独得の異音が結合部から発生した。

「いやん。なあに、今の音」

沙織は体をよじって大原を見た。その顔は当惑しきった表情である。

「断わっておきますけど、わたし、オナラはしなかったわよ」

そう言う。

「あれっ。ぼくはてっきり沙織ちゃんのオナラだと思ったけどね」

大原は空とぼけた。

「違います。わたし、オナラなんかしていません」

沙織はムキになって首を振る。

大原は出没運動を続けた。

ブリッ、ブリリリッ……。再び異音が鳴り響いた。

「あーっ、いやん。変な音」

沙織は体をよじった。

「うん、この音はオナラではない」

大原はそう言いながら、女芯がかなでる賑《にぎ》やかな異音に悶絶《もんぜつ》するほど恥ずかしがる沙織の反応を楽しんだ。

「ねえ、社長さん。バックの形がよくないのではないかしら。バックで始めたら変な音がでるようになったのよ」

沙織は消え入りそうな声で言う。

バックの形を取ったときだけに放屁音に似た異音が出ることに気がついたのは、初めてバックの形を取らされた沙織だった。

「それじゃ、元の正常位に戻してみよう」

大原は結合を解いて、沙織を仰向けにし、両足を開かせた。

沙織は両足を開いただけではなく、高々と持ち上げた。処女をいただいたときに、どうしてもずり上がるので、大原は沙織の体をふたつ折りにして、両足を肩にかついで目的を達したのだが、そのクセがついて、どうしても足を上げてしまうのだ。

ブリリリリーッ。途端に、通路に閉じ込められていた空気が、湿った大きな音を立てて女芯から洩《も》れ出した。

「あーっ……」

沙織は恥ずかしさに真っ赤になって両手で顔を隠した。

それでも両足は高く上げたままである。

大原は沙織に重なると、空気が洩れたばかりの通路に欲棒をすべり込ませた。

「あーっ……」

沙織が声を出したときには、欲棒は根元まで入ってしまっていた。

「痛かったかね」

大原は尋ねた。

「いいえ」

沙織はゆっくりと首を振った。

「この前あんなに痛かったのにウソみたい」

不思議そうに大原を見る。

「社長さんが次第に痛みがなくなるとおっしゃったのは、本当ね」

沙織はそう言いながらうなずいた。

「ウソは言わない。これからする度によくなる一方だよ。そして、女の歓びを知ったら、もう男なしではいられなくなる」

大原は出没運動を行ないながら言った。

「恐ろしいわ。男なしでいられなくなるなんて」

「どうして?」

「だって、わたし、キャリアウーマンが目標なのよ。結婚することが女のしあわせだとは思ったことはないわ。だから、男なしでいられなくなったら、目標を結婚に切り替えなければならないわ。もう、これっきりにしようかしら」

沙織は真剣な目で大原を見た。

「目標を結婚に切り替えてしあわせになった女性は多いから、男なしでいられなくなったら、目標を切り替えればいいじゃないか」

「そうね」

沙織は目を閉じた。

大原は上げていた両足をおろさせて、出没運動を始めた。屈曲位から正常位にしたのだ。

その形を取らせると、恥骨のふくらみの盛り上がりが伝えてくる圧迫快感が強烈になる。

大原は沙織の女体を抱き締めると、爆発点に向かって全速力で突っ走り始めた。沙織は大原の背中に手を回して結合部を押しつけてきた。

「ああ……」

声も出す。

「感じているのだね」

大原は尋ねた。

「そうみたい。わたし、何となく気持ちがよくなってきたわ」

沙織は小さくうなずいた。

女芯の奥から蜜液が湧いて来た。女芯の中がなめらかになる。

「社長さんのおっしゃったとおりだわ。とてもいい気持ちになってきたわ」

沙織は大原の背中に爪を立てた。

「わたし、もう、男なしではいられない体になったみたい」

うわごとを言うように沙織はつぶやいた。

「それにしても、二度目のセックスでこんなに感じるなんて、君はセックスの天才だよ」

大原は唸《うな》った。

「天才ならうれしいけど、どうしようもない淫乱かもしれないわ。もし、そうだったら、どうしよう。わたし、社長さんに責任を取ってもらうわよ」

沙織は大原の背中に回した手に力を入れた。

しかし、感じても、そこまでである。沙織はクライマックスに達するまではいかなかった。

クライマックスに達したのであれば淫乱と言えるかもしれないが、気持ちがよくなったという程度では、セックスの天才であっても淫乱ではない。

大原は安心して爆発点に達した。

「出すよ」

大原は一方的に宣言すると、思い切り男のリキッドを爆発させた。

沙織は珍しそうに爆発の瞬間の大原の表情を見守っていた。

「男の人って、あの瞬間は、哲学者のような顔になるのね」

それが沙織の感想だった。

「女もやっぱりクライマックスを迎えるときには哲学者のような顔になるのかしら」

好奇心を剝き出しにして大原の顔を覗き込む。

「さあね」

大原は苦笑しながら首をかしげた。

「ところで、君はセックスの天才のようだよ。淫乱ではない。これで、セックスを止める必要はない、と思うけどね」

大原は男のリキッドをすっかり放出すると、結合したまま余韻を楽しみながら、沙織に言った。

「これで、止める気はないわ。早く、男なしではいられない体になりたいわ。これからも、たくさん抱いて」

沙織はしっかりと大原を抱き締めた。

義妹の家出

1

大原はいつものように午前九時前にサザンフェニックスに出社すると、自分の仕事を始めた。午後五時までは、サザンフェニックスの平社員である。

午前十一時を回って、昼めしはどこで食べようかな、と思ったときに、机の上の電話が鳴った。

「はい、サザンフェニックスの大原です」

大原は受話器を取るとそう言った。

「お兄ちゃん」

若い女の声がした。

大原には妹はいない。大原のことをお兄ちゃんと呼ぶ女は、妻の佳子の妹の速美《はやみ》しかいた。大原は、速美の嫁《とつ》ぎ先の苗字を知らない。大阪の速美の家の電話番号を知っているだけである。速美は佳子とはひとまわり年下で、大阪のサラリーマンのところに嫁《とつ》いでいる。子供は作らない主義だとかで、まだ、作っていない。


「速美ちゃんかね」

大原は言った。

「そうよ。速美よ」

速美は言った。いつもと違って、声に元気がない。

「家からかね。家からだったらこっちから電話をかけなおすよ。電話代が高くつくから」

大原はそう言った。サラリーマンにとっては長距離の電話代はバカにならない。

「家からじゃ、ないわ。お兄ちゃん、会ってほしいの」

「会うったって、大阪なのだろう?」

「東京よ。今、東京駅に着いたところなの」

「東京駅?」

「わたし、家出してきちゃったの」

速美は予想もしなかった言葉を口にした。

「えーっ、家出をした?　一体、どうしたの?」

思わず大原は体を乗り出した。

「電話じゃ、話せないわ」

「佳子には話したのかね」

「話してないわ。当分、お姉ちゃんには内緒にしておきたいの。だって、お姉ちゃんに言ったら、叱られるだけだし」

「分かった。間もなく昼休みだし、飯を食いながら話を聞こう。これから会社を出るから、銀の鈴の下で待っててくれ」

大原はそう言うと、部長にちょっと打ち合わせで出てきます、と言って、会社を出た。

車は女子大生の沙織に貸しているので、地下鉄で東京駅に向かう。

東京駅まで六分しかかからなかった。

銀の鈴の下で、速美は不安そうな顔をして立っていた。大原を見ると駆け寄ってしがみついた。

「どこかで食事をしよう」

大原は沙織を八重洲《やえす》地下街の中華料理の店に連れて行った。まだ、正午前なので、店は空いていた。速美は食欲はない、と言ったが、大原はラーメンとギョウザを二人前頼んだ。

「それで?」

大原は速美をうながした。

「佳子に言えないところを見ると、速美ちゃんが浮気でもしたのかな」

そう言う。

「浮気をしたのは、清《きよし》さんのほうよ」

速美は唇を噛んだ。

夫の清が浮気をした相手はこれが五人目だ、と速美は言った。

「最近、朝帰りが多くなったのでおかしいな、と思っていたら、昨夜、パンツを裏返しにはいて帰ったのよ、うちの宿六」

「パンツを裏返しにはいて帰ったのでは、言い訳はできないな」

「それで問い詰めたら、ミナミのクラブのホステスと寝た、と白状したの。それも、半年以上、続いている、と言うのよ」

「速美ちゃんのような美人の女房を持っていながら、浮気をするなんてけしからん男だな、清くんも」

「その女のどこがいいかと聞いてみたの。そうしたら、お前はガリガリだが、向こうはふっくらとしていて抱き心地がいい、とぬけぬけ言うの。わたし、アタマにきちゃった」

速美はふくれて見せた。

速美は痩《や》せ型の美人である。

「それで、宿六が会社に出た直後に家を飛び出して、新幹線に乗って東京に来たの。当分は帰らないつもりよ。ひょっとしたら、別れるかもしれないわ。なにさ、結婚する前は、ぼくは痩せた女が大好きだ、と言ったくせに」

速美は毒づいた。

食欲はない、と言いながら、速美は運ばれてきたラーメンとギョウザを残さず食べた。

「これ、食欲と違うのよ。そんなにデブがいいのなら、ぶくぶくに太ってやるの」

きれいに食べ終わると速美はそう言った。

「ねえ、四、五日、東京に隠れていたいから、お兄ちゃん、ホテルを取って」

速美は箸《はし》を置くと、そう言う。

「それじゃ、新宿のビジネスホテルを取ってやろう。大原商会に近いところがなにかと便利だからね」

「いいわ。でも、お姉ちゃんには絶対に内緒よ。清くんのことで結論を出したら、わたしが自分で言うわ」

「わかったよ」

大原は中華料理の店を出ると、地下鉄で速美を新宿のビジネスホテルに連れて行った。

しかし、チェック・インは午後三時からだ、と言う。速美は体ひとつで飛び出したのでそれまで、下着などの買い物をする、と言う。

大原は速美と別れて仕事に戻った。

午後五時にサザンフェニックス社を出て、速美の投宿しているビジネスホテルに向かう。

部屋のドアをノックすると、速美は待ち構えていたようにドアを開けた。

大原を出迎えた速美は、バスタオルを裸の体に巻きつけた姿だった。

大原は佳子と結婚する前に、速美にプロポーズをしようか、と真剣に悩んだことがある。それほど速美は大原好みの女だった。

好みの女に裸の体にバスタオルを巻きつけただけの姿で出迎えられたのでは、たまったものではない。大原は襲いかかりたい気持ちをかろうじて押し止めた。

「お風呂から、ちょうど、上がったところだったの。まあ、どうぞ」

速美は大原に椅子をすすめた。

ただでさえ小さなビジネスホテルの客室である。椅子をすすめる速美の体は大原に触れそうになる。椅子に腰をおろしたときには、大原の欲棒はズボンの中で固くなっていた。

「ちょっと着替えをするわね」

速美はバスルームに入り、ホテルの浴衣を着て現われた。

湯上がりの女の浴衣姿は色っぽい。

恐らく、浴衣の下は、ブラジャーはつけていなくて、パンティ一枚だけだろう、と大原は思った。

「ビール、飲むでしょう?」

速美は冷蔵庫から缶ビールを出した。

「いや、ビールはいい。それよりも、一度、会社に顔を出してくる。あとで、食事に行こう」

大原は急いで部屋を出た。

いったん会社に顔を出して戻って来れば、その間に速美は着替えをすませるだろう、と思ったのだ。

会社に顔を出すと、待ち構えていたように佳子から電話があった。

「大阪の清さんから、たった今、電話があったのだけど、速美がこっちへ来ていないか、と言うの。こっちには来ていないけど、大原商会のほうには行っていないでしょうね」

佳子はそう言う。

「来ていないよ。どうしたのかね、速美ちゃんは」

「家出をしたらしいの」

「家出?」

「清さんが浮気をしたのが原因らしいの」

「それじゃ、放っておくしかないね」

「そうね。わたしも、二、三日、温泉あたりでのんびりしたら、帰って来るのじゃないか、と言ったのだけど、清さん、だいぶ、参っていたみたい」

「あんな美人の奥さんを持ちながら、浮気をするなんて、それは清さんが悪いよ」

「わたしはあなたが浮気をしても家出なんかしないわよ。わたしも浮気をするだけ。いいわね」

佳子は念を押すように言った。

大原はすぐに大原商会を出てホテルに引き返した。

速美は、まだ、ホテルの浴衣姿だった。

「佳子から電話があってね、清さんから電話があったそうだ。速美が東京に行っていないか、という問い合わせだったそうだ」

大原はまぶしそうに速美の浴衣姿を眺めながらそう言った。

「わたしが上京していることはお姉ちゃんには言わなかったでしょうね」

「言わなかったよ」

「それじゃいいわ」

速美はホッとしたように大きく息を吐き出した。

「清さんは自分の女遊びが原因だ、と言ってたそうだ。佳子のヤツ、あなたが浮気をしてもわたしは家出なんかしませんからね、その代わり、わたしも男と遊びますから、とおれを脅かしやがった」

「お姉ちゃんなら、本当に男と浮気をしかねないわ」

「もう、されちゃったよ。この前、おれの浮気がバレたときに」

「ンまあ……」

速美は大きく目を剝《む》いた。

「それで、喧嘩《けんか》にはならなかった。

「ならなかった。浮気をしたおれが悪いのだから、佳子に浮気をし返されても仕方がない」

「いいわね。お兄ちゃんとお姉ちゃんたちの夫婦は。カラッとしていて、浮気もゲームも割り切っているのだから」

速美は溜息をついた。

「わたしも浮気をし返してやろうかしら」

大原を見る。

「それで気がすむのなら、すればいいじゃないか」

「でも、相手がいないわ」

「相手なんか、外に飲みに行けば、いくらでも見つかるよ」

「そうはいかないわ」

速美は大原をジッと見つめた。

「ねえ、お兄ちゃん。わたしと浮気をしない？」

「えーっ……」

「姉と妹では、体がそっくりでお兄ちゃんはつまらないかもしれないけど、わたしにとっては一番安全な相手だわ」

「そんな……」

「お姉ちゃんはいろんな男を知ってるけど、妹のわたしは夫しか知らないのよ。同じ姉妹で不公平だと思わない？」

速美は大原の手を取った。

「ね、いいでしょう」

そう言いながら、ベッドに倒れ込む。

大原は速美の上に重なった。

浴衣の裾《すそ》が乱れて太腿が露《あらわ》になった。チラリと茂みが見えた。速美は浴衣の下には下着をまったくつけていなかったのだ。

「お兄ちゃん、キスして」

速美は大原の首に手を回し、唇を近づけてきた。

2

大原は逃げるわけには行かなかった。

「分かったよ。ひとつだけ、約束してくれないか」

大原は速美を見た。

「どんな約束?」

「ぼくと浮気をしたら、清くんを許してやって、大阪に戻ってくれないか」

「そうね。わたしが納得するまでお兄ちゃんが相手をしてくれたら、いいわ」

「納得するまで?」

「そうよ。清さんが浮気をしたのは今度が初めてじゃないのよ。清さんが浮気をした分だけしたら、きっと納得できると思うの。そうしたら、大阪に帰るわ」

速美は言った。

「いいだろう」

大原は速美に唇を重ねた。

速美の舌がおずおずとからみついてくる。

「お姉ちゃんには、内緒よ。バレたら、わたしが叱られるわ」

「もちろん、内緒だよ。こっちもバレたら、浮気されるからね」

「妻に浮気をされるのは、イヤ？」

「当たり前だよ。妻だけは自分の専属にしておきたいと思うのが男だからね」

「随分、勝手なのね。浮気の相手には人妻を求めるくせに」

「人間はみんな勝手なものさ」

大原は浴衣の胸元から手を入れた。大きな乳房が、柔らかい弾力性で大原の指を押し返してきた。佳子よりも胸は大きい。乳首は佳子とほとんど変わらない大きさだった。

大原は速美の浴衣の紐《ひも》を解いた。紐を浴衣から引き抜く。紐が悲鳴のような音を立てた。

大原はいったんベッドから降りると、着ているものを素早く脱いだ。

パンツを脱ぐと早くもいきり立った欲棒が現われた。それを見て、速美はゴクンと唾液を飲み込む。

「大きいのね、お兄ちゃんのは」

息を飲む感じで速美は言った。

「太いし、それに、長いわ」

速美は並んで横たわった大原の欲棒をつかんだ。

「ずるいわ、お姉ちゃん。いつも、こんなので楽しんでるなんて。わたしには、ごく普通のサイズよ、と言ってるくせに」

「そんなことまで言ってたのか?」

「そうよ。でも、お兄ちゃんが浮気をしたら自分も浮気をするのだとは言わなかったわ」

速美は硬度を確かめるように、何度も欲棒をつかみ直した。それからゆっくりとしごき始める。欲棒をしごきながら、速美は体を押しつけてきた。

大原はゆっくりと速美の浴衣の前を開いた。

大原は速美の裸を見て、思わず唸《うな》った。

やや肉づきがいいことと、乳房が大きいことを除いて、速美の体は佳子の体にそっくりだったからだ。乳房についている乳首の形から、茂みの形まで、そっくりなのだ。恥骨のふくらみもよく似ていた。

「本当に佳子にそっくりだ」

「ごめんなさいね。お兄ちゃんにはつまらないでしょう。お姉ちゃんにそっくりすぎて」

義妹は申し訳なさそうに言う。しかし、手で茂みや乳房を隠そうとはしなかった。

「不思議ね。お兄ちゃんとは初めてなのに、何度も抱かれたような気がするの。だから、こうやって体を見られても、全然恥ずかしくないわ」

そうも言う。

「それに、これ、不倫なのに、罪悪感がまったくないのよ」

速美は相変わらず手で欲棒をしごきながら言った。

大原は唇で乳首をくわえた。軽く吸う。

「ああ……」

速美は声を上げ、大原の頭を腕で抱えた。

大原はふたつの乳首に挨拶《あいさつ》をすると、腹部にそって唇を下降させた。一直線に茂みまで下がる。

大原は、おやっ、と思った。茂みにしみついている匂いが、佳子の匂いとまったく同じだったからだ。

暗闇にふたりが寝ていたら、どちらが佳子でどちらが速美か分からないな。大原はそう思った。それほど、女芯の匂いはそっくりだったのだ。

大原は速美の両足を開かせた。

匂いは同じでも女芯の形は違っていた。

速美のほうが淫唇が発達しているのだ。大きく発達した淫唇は、蜜液に濡れて尖《とが》っていた。芯芽が淫唇の下でカバーに半分包まれて埋まっていた。

大原は速美の太腿を下からすくい上げるようにして、女芯に舌を這わせた。女芯も佳子と同じ味がした。

同じ匂いがして、同じ味がする女芯をなめていると、速美が言うように、不倫をしているという実感が薄まってしまう。

大原は芯芽を唇でとらえて吸ってみた。

「ああ、お兄ちゃん。いい……」

速美は腰をよじった。

大原の頭髪に指を突っ込み、しきりにつかもうとする。

大原は指でカバーを後退させ、剝き出しにした芯芽の本体をペロリとナメた。女体が激しく痙攣した。

「お兄ちゃん……」

速美は呻《うめ》く。

女芯から、ドッという感じで蜜液が溢れてきた。

腹部が大きく波打った。

大原は剝き出しにした女芯をペロペロとナメた。

「ああ、頭がヘンになりそう」

速美は叫ぶ。

大原は舌が疲れてくると、中指を女芯に挿入した。中指一本だけでは、女芯は緩《ゆる》やかに感じられた。中指を抜いて、人差指を添えて改めて女芯に入れる。

今度は、強い緊迫感が指を締めつけてきた。

指の腹は天井に向けられている。大原は指の腹で女芯の天井を探った。天井はザラザラした感じがした。

「数の子天井か……」

大原はつぶやいた。

「清さんもそんなことを言っていたわ」

ピクッ、ピクッ、と体を弾ませながら速美は言う。

「それじゃ、バックですることが多かっただろう」

「そうよ。よく分かるわね」

「バックの形を取ると、数の子天井は下にくるからね。そうしておいて結合すると男は欲棒の下の部分を数の子天井で摩擦するのでね。快感が倍増するのだよ」

大原は数の子天井を探りながら言った。

指の先がヤスリをかけたようになった。

「お兄ちゃんもバックでする?」

速美は体をもじもじさせながら尋ねた。

早くひとつになりたがっているのが大原には分かった。

「初めは正常位でしよう」

大原は速美の顔を覗き込んだ。

「ひとつになってもいいかな」

「いいわ」

こっくりと速美はうなずいた。

大原は速美の両足の間に膝をついて、腕で体を支えた。速美が欲棒をつかみ、女芯に導いて、大きく両足を開いた。

大原は体を進めた。入口に強い抵抗が感じられた。

「速美ちゃんの体が、不倫をすることに抵抗しているよ」

大原は速美を見た。速美は額にうっすらと汗を滲《にじ》ませている。速美は目を閉じた。

「来て……」

短く大原をうながす。大原は体を進めた。

欲棒が抵抗を押し破った。温かい粘膜が欲棒を包んだ。大原は欲棒を根元まで挿入した。

3

速美は何もかも姉の佳子と同じだった。

匂いもそっくりだったし、乳首の形も茂みの形もそっくりだった。しかし、女芯の締《し》めつけてくる力は違っていた。速美のほうが強いのだ。それに、欲棒を引き込むように締めつけてくる。佳子よりもはるかに名器である。

大原は速美を抱き締めて唸った。

「凄い名器だ」

そう言う。

「お姉ちゃんもそうなのでしょう」

速美は尋ねた。

「速美ちゃんのほうがはるかに名器だよ」

「ウソ」

「嘘じゃない。数の子天井の上に、引き込むように締めつけてくるのだから、大変な名器だよ」

大原は言った。

その間にも、しきりに速美の女芯は欲棒を引き込むようにしてリズミカルに収縮している。

「もしも、わたしが名器なら、なぜ、清さんは浮気をするのかしら」

そう言って速美は大原を見上げた。

「あくまでも、ぼくの推測だが、清くんは速美ちゃんの名器を確かめるために、他の女をつまみ食いしてみるのではないだろうか」

「男ってそんなことのために浮気をするものなの？」

「そうだよ。だから、清くんは浮気はしても絶対に速美ちゃんと別れて他の女といっしょになりたい、とは言いださないはずだ」

「そうね。別れよう、と言ったことはないわ」

「速美ちゃんみたいな名器を放すわけはないよ」

大原は速美を抱き締めた。恥骨のふくらみが伝えてくる圧迫快感は、佳子のと同じである。

「お姉ちゃんより名器だとは思わなかったわ。わたし、お姉ちゃんにはなんでも負けてばかりいたわ。そのお姉ちゃんよりも、名器だなんて信じられないわ」

速美はそう言いながら、しきりに欲棒を引き込みながら締めつける。

「ああ、いい……」

大原は出没運動を開始した。

「ああ、大きいのが出たり入ったりしてるぅ……」

速美は体を小刻みに震わせた。

「こんなの初めて……」

速美は両足を伸ばして、大原の両足を左右からはさみつけた。

「ねえ、両足をぴったりとくっつけたいわ」

そう言う。

大原は速美の両足を揃えさせた。その両足を外側からはさむようにして出没運動を続行する。

女が両足を揃える伸長位は佳子とはしたことがない。

「いつも清くんとはこの形でするのかね」

速美の両足をはさみつけて腰を使いながら、大原は尋ねた。速美はこっくりとうなずいた。自分から、伸長位をとったということは、速美はこの形が好きなのだろう。

女芯が欲棒を引き込む力は伸長位になって一段と強くなった。伸長位だと正常位ほど圧迫快感は強くない。

速美の淫唇が発達しているのは、いつもこの形でしているからかもしれないな、と大原は思った。

開脚して行なう正常位よりも、足を閉じて行なう伸長位のほうが淫唇の受ける摩擦は強い。それだけに、淫唇が発達することが考えられる。その発達した淫唇が欲棒の根元を巻きつくように包んでいる。その感じが何ともいえずにいいのだ。

「わたし、イキそう……」

両足を揃えたまま、速美が体を痙攣させた。

「イッてもいい？」

泣き出しそうな声を出して速美は許可を求めた。

大原は、まだ、爆発点には到達していない。

「いいよ」

大原はうなずいた。

「ごめんなさい。わたし、もう、我慢できない」

速美は大原にしがみついてきた。女体が痙攣しているので結合部が、コツン、コツンとぶつかってくる。

「イクーッ……」

速美が叫び、同時に女芯がヒクヒクと欲棒を引き込みながら、リズミカルに収縮した。

大原は出没運動を止めて、速美がクライマックスに達するのを眺めた。しっとりと全身に汗を浮かべながら、速美はのぼりつめた。女芯が欲棒を引き込む動きは次第に緩慢になり、やがて、消えた。

女芯が弛《ゆる》み、速美は両足を開いた。

大原は両足を速美の足の間に入れた。

「ごめんなさい、お兄ちゃん。先にクライマックスにいっちゃったりして」

恥ずかしそうに速美は言った。

「だってとてもよかったのよ。我慢ができなかったの」

言い訳をするように速美は言う。

「わたし、お姉ちゃんからお兄ちゃんを取りたくなっちゃったわ。いつも、いいものは、まず、お姉ちゃんに取られてたけど、お兄ちゃんもそうだったのね」

速美は大原の首に手を巻きつけるとそう言った。

大原は、まだ、男のリキッドを爆発させていない。

「ぼくはバックで出したい」

すっかり満足して、女芯を弛めてしまった速美に大原は言った。

「いいわ。今度はお兄ちゃんが出す番ね」

速美はうなずいた。

大原は結合を解いた。

大儀そうに速美は体を起こしバックの形を取った。大原は速美のうしろにまわった。ヒップの形は佳子とそっくりである。バックでする限り、佳子と速美は見分けがつかない。

しかし、速美は佳子にはない数の子天井の持ち主である。ひとつになれば、佳子とは違う快感が伝わってくるはずである。

大原は佳子にそっくりなヒップを引き寄せるようにして、改めて欲棒を挿入した。欲棒はなめらかに迎え入れられた。

「ああ……」

速美は体をよじった。

「くすぐったいのかね」

「そうよ」

速美は大きくうなずいた。

大原は出没運動を開始した。欲棒の下部が数の子天井にこすりつけられた。

快感が背筋を這い上がり、大原はたちまち男のリキッドを爆発させたくなった。

速美にそう言う。

「いいわ。いつでも、爆発して」

速美はうなずく。

大原は出没運動のピッチを速め、たちまち発火点に達した。

「出す……」

そう言うと、欲棒をしっかりと速美に押しつけて、リズミカルに男のリキッドを放出する。

「ああ、熱いのが奥にぶつかっているのが分かるわ……」

速美はそう言いながら、ヒクヒクと女芯を収縮させた。

大原は最後の一滴まで絞り出すように噴射させると、結合を解いた。さすがに疲れて、速美のそばに体を横たえる。

「スキン、つけなかったけど、大丈夫かな」

そう言う。

「妊娠したら生むだけよ」

速美は大原の胸に甘えながら、そう言った。

「お兄ちゃんの子供なら、生みたいわ」

「おいおい、冗談じゃないよ」

「あら、本気よ。本気で生むわ」

速美はムキになって言った。

「風呂に入って洗ったらどうかね」

「それより、おなかがすいたわ。何か食べに連れてって」

速美は柔らかくなった欲棒をつかみながらそう言った。

大原はいったん速美を連れて食事のために外出し、戻ってきてから、再び、ベッドに入った。

簡単に女芯を指で愛撫して、素早く正常位でひとつになる。速美は若いころの佳子を抱いているようだった。義妹というものはこんなに肌に馴染むものなのか……。大原は速美を抱きながら、そう思った。

近親相姦のような罪悪感はまったくない。

イトコの雪枝としたときは、イトコ同士はカモの味、というのを実感できたが、義妹はカモよりも一段と脂濃くて味がいい。

雪枝よりも速美のほうがいい……。大原はそう思った。

「ねえ、お兄ちゃん。正常位とバック以外にも、まだまだ別の形があるのでしょう?」

速美は言った。

「あるよ」

「清さんは、正常位かバックでしかしないの。ほかのやり方を知らないみたいなの。お兄ちゃん、教えて」

「それじゃ、女上位でもしたことがないのかね」

「ないわ。女上位って、わたしが上になるの?」

「そうだよ」

「ねえ、それしよう。何だか、楽しそうだわ」

「それじゃ、女上位でしよう」

大原は結合を解いて仰向けになった。

「わたしがお兄ちゃんをまたぐの?」

「そうだよ」

「恥ずかしいわ。でも、楽しそう」

速美は膝で体を支えて大原をまたいだ。大原は女芯に欲棒が当たるようにした。速美は腰をおろす。スムーズに速美の中に欲棒はすべり込んだ。

「ああ、いい……」

速美は大原の胸の上に手を置いて、体のバランスを取りながら、出没運動を行なおうとした。しかし、体を大原の上で弾ませるだけで、うまく動けないのだ。

「ねえ、うまくできないわ」

速美は悲しそうな顔をした。

「出没運動をしようとするからむずかしいのだよ」

大原は速美の腰をつかんで前後にスライドさせた。

「女上位のときは、正常位と違って、こうやって動けばいいのだよ」

「これなら動けるわ。それに、とてもいいわ」

速美はすぐに動き方をマスターした。

「わたし、女上位は気に入ったわ。自分の好きなように動けるのがいいわ」

速美は女上位にたちまち熱中してしまった。

速美は初めて経験する女上位でたちまちクライマックスに到達した。そのクライマックスは長く、深いものだった。

やがて速美は大原の上でぐったりなった。

「ありがとう、お兄ちゃん。やさしくしてくれた上に、いろいろと教えてくれて」

速美はようやく口をきくことができるようになると、そう言った。

「わたし、あしたの朝、大阪に帰るわ。何だか、清さんを許せそうな気がしてきたの」

「それは、よかった」

大原は速美の背中を撫でた。

「でも、不倫っていいものね。夫の浮気は許せる気になるし、いろんな新しい形をおぼえられるし。わたし、大阪に帰ったら、清さんに女上位をねだることにするわ」

速美はそう言った。

「誰に、教わったのか、と問い詰められるよ」

「行きずりの男、って答えるわ」

「叱られるぞ、そんなことを言ったら」

「叱られたら、また、飛び出すわ」

速美はニヤリと笑った。

「お兄ちゃん、まだ、出していないでしょう。わたしの中に出して。お兄ちゃんの温《ぬく》もりを持って大阪に帰りたいから」

速美は言った。

「それじゃ、もう一度、数の子天井を味わいながら出したいよ」

「いいわ」

速美は結合を解くと、バックの形を取った。

数の子天井の微妙なザラつきが、大原に何とも言えぬ快感を伝えて来た。

大原は速いピッチで出没運動を行なうと、たちまち爆発点に到達した。

「出すよ」

大原は速美のヒップをわしづかみにすると、男のリキッドを勢いよく放出した。

「ああ、熱いのがわたしの奥に吹き出してぶつかるのが分かるわ……」

速美は呻いた。

大原は速美の中に男のリキッドを残らず放出すると、しばらく結合したまま、義妹の体の余韻を楽しんだ。

欲棒が柔らかくなると、名残惜《なごり》しそうに結合を解く。

「また、不倫しようね、お兄ちゃん」

速美は大原にしがみついてきた。

しばらく抱き合って余韻を楽しんでから、大原は身仕度をした。

速美はあすの朝早く、ホテルをチェック・アウトして、大阪に帰る、と言う。

大原はホテル代と大阪に帰る旅費を速美に渡した。

「それじゃ、元気でね」

大原は身仕度をすませると、大原商会に戻った。

速美の移り香が悩ましく大原にからみついていた。

罰ゲーム

1

いつものように、クラブを閉めると、佳子は大原商会にやって来た。そこから、大原の運転するＢＭＷに乗って一緒に自宅に向かう。

車が走り出すと、佳子は鼻をひくつかせた。

「あなたの体からわたしの匂いがするわ」

佳子はそう言う。

大原はギクリとなった。大原は夕食の後で速美を抱いてから、体を洗っていない。移り香を佳子に嗅《か》ぎつけられれば、速美を抱いたことがバレてしまう。

佳子と速美は匂いがそっくりである。

そのことは、佳子も知っているはずだ。

佳子は大原の背広に鼻をすりつけた。

「ここからじゃないわ」

佳子は大原のズボンのファスナーを引き下げた。

「何をするのだよ。運転中に邪魔をしないでくれないか」

大原は文句を言った。

「ちょっと検査をさせてもらうわよ」

佳子はかまわずにパンツの中に手を入れて、欲棒をつかみ出した。

「あなたとしたのは一週間前だったわね。だから、ここにわたしの匂いは残っていないはずよね」

そう言いながら、佳子は大原の欲棒の上に顔を伏せた。

「やっぱり、ここにわたしの匂いがするわ」

佳子は顔を上げた。

「それに、栗の花の匂いもするわ」

佳子は大原の横顔をじっと見詰めた。

「あなた、速美ちゃんを抱いたわね」

佳子はズバリと言った。いきなり図星を突かれて、大原は返答に窮《きゅう》した。

「速美が家出をしたのは知らない、なんて言って、ちゃんと抱いているのだから」

大原を睨《にら》む。

「でも、いいか。速美ちゃんの亭主の清さんも浮気をしたのだから、あいこね」

そうも言う。

大原はほっとして溜息をついた。

「でも、わたしはおあいこではないわ。わたしが浮気をして、初めて、あいこになるのよ。そうでしょう」

「そうだ」

大原はあっさりうなずいた。

「わたし、誰と浮気をしようかな」

佳子はちらちらと大原の表情を窺《うかが》った。

「そうね、今度の相手はあなたに決めていただくことにするわ。考える期間は一カ月あげる。その間に、わたしを抱かせる男を決めてちょうだい」

佳子はそう言った。

「もしも、その期間に決めてくれなければ、わたし、一週間、手当たり次第に浮気をしますからね」

佳子は宣言した。

佳子から、一カ月以内に、浮気の相手を決めるようにと宣告された翌日……。

大原は浮かぬ顔をしてサザンフェニックスに出社した。

金髪の青年が出社した大原を待ち受けていた。

「ドナルド・グリーンと申します。大原広志さんですね」

金髪の青年は握手を求めてきた。

サザンフェニックスでは、それぞれの机の上にネームプレートが立ててあるので、来客はまごつかないですむようになっている。

「そうです。どんなご用件ですか」

大原は尋ねた。

「実は、わたし、ミアのボーイフレンドで、近く結婚することになっています」

グリーンは握手を求めてきた。

「それはおめでとう」

大原は握手をした。

サザンフェニックスのアメリカの親会社のドレーン会長の孫娘と結婚するというグリーンは、相当な野心家と思われる。

「現在、ニュージャージー州で電気会社の社長をしているのですが、日本で優秀な小型強力発電機が開発されたと聞いたので、アメリカでの独占販売契約を結びたいと思って、やって来たのです」

グリーンはそう言う。

「でも、その前に、ミアからいつも話を聞かされている大原さんに会って大切なお願いをしておきたい、と思いましてね」

「大切なお願い？」

「ミアはわたしに譲《ゆず》っていただけますね」

グリーンは大原の手を強く握った。

譲ってほしい、ということは、ミアが大原と寝たことを知っていることになる。

「譲ってあげましょう。ミアを大切にしてください」

大原は複雑な気持ちで、義兄弟になるグリーンの手を握り返した。

「ありがとうございます。これで、日本に来た目的のひとつは果たせました。今夜、小型強力発電装置の総代理店のボスに会って、契約を交せば、それで仕事はすべて終わりです」

グリーンは明るい表情で言った。

「先方の秘書には、今夜のアポイントメントをこれから入れるつもりです」

グリーンは物怖《ものお》じしない目で大原を見た。

その総代理店のボスはおれだよ。よほど大原はそう口にしかかったが、かろうじて思い止どまった。

あくまでも、午後五時までは、サザンフェニックスの社員である。

午後二時に大原は大原商会に電話を入れた。

「外人から会いたいという申し入れがあったら、午後七時に来るように言ってくれないか」

大原は電話番をしていた雪枝に言った。

その後、午後三時に、もう一度、大原商会の電話番をしている雪枝に電話をした。

「グリーンという外人さんから電話があったので、午後七時に事務所に来るようにと伝えておきました」

雪枝は言った。

「ありがとう。それじゃ、いつものように、五時半頃、そっちへ行くよ」

大原は電話を切った。

五時まではサザンフェニックスの社員として仕事をして、それから、社長として大原商会に出社する。

午後七時に大原商会に現われたグリーンは、笑顔で出迎えた大原を見て、目を剝《む》いた。

「大原さん。あなたが？」

呆然《ぼうぜん》として大原を眺める。

「大原商会の社長の大原です。もっとも、社長になるのは、午後五時を過ぎてからですけどね」

そう言う。

「日本人はアメリカ人の二倍働く、というのは本当なのですね」

グリーンは信じられないものを見たような目をした。

「まったくクレージィだけど、尊敬しますよ」

グリーンは改めて握手を求めてきた。

義兄弟同士なので、契約はすぐにまとまった。

向こう五年間にわたって、グリーンは大原商会から、小型強力発電装置を毎月十台ずつ、前金で購入する、というのだ。それに対して、大原商会はグリーンにアメリカ全土の総代理店の権限を与え、修理のための部品を提供することで合意に達したのだ。

それだけで、遊んで暮らせる契約である。

大原はグリーンを連れて、佳子のやっているクラブに繰り出した。

「アメリカからの大切な客だ。頼むよ」

佳子に耳打ちする。

佳子はたちまちグリーンのそばに、グラマーな美人を三人、張り付けた。

「これは、わたしのワイフです」

グリーンに佳子を紹介する。

「あなたは人の二倍も働いているのに、奥さんも働かせているのか」

グリーンは呆れた顔をした。

「ねえ、わたしの浮気の相手、早く見つけてよ」

佳子は大原に言う。

「分かってるよ」

大原はうるさそうに言った。

ふと、グリーンに抱かせてやろうかな、と大原は思った。ミアの体で義兄弟になったのだから、佳子を抱かせれば、義兄弟の盃《さかずき》を重ねることになる。

「ドン、おれの女房を抱かないか」

大原はいきなりそう言った、ドンというのはドナルドを省略した呼び方である。

グリーンは飲みかけていたビールを喉《のど》に引っかけて、むせ返った。

まわりにいたホステスたちは驚いて、グリーンの体をなでたりさすったりした。

「今、あなたは何と言った?」

ようやく咳《せき》がおさまると、グリーンは大きな目を剝いて大原を見た。

大原は女房の妹と浮気をしたのが妻にバレて、罰ゲームとして、自分が妻に浮気の相手を見つけてやらなければならなくなったのだ、と説明した。

「あなたは恵まれた男だ、大原さん。アメリカなら、罰ゲームどころか、立ちどころに離婚です。しかも、男は莫大《ばくだい》な慰謝料を背負い込まなくてはならないのです。それが罰ゲームですむなんて、まったくうらやましい」

グリーンは大原を見つめた。

「返事はどうなのかね、ドン」

大原は尋ねた。

「大変光栄ですが、まさか、これがミアにバレることはないでしょうね」

グリーンは心配そうに大原を見た。

「バレたら、ミアだって大原と寝ているからあいこだ、と言えばいい」

「それでミアが納得すればいいけど」

「ぼくも妻も秘密は守るよ。誰か密告するヤツがいても、この情報が太平洋を横断するには一世紀はかかるだろうね」

「それでは、抱かせていただきます」

グリーンは小鼻をふくらませた。

大原とグリーンの会話は英語なので、ホステスたちには何のことだか分からない。みんなニコニコしているだけである。

「佳子、浮気の相手を決めたよ」

大原は佳子の耳元で囁いた。

「誰に決めたの」

「グリーンだ」

「えーっ、外人さんなの？」

佳子は目を丸くした。

「外人でもいいじゃないか」

「でも、わたしに入るかなあ」

佳子は不安そうにグリーンを見た。

「それに、わたし英語はさっぱりよ」

「ベッドの中では、日本語も英語もないよ」

「そうはいかないわ。例えば、パンティを脱いでくれ、と言われても分からないもの」

「困ったな」

「あなたがずっと通訳でそばについていてくれるのならいい」

「えーっ……」

今度は大原が目を剝く番である。

女房が浮気をするときにベッドサイドに通訳としてはべる夫なんて、前代未聞である。

「どうする？　通訳としてついていてくれる？」

佳子は大原を見た。

「ちょっとグリーンに尋ねてみるよ」

大原はグリーンに、妻がベッドサイドに通訳としてついてくれ、と言っているがかまわないかね、と尋ねた。

グリーンはしばらく考え込んだ。

「他人に見られながらセックスをしたことはないから、立つかどうか、心配です」

しばらく考えてからそう言う。

大原はそれを佳子に通訳した。

「いいわ。立たなかったら、わたし、諦める。今回は、それで浮気が成立したことにするわ」

佳子はうなずいた。

「グリーンが立たなくっても、他の男を紹介しろとは言わないのだね」

大原は念を押した。

「そうよ」

佳子はうなずく。

「立たなかったら諦めるそうだ」

大原はグリーンに言った。

「それじゃ、通訳つきでやりましょう」

グリーンはうなずいた。

場所はグリーンの泊まっているホテルの部屋で、佳子のクラブが終わってから、ということにする。

クラブが終わるまで、まだ、三時間ほどあった。

三時間、ここで飲ませていれば、酔いつぶれてできないだろう、と大原は思った。

佳子の浮気の相手にグリーンを指名したものの、できれば浮気はさせたくなかった。自分は佳子の妹の速美を抱いておきながら、佳子には浮気をされたくない、というのは男のエゴである。しかし、どうしても、いざとなると、男のエゴが顔を出してしまう。

「わたしはそれではこれからホテルに帰って待つことにします」

酔い潰《つぶ》してやろう、という大原の意図を察知したように、グリーンは腰を上げた。

「そうね、そのほうがよろしいわ。うふふふ……」

佳子は嬉しそうに色っぽく笑った。

「それでは、のちほど。うふふふ……」

佳子は立ち上がったグリーンにしなだれかかって、見送っていった。大原は憮然《ぶぜん》として、そのあとに続く。

グリーンはクラブの前からタクシーを拾って、ホテルに帰って行った。

「さ、あなたも帰って仕事をなさったら」

佳子はグリーンが帰っていくと、大原を追い立てた。

大原は仕方なく大原商会に戻った。

2

やがてクラブを閉めると佳子は大原商会にやって来た。

大原は佳子をＢＭＷに乗せてグリーンのホテルに向かった。

地下の駐車場に車を止め、ロビーに上がり、そこからグリーンに電話をする。

「今、ホテルに到着したのでこれから部屋に行く」

大原はそう言った。

「待っています」

グリーンは嬉しそうな声で言った。

大原と佳子は、エレベーターでグリーンの宿泊している部屋のあるフロアに上がって行った。

グリーンは廊下に出て大原と佳子を待っていた。それも、ブリーフ一枚で待っていたのだ。長いグリーンの欲棒が、半立ちの状態でブリーフの中でのたくっているのが見える。

「長そうね。あんなの、わたしの中に入るかしら」

佳子は不安そうに大原を見た。

「どうかなァ」

大原も自信はない。

「よくいらっしゃいました。大歓迎ですよ」

グリーンは大原とバカ力で握手をし、佳子を軽々と抱え上げた。そのまま、廊下から一気に部屋の中のベッドに運ぶ。

グリーンの部屋のベッドはキングサイズのダブルベッドだった。ベッドカバーははずされ、毛布もめくられ、あとは男と女が横たわるだけになっている。

大原はドアを閉めて部屋に入った。

「早速、始めましょう」

グリーンは佳子をベッドに横たえると、着ていたワンピースの裾《すそ》をまくり上げた。

「待って。お風呂に入りたいわ」

佳子は悲鳴に近い声を上げた。

佳子の言葉を大原はグリーンに伝えた。

「なぜ、ですか」

「なぜ、先に風呂に入るか、とグリーンは聞いているよ」

「だって、昨夜から入っていないのよ。匂うわ」

「ドン。彼女は風呂に入って洗わないと、アソコが匂うそうだ。なにしろ、昨夜、就寝前に風呂に入ってから、入浴していない」

「匂うのは大歓迎だ、と言ってくれ。無味無臭ほど味気ないものはない」

グリーンはワンピースの裾をめくって、パンストとパンティをむしり取った。

「ねえ、彼、何と言ったの」

「匂いがするほうが好きなのだそうだ」

「そんなの、不潔よ」

佳子は体をよじって逃れようとした。

グリーンは佳子の両足を開かせ、太い腕で抱え込んで、有無《うむ》を言わせず女芯に舌を使い始めた。

「いい匂いだ。でも、これでも匂いが不足気味だ」

グリーンは言う。それを大原は佳子に通訳してやった。

「そんな無茶な……」

言いながら、佳子はピクン、ピクンと女体を弾ませた。

「オレとするときより感じるようじゃないか」

大原は佳子を睨《にら》んだ。

「だって、上手なんだもの……」

グリーンの舌が女芯をナメる度《たび》に、佳子は声を上げて女体を痙攣《けいれん》させる。

「ワンピース、脱ぎたいわ。このままじゃ皺《しわ》になっちゃう」

佳子は言う。

大原はグリーンに、佳子が裸になりたがっていると言った。

「オーケー」

グリーンは不器用な太い指で佳子のファスナーを引き下げた。まるでゴリラがバナナの皮を剝くような感じで佳子を裸にしていく。佳子はブラジャーもはずされ、たちまち、素っ裸にされた。

「おお、何という若さだ。まるで、中学生ぐらいにしか見えない」

裸の佳子を見おろしてグリーンは絶賛した。

「アメリカの女子中学生ぐらいの体だそうだ」

大原は通訳をしながら佳子の女芯に視線を走らせた。

おびただしい蜜液が湧き出して、女芯はあたかも貝が泡を吹いているように見える。

「グリーンにブリーフを脱ぐように言って」

佳子はブリーフの上からグリーンの欲棒にさわった。

「ブリーフを取ってほしいそうだ」

「分かった」

グリーンはブリーフを脱いだ。

現われた欲棒を見て、大原は唸《うな》った。

長くて太いのだ。大原の倍の長さはある。

大原は日本人の中では大きいほうだと自負していた。その自負はグリーンの欲棒の前では、どこかに素っ飛んでしまいそうだった。

そう言えば、ミアも大原の欲棒を受け入れたとき、随分、余裕が感じられたものである。

白人は男も女も持物はデカいのだろう。

ミアはサイズではなく大原の硬度に参ってしまったのだ。

サイズでは負けたとしても硬度ではこっちのものだ……。大原は自分にそう言い聞かせた。

佳子はグリーンの欲棒を握ってしごきはじめた。

グリーンの巨大な欲棒が立ちはじめた。

立てば、平常時の二倍ぐらいになるのではないか、と大原は思ったが、立ってきても最初のサイズとほとんど変わらなかった。

大原は何となくホッとした。

「長くて大きいから、腕がつかれるわね」

佳子が言う。

「ナメてくれないか」

グリーンは言った。大原は通訳する。

「イヤよ。喉を通り越して胃袋まで入っちゃうわ」

「女房はナメたくない、と言っている」

大原はグリーンに言った。

「それは残念だ」

グリーンは毛むくじゃらな太い中指を、グイ、と佳子の女芯に入れた。

「あーっ！」

佳子は悲鳴に似た声を上げた。

「何を入れたの？」

「指だ」

大原に尋ねる。

「何本、入れてるの？」

「中指を一本だけだ」

「随分、太い指ねえ。指でこうなのだから、肝心のモノを入れたら破れるのじゃないかしら」

佳子は腹部を波打たせながら言う。

「それに、長い指だわ、奥のほうまで届くもの。ああ……」

佳子は感じる部分をさわられたのか、声を上げ、空腰を使った。

嫉妬心が大原の胸の中に湧き上がってきた。夫の目の前でほかの男に女芯をいじくられて、声を上げ、空腰を使うバカがいるものか、と思う。

「佳子、お前、まさか、本気でイクつもりじゃないだろうな」

大原は言った。ヤキモチが声に出ているな、と自分で思う。

「いいでしょう、イッても。あなただって、速美ちゃんの中に出したのでしょう」

佳子は上ずった声で言う。

「それは、出した」

「だったら、わたしもイクわ」

佳子は宣言した。

そう言われると大原は黙るしかない。

「ああ、わたし、イキそう。早く入ってくれるように言って」

佳子は女体を小刻みに痙攣させた。

「スキンはつけさせないのか」

「あなた、持ってる?」

「待ってないよ」

「グリーンは?」

佳子はグリーンを見た。

大原はグリーンにスキンを持っているか、と尋ねた。

「持っていません。アメリカでは避妊は女の責任です。だから、妊娠したくない女はピルを飲んでいます」

グリーンは佳子の女芯を覗き込んだ。

「持っていないそうだ」

「それじゃ、ナマでいいから、早く入るように言って」

「まさか、妊娠しないだろうな」

「金髪で目の青い子がひとりぐらいわが家にいてもいいでしょ」

「冗談じゃないよ」

「何でもいいから、早く入って来てーっ!」

佳子は絶叫した。

3

「オーケー、ドン。入ってやってくれ」

大原は泣きたい気持ちを押し殺して、グリーンに言った。

「それじゃ。入らせていただく」

グリーンは佳子の両足の間に体を入れて、スリコギのように大きな欲棒を女芯に押し当てた。

グイ、と腰を進める。

先端が見えなくなった。

ああ、とうとう佳子の中に入りやがった……。大原はいまいましそうに、先端が入り込んだグリーンの欲棒を睨んだ。

まだ、グリーンの欲棒の三分の二は女芯の外にある。

グリーンは、さらに、腰を進めた。

ズブズブと女芯に欲棒は埋まっていく。しかし、欲棒は半分ほど入ったところで、前に進まなくなった。

「ああ……、ものすごく大きいわ」

佳子は叫ぶ。

グリーンは欲棒をもっと深く押し込もうとした。

「アーッ、ダメーッ。それ以上は入らないわ。無理よーっ……」

佳子は体をよじってずり上がった。大原の欲棒なら根元まで埋めることができる佳子の女芯は、グリーンの巨砲は半分しか迎え入れることができないのだ。

「おうっ……」

グリーンが呻いた。

「リズミカルに締めつけてくる」

グリーンはつぶやくように言う。

「佳子、何もそこまでサービスしなくてもいいよ」

大原は嫉妬の塊《かたまり》になりそうだった。

「サービスしているわけじゃないのよ。ひとりでにそうなるの」

佳子は弁解する。

「グリーンに動くように言って」

弁解しながら注文をつける。

「ドン、動け!」

大原はグリーンの尻を叩いた。

グリーンは出没運動を始めた。

欲棒の先の半分が女芯に出たり入ったりする。

「奥に、ドシン、ドシンと突き当たっているわ」

佳子はゆっくりと首を振った。

「このままだと……、多分……、わたし、イッちゃうわ……」

佳子の呼吸が荒くなった。

「イキたければ、イケばいい」

大原は唇を嚙んだ。

「ああ、こんなに締めつけられたのでは、我慢できない」

グリーンの動きが激しくなった。

「爆発するよ」

グリーンは言う。

「グリーンは出るそうだ」

「待ってぇ。わたし、もうすぐだから、グリーンに待つように言って」

佳子は下から腰を突き上げながら叫ぶ。

「ドン。彼女はもう少しでクライマックスだから、待ってくれ、と言っている」

「待ちたいけど、もう、ダメだ」

グリーンは叫ぶ。

「待つ意志はあるそうだけど、待てないそうだ」

大原は佳子に言った。

ほぼ、同時に、グリーンはヒップを絞り込むように動かしながら、クライマックスを迎えた。

「ああ。待ってと言うのに」

佳子はクライマックスに遅れまいとして、激しく腰を突き上げた。

男のリキッドを放出しつくしたグリーンはぐったりなる。

欲棒がスルリと抜けた。

「ああ、これからというときに……」

佳子はグリーンの背中を平手で叩《たた》いた。

「いくら、長くて太くても、早漏じゃダメだわ」

佳子は叫ぶ。

グリーンは仰向けになった。欲棒はだらりとノビてしまっている。

「つまんないの」

佳子は柔らかくなってノビているグリーンの欲棒を引っ張った。

「痛いっ！」

グリーンは悲鳴を上げた。

栗の花のような匂いが部屋の中に立ちこめた。

女の匂いなら大歓迎だが、栗の花のような匂いを嗅《か》いでいると、大原は頭が痛くなった。

「ねえ、あんたのは固くなってるでしょう」

佳子は大原をうるんだ目で見た。

「わたしに、止どめを刺して」

両手で自分の乳房をつかんで佳子は言った。

「ここではイヤだ」

大原は首を振った。

「それよりも、早くバスルームで体を洗って来いよ」

「殺生《せっしょう》よ、そんなの」

佳子はベッドに体を起こすと、イヤイヤをした。

「とにかく、これで、おあいこだからな。もう、君の浮気の権利は消えたよ」

「わたし、損しちゃった気分だわ」

佳子はプーッと頬をふくらませた。

「素晴らしかったよ、ミセス・ヨシコ。あなたに締めつけられて、我慢できなくなって、お先に失礼したようだけど、わたしは充分に満足しました」

グリーンは佳子を抱き寄せようとした。

「さわらないで。この早漏のオタンコナス」

佳子はグリーンの頭をピシャリと叩くと、ベッドをおりてバスルームに駆け込んだ。

「彼女はボクがお先に失礼したから怒っているのですか」

グリーンは大原に尋ねた。

「そうらしいな」

大原は突き放すように言った。

「もう一度、トライさせてくれないかね。今度は彼女を絶対に満足させてみせる自信はある。だって、彼女、ぼくの前戯だけでクライマックスにのぼりつめそうになっていただろう」

グリーンは言う。

「残念だが、ドン。チャンスは一回だけだ」

大原は冷たく言った。

グリーンに満足させられて、佳子が巨砲の味を覚えてしまったら困ったことになる。

「彼女は素晴らしいよ。中学生ぐらいにしか見えないのに、締めつけてくるテクニックは、成熟した女を感じさせる。日本の女と結婚したがる欧米人が多いのはうなずけるよ」

グリーンはトロンとした目で言う。

バスルームから、佳子がバスタオルで体を拭きながら出て来た。

「素晴らしい。肌は美しく輝いているし、体の線が描いているカーブが理想的だ。こんなに女を感じさせる女性に、ボクは初めて出会いましたよ」

グリーンは佳子を絶賛した。外人の男は女のホメ方がうまい。佳子にグリーンの言葉を通訳してやったら、もう一度抱いて、と飛びついていくだろうな、と大原は思った。

「グリーンは何と言ってるの」

佳子が尋ねた。

「また、やりたい、とさ」

「イヤよ。早漏の男は、絶対にイヤッ」

佳子はパンティをはき、ブラジャーをつけた。

グリーンは身仕度をする佳子を悲しそうな目で見つめた。

そのとき、電話が鳴った。

グリーンは気が乗らなそうに、受話器を取り上げた。

「ミア?」

その瞬間、グリーンは飛び上がった。

「どうして電話をくれないの? 毎晩、電話をする、とあれだけ約束しておきながら」

ミアの声が受話器からはじけて出た。

「仕事の話が長引いてね。今、終わったところなのだ。これから、君に電話をしようと国際電話のかけ方を調べていたところだよ」

グリーンは弁解した。

「ミアって、誰？」

佳子が尋ねた。

「グリーンのフィアンセらしい。長居をしたら迷惑だろうから、ぼくたちは引き上げよう」

大原は腰を上げた。

ミアが来日したときに、毎晩のように抱いてお守をしたことは佳子に話していない。話せば、また、浮気をされるだけである。

「それじゃ、ドン。チャオ」

大原は受話器を耳に押し当てているグリーンに小声で言った。

「チャオね、早漏の君」

佳子も手を振る。

グリーンは佳子に未練があるらしく、腰を浮かした。

電話の向こうでは、ミアがけたたましくしゃべりまくっているらしく、グリーンは電話を切ることができない。

大原はグリーンが電話をかわれ、と言い出さないうちに、佳子の腕をつかんで部屋を出た。ドアをそっと閉める。

目の前に非常階段のドアがあった。ノブを回して引っ張ると、ドアは簡単に開いた。

「エレベーターはそこじゃないわよ」

佳子が言う。

「そんなことは分かっているよ」

大原はドアの中に佳子を引っ張り込んだ。

階段が下まで続いている。しかし、人影はまったくなかった。

エレベーターが何基もあるのに、階段を使うもの好きは、まず、いない。

「さあ、止どめを刺してやるから、手すりにつかまって、ヒップを突き出せよ」

大原は佳子に言った。

「えーっ、こんなところで?」

「心配するなよ、ここは密室だ」

大原は佳子を手すりにつかまらせ、上体を前方に曲げさせ、尻を突き出させた。

スカートをまくり、パンティを一気に足首までずりおろす。

女芯を探ってみる。不完全燃焼の女芯はジットリと蜜液を滲ませていた。

その蜜液を指先に取って嗅《か》いでみる。グリーンの匂いはしなかった。

「しっかりと洗ったようだな」

「そうよ、中まで指を入れてかき出したもの」

佳子は言う。

大原はズボンとパンツを膝下までずりおろした。

欲棒が嫉妬でいきり立っていた。

その欲棒をうしろから、ぐい、と佳子に挿入する。

「ああ、ものすごく固いわ」

佳子は手すりを握ったまま、上体をのけぞらせた。大原は欲棒を根元まで埋めた。

「ああ、サイズもいい。わたしにピッタリよ」

佳子が叫ぶ。

「ねえ、速美ちゃん、どうだったの?」

佳子は尋ねた。

「そんなことを考えていたのか。バカ」

「だってぇ」

「忘れろ。オレは、もう忘れた」

大原はそう言うと、一直線に爆発点に向かった。

女の願望

1

グリーンを総代理店にして、アメリカへ強力小型発電装置の輸出が始まると、大原商会の経営は安定した。

そろそろ、サザンフェニックスの社員を辞《や》めて、大原商会の社長に専念することを考える時期かもしれないな。大原は時々、そう思うこともあった。

沢口は発明の休止期に入ったらしく、雪枝は出社率がきわめて悪くなった。発明に熱中しているときには雪枝に目もくれないが、発明の休止期に入ると二十四時間、気が向くままに雪枝を求め、はなさないのだ。

「腰はだるくなるし、アソコはヒリヒリするし、大変なのよ」

たまに大原商会に顔を出すと、雪枝はノロけるようにそう言った。

そんなある晩、沢口はズボンの前をカパッと開いた恰好で、大原商会に飛び込んで来た。

「おい、大原、できたぞっ!」

興奮気味に沢口は叫んだ。

「今度は何を発明したのかね。最近は、発明に熱中しているという話は聞かないが」

大原は首をかしげて沢口を見た。

「発明じゃない。子供ができたんだ。雪枝が妊娠したのだよ」

沢口は大原の手をつかんで言った。

興奮のあまり唇の端からヨダレが糸を引いている。

「ほう。そりゃあ、おめでとう」

大原は沢口の手を握り返した。

「しかし、弱った」

「何が?」

「妊娠したら流産の恐れがあるから、してはいけない、と言うんだ」

「なるほど、そいつはご愁傷《しゅうしょう》さま」

「冷たい奴だな、何とかしてくれよ。親友だろ。奥さんを貸すとかさ」

「無茶を言うなよ。いくら親友でも、女房は貸せないよ。それよりも発明に熱中したらどうだね。発明に熱中したら、女はいらないのだろう」

「発明か。しかし、何を発明する？」

「必要は発明の母、と言うだろう。妊娠している妻になりかわって夫を慰《なぐさ》める装置なんかどうだろう」

「代用妻か」

「妻の妊娠中にセックスの処理に困っている男は多いはずだ。妻の妊娠中に浮気をして、それがもとで夫婦が不和になって別れたり、悪い病気をもらって、妻に内緒でこっそりと病院に通う男は多いということを聞いたことがある。そういった悲劇をなくすためにも、妻が妊娠中、妻に代わって夫を慰める装置を発明すべきだね」

「なるほど」

沢口はたちまちその気になった。

「やってみよう。その代わり、雪枝は一年間、ここの仕事を休ませるぞ」

沢口は生まれてくる子供のためにも雪枝にはたっぷりと休養をとらせたいから、大原商会の仕事は一年間休ませる、と言う。

「いいよ。好きなだけ、休ませても」

大原はうなずいた。

大原商会で電話番をしてくれる子は、ほかにも女子大生の沙織がいる。

ところが、雪枝が、大原商会の仕事を一年間休むことにした直後、沙織も就職活動で半年休みます、と言って来たのだ。

「就職なら大原商会でいいじゃないか。一流の商社の五割増しの給料を払うよ」

大原はそう言ったが、大原商会でいくら高給いただいてもねぇ、と沙織は首を振った。

沙織は一流の会社に就職しようとするのは、いい給料を貰うためではない、と言った。

「そこに働いている将来性のある男をつかまえて、永久就職するためなの。大原商会にそんな男はひとりもいないわ」

沙織はそう言う。

「社長さんに処女を破っていただいたのも、永久就職のイニシアティブを取るためなの。男を股間でしっかりつかまえるのは、処女には無理でしょ。男を知っていれば、自由に翻《ほん》弄《ろう》できるもの」

沙織は胸を張って言った。

「そのときは、結婚式に主賓《しゅひん》として出ていただいて、わたしを絶賛する祝辞をお願いしますわね」

「新郎の丁重な弔辞《ちょうじ》を読むつもりでやらせていただくよ」

大原は沙織に圧倒されながら苦笑した。

雪枝が来なくなり、沙織も顔を出さなくなると、大原商会は急に寂しくなった。

逆に、グリーンを総代理店にしたことで、入ってくる電話の数は増えた。

それも、圧倒的にアメリカからかかってくる国際電話が多い。

時差の関係もあって、アメリカからの電話は、ほとんど、夜、かかってくる。日本は夜であっても、アメリカではワーキングタイムである。

そのために、大原はサザンフェニックスで五時までサラリーマンをやると、それ以降は大原商会の電話に貼りつかなければならなかった。

夕食は、毎晩、出前である。ソバでは深夜までハラがもたないし、丼物は単調すぎる。

出前は、洋食が圧倒的に多くなった。

洋食だと、カツライスから、パスタ類、スパゲティ、ビフテキ、と種類も多い。

洋食のときは、近くの「西洋軒」という洋食屋に出前を頼む。出前を運んでくるのは、裕美子《ゆみこ》ちゃんという女の子だった。

女の子といっても、二十歳前後である。

何度も顔を合わせているうちに、大原は裕美子に軽口を叩くようになった。

裕美子は東北地方の出身だと言い、色白で愛敬《あいきよう》のある子だった。

高校を出てから、東京の劇団が劇団員を募集していたので、オーディションを受け、合格したので上京した、と裕美子は言った。

西洋軒での出前は、アルバイトなのだ、と言う。

「そうか、女優さんの卵なのか」

大原は食事の間中、裕美子に電話番をさせ、出前の料理を平らげて、皿やナイフ、フォークを持ち帰らせながら裕美子に話相手をさせる。

「目指すのは、新劇の女優かね」

その日も、大原はカツライスを食べながら裕美子に尋ねた。

「わたしね、本当はストリッパーをやってみたいの。浅草のロック座の舞台に立つのが夢なの」

裕美子は即座に答えた。

「うっ……」

大原は予想もしなかった裕美子の言葉に、口の中のカツを飲み込みそこね、目を丸くしてむせ返った。

「だって、ストリッパーは、どんなに踊りが下手でも、演技力がゼロでも、舞台に立てば光り輝いているでしょう。観客は熱い目をストリッパーだけにそそいでいるし」

裕美子は言った。

大原はむせ返りながら、うなずいた。

「劇団で舞台に立ってもそうはいかないわ。特に、その他大勢で舞台に立っているときは悲しくなるわ。主演を食って観客の視線をわたしに引きつけたら、その劇は目茶苦茶になってしまうでしょ。バイプレーヤーは目立つ演技をして下手な主役から観客の目をそらしてあげることも必要だけど、その他大勢はできるだけ目立たずに、舞台に立たなきゃならないの」

裕美子は熱を込めてしゃべった。

ようやく大原の咳込みは、おさまった。

大原は改めて裕美子を見た。

裕美子はザックリとしたセーターにジーパンをはいた上から、ビニールの前掛けを当てていた。

まるで、色っぽくないし、体の線もよく分からない。

「裕美ちゃんにストリップをやれる度胸があるかなァ」

首をひねる。

「あら、わたし、舞台度胸はあるほうよ」

裕美子は挑むように胸を突き出した。

「それじゃ、机を舞台に見立てて、やってみないか。イケるようなら、友人にストリップ小屋のオヤジと懇意な男がいるから、紹介してやるよ」

大原はそそのかす。

「そうね。それじゃ、やってみようか」

意外にも、裕美子はあっさりとその気になった。

書類で散らかっている机の上をきれいにして、裕美子は上がった。

「音楽、ないかしら」

机の上に上がって、セーターを脱ぎかけた手を止めて、裕美子は言った。

「そうだ。ストリップをするには音楽が必要だな」

大原はうなずいた。

沙織が使っていた机の上にカセットテープレコーダーがあった。退屈しのぎに沙織が持ち込んだものらしい。中にテープも入っている。大原はスイッチを入れた。アップテンポの曲が流れてきた。

裕美子は腰でリズムを取りながら、セーターを脱いだ。セーターの下はブラジャーだけである。

セーターを脱ぐと、うしろむきになってジーパンを脱ぐ。

形のよい大きなヒップが真っ赤なパンティに包まれていた。

ストリッパーになりたいと言うだけあって、脱ぎっぷりはいい。

次に、裕美子は大原のほうを向いてブラジャーを取った。

小さな乳房がブラジャーの下から現われた。

乳房の中央にこれまた小さなピンクの乳首がついている。乳輪は、ほぼ、乳首の大きさと同じである。

「オッパイがもう少し大きければいいのにね」

裕美子はそう言うとペロリと舌を出した。

そのまましばらくディスコダンスを踊る。

真っ赤なパンティには、ラコステのマークがついていた。口をあけたワニが近づく男にパクリと食いつきそうである。

しばらく踊ってから、裕美子はサッとパンティを脱いだ。

狭い面積にチョロチョロと茂みが生えていた。数えられそうなほどの細い秘毛が、恥骨のふくらみにしがみついている。

「もっとモジャモジャ生えてくれればいいのにと思うの」

弁解するように裕美子は言った。

「でも、茂みを通して割れ目が見えるし、ストリップ向きの体だよ」

大原は体を乗り出した。

「もう、いいかしら」

さすがに素っ裸になると恥ずかしいらしく、裕美子は体をよじった。

「オープンとナマイタはしないの？」

「オープンって？」

「足を開いて指であそこを開いて見せることだよ」

「こうやればいいのね」

裕美子は大原の鼻先にしゃがんで、両足を開いて、指で女芯を開いた。鮮《あざ》やかなピンク色の女芯が現われた。

2

裕美子の女芯から生の女の匂いが立ちのぼり、大原の鼻腔《びこう》をくすぐった。

女芯に蜜液が滲《にじ》んでいる。見られると興奮するのだろう。

大原のズボンの中で欲棒が頭を持ち上げた。

「ナマイタというのはどうすればいいの？」

女芯を開いてとっくりと大原に見せながら、裕美子はたずねた。

「教えてあげよう」

大原は裕美子を仰向けにならせると、ズボンとパンツを脱いで、机に上がった。

「えーっ……」

いきり立った欲棒を見て、裕美子は首をかしげた。

「まさか、セックスをするのじゃ、ないのでしょうね」

「観客でセックスがしたい希望者は全員舞台に上がって、ジャンケンで三人ほどにしぼって、順番にセックスをするのだよ。それをナマイタと言うのだよ」

「そこまでするの？」

「そうだよ」

「そこまでするのなら考えちゃうなあ」

「考えたほうがいいよ」

大原は考えている裕美子の女芯にさわった。女芯にはしっとりと蜜液が湧き出していた。

大原はいきり立った欲棒を女芯に押しつけて重なった。するりと欲棒は女芯の中に入り込んだ。

「考えているのに入っちゃやダメじゃないの」

裕美子は文句を言った。

「そんなことを言っても、入っちゃったものは仕方がないだろう」

大原は出没運動を始めた。

「それはそうだけど」

裕美子はそう言いながら下から大原の出没運動に合わせて腰を使った。

女芯が収縮し、女芯の奥から蜜液が湧き出してきた。

「ああ、わたし、よくなってきたわ」

裕美子は大原にしがみついてきた。

「穴がヒクヒクなっているよ」

大原は囁《ささや》いた。

「ああ、いやらしいことを言わないで」

裕美子は強く女芯を締めつけた。

「凄い力で締めつけているよ」

「言わないで……」

裕美子は背中を持ち上げるようにした。

「ねえ、とってもいいの」

裕美子は叫んだ。

「どうにかなっちゃう」

裕美子は大原の腰を強く押さえて全身を痙攣《けいれん》させた。

クライマックスに達したのだ。

大原は出没運動のピッチを上げて、裕美子に追いついた。勢いよく男のリキッドを爆発させる。

裕美子はぐったりなった。

女芯が急速に弛《ゆる》んでくる。

大原は結合を解いた。裕美子はピクリとも動かない。クライマックスに達して無反応期に入ったのだ。

大原はティッシュペーパーで欲棒を拭《ぬぐ》って、パンツとズボンをはいた。カセットテレコの音楽を止める。

ようやく裕美子は目を開いた。

「随分、感度がいいのだね」

大原は裕美子の体を撫《な》でながら言った。

「抱かれる前にじっくりと見られたのがきいたみたい」

つぶやくように裕美子は言った。

「見られると興奮するようだね」

「そうよ。とても興奮するわ。女って、どこかに見られたい、という気持ちがあるみたい。見られてほめられたい、というのが女の願望じゃないかしら」

裕美子はそう言いながら顔を赤らめた。

「その女の願望が高じると、ストリップをしてみたいと思うのじゃないかしら」

「裕美子ちゃんはまさに生まれながらのストリッパーだよ。見られるのが好きなら、もっとも、ストリッパー向きだよ」

「でも、わたし、ナマイタは無理みたい。クライマックスに達したら、すぐに起き上がることはできないから」

裕美子はけだるそうに言った。

「見られるだけなら疲れないけど、見られてからセックスすると、感じ過ぎちゃうから」

「いちいちイカなければいいのに」

「そうはいかないの。見られたあとで入れられると、それだけでよくなって夢中になっちゃうの」

「いつもそうなのかね」

「見られたときはいつもそうよ」

裕美子はゆっくりとうなずいた。

その時、電話が鳴った。

「はい。大原商会です」

大原は電話に出た。

「こちらは西洋軒ですけど、うちの出前の子、そっちへ行ってませんか」

電話は洋食屋の西洋軒の主人からだった。

「出前の女の子なら、おなかが痛いと言って、さっきまでここで休んでいましたよ。おたく、労働条件が悪いんじゃないの。あの子、相当疲労がたまっているようだけど」

大原は裕美子を見ながら言った。

裕美子はのろのろと体を起こすと、女芯にティッシュペーパーを当ててパンティをはいた。

体をふらつかせながら机の上からおりて、ジーパンをはく。

「そうですかね。さっきまで、ピンピンしていましたけどね」

西洋軒の主人は納得がいかないという声を出した。

「うちは、今、女の子がいないので、わたしが食事をしている間だけ、出前の子に電話番をしてもらっているので、おたくには迷惑をかけているけど」

大原は時間を稼《かせ》いだ。

裕美子はブラジャーをしてセーターを着た。

「それはいいんですよ。お得意様のことですから。しかし、きょうはあまり帰りが遅いので何かあったかな、と思いましたのでね」

西洋軒の主人はそう言った。

「おなかが痛いと言って、しばらくソファで休んでいたけど、そろそろそっちへ着く頃じゃないかな」

「それならいいんです。どうも、お忙しいところをお邪魔しました」

西洋軒は恐縮したように言い、電話を切った。

大原が西洋軒と電話で話している間に、裕美子は身仕度を終えていた。下着をつけてセーターとジーパンをはくだけだから簡単である。

「仕事をすませてからときどきここに来てもいいですか」

裕美子は甘えるように大原に言った。

「いいよ」

大原は裕美子を抱いてキスをした。

「今夜でも？」

裕美子は恥骨のふくらみを押しつけながら言う。

「いいよ」

大原はうなずいた。

裕美子はうれしそうに歌を歌いながら、岡持《おかもち》を持って帰って行った。

そのうしろ姿を見ながら、大原は若いだけに回復力は素晴らしいものだな、と思った。

3

裕美子は、その夜、十時に大原商会に現われた。

「西洋軒の親父、何か言ってたかね」

大原は尋ねた。

「ううん、別に。あまりうるさいことを言ってわたしに辞められたら困るものだから、何も言わなかったわ」

裕美子は全身から石鹼の匂いをさせていた。

「銭湯に入ってきたの」

そう言いながら、裕美子は着ているものを脱ぎ始めた。たちまちブラジャーとパンティだけになる。

「本格的に抱かれたくなっちゃった」

そう言うと、ソファに横になる。

「でも、その前に、しっかりと見てほしいの」

裕美子は手早くブラジャーをとり、パンティを脱いだ。

両足を大きく開く。薄い茂みの下に女芯がパックリと口を開いた。さっきしたばかりなので、女芯はハレぼったく、赤味がかっていた。

大原はズボンとパンツを脱ぐと事務所の明かりを消した。

「真っ暗にしたら、見えないでしょう。わたし、見られないと興奮しないのよ」

裕美子は暗がりの中で文句を言った。

大原は机の引出しの中から、非常用の懐中電灯を取り出した。

それをつけて女芯を照らし出す。

「これでどうだね。余分なところは見えずに、肝心のところだけが見えるし、何となく覗き見をしている感じがしてもっと興奮するのじゃないかね」

「ああ、本当だわ。懐中電灯の光だけのほうが、秘密のいやらしさがあるから、興奮するわね」

裕美子は言う。

その裕美子の言葉を裏づけるように、女芯に蜜液が溢《あふ》れ出てきた。

大原は左手で懐中電灯を持って女芯を照らし出し、右手で女芯の中から芯芽をつまみ出した。親指と人差指でつまんでもむ。

「ああ、感じるう……」

裕美子は体をよじった。

たらたらと蜜液が糸を引いてソファにしたたり落ちた。

「もっと足を開いて、指でオープンしてくれないか。内臓まで覗いてみたい」

大原は言った。

「ああ、内臓まで見たいなんて、大原さんのドスケベ」

裕美子はそう言いながらも、指で逆Vを作って淫唇を開いた。サーモンピンクの女芯が現われた。

「とてもきれいだよ。うん、すごくきれいだ」

大原は女芯をほめた。

「ああ、嬉しい。ほめてくれるのね」

ゴボッ、という感じで蜜液を女芯の奥から湧き出させながら、裕美子は女芯を収縮させた。眺められほめられて、女体が歓んでいるのだ。

大原は女体の通路に人差指と中指を重ねて、ぐい、と挿入した。二本の指はスムーズに迎え入れられた。

「ああ、いいっ……」

裕美子は女体をのけぞらせながら、指を強く締めつけた。

大原は二本の指を女芯の中で平行にして、天井を引っ掻《か》いた。

「ああ……」

裕美子はますますのけぞった。通路の天井には、無数の襞《ひだ》があった。襞の角は尖っている。それが新鮮な女体であることを証明していた。

大原はその襞を引っ掻きながら、入口の芯芽を親指の腹でリズミカルに押した。

女芯が強弱のアクセントをつけて収縮した。

「早く来て……」

裕美子はあえぎながら、両手を伸ばして大原を求めた。

「裕美子ちゃんはいいかもしれないけど、こっちは今いちなんだよ」

大原は言った。

二時間ほど前に裕美子を抱いている大原は、まだ、充分に回復をしていなかった。半立ちなのである。

「柔らかくてもいいから入ってきて。わたし、もうダメになりそうなの」

裕美子は泣き声で言う。

大原は女芯に入れていた指を抜いた。

正常位で結合しようとする。しかし、半立ちでは、裕美子の女芯の入口をこじ開けることはできない。

「大原さん、仰向けになって」

裕美子は大原を仰向けにすると欲棒をパクリとくわえた。根元を握り、しごきながら、カリ首のあたりを舌でくすぐるようになめる。そのテクニックは素人離れしていた。欲棒はたちまち固く硬直した。

裕美子は大原をまたいで、女上位で結合した。今度は難なくひとつになることができた。

裕美子の女芯は、よだれを流したような状態だった。

入口から中まで、ぐしょぐしょである。

「いいっ……」

裕美子は上体を立てて腰を前後にスライドさせた。

女芯がリズミカルに欲棒を締めつける。

「わたし、もう、イク……」

裕美子は女体を痙攣させると、大原の胸の上に倒れ込んだ。

大原はやっと立ったところで、まだ、これからである。

「少し、早過ぎるよ」

大原は裕美子の背中を撫でながら、ボヤいた。

「ごめんなさい。だって、懐中電灯でじっくり眺められて、それだけで、わたし、イキそうになったのよ」

裕美子は荒い息をしながら言った。

「しかも、女上位はすぐにイッてしまう形なの」

言葉を継《つ》いでそうも言う。

裕美子の女芯は弛んできた。

大原は結合を解いて、事務所の明かりをつけた。蜜液に濡れた欲棒が、つけた明かりに悩ましく輝いた。その欲棒の蜜液をティッシュペーパーで拭ってパンツをはく。

裕美子は起き上がるまで気力は回復していないようで、ソファでぐったりなっている。

大原は不完全燃焼のまま、パンツをはいた。不完全燃焼だが、さっき男のリキッドを爆発させているから、それほど不満ではない。

「もう一度、すればいいのに」

裕美子は言った。

妻の佳子が大原商会に現われるまで、まだ、一時間以上、時間はある。

「でもねえ、ここでは落ち着かなくてダメだよ」

大原は首を振った。

「だったら、これからわたしの部屋に来ない」

裕美子は言う。

「この近くなの。歩いて五、六分のところよ」

「それじゃ、行こうかな」

やはり、不完全燃焼のままでは気持ちがすっきりしない。

大原は裕美子の部屋に行くことにした。

「でも、十一時半には帰ってね。同居人が帰って来るの」

「いいよ」

大原もそのほうが都合がいい。

大原は裕美子が身仕度をするのを待って、一緒に大原商会を出た。

裕美子は、表通りから一本中に入ったアパートの一階に住んでいた。アパートの真ん中が廊下になっていて、両側に部屋が三つずつ並んでいる。裕美子の部屋は左の奥の部屋だった。

窓の外は別の通りに面している。裕美子が住んでいるのは、六畳ひと間にキッチンがついている狭い部屋だった。

入口に小さなたたきがある。大原はそこに靴を脱いで上にあがった。

裕美子はドアに鍵をかけると蒲団《ふとん》を敷いた。

さっさと裸になる。大原も裸になった。

蒲団にもぐり込むと、裕美子は明かりを消した。

「見なくてもいいのかね」

大原は裕美子を抱き寄せながら尋ねた。

「見られると早くイキ過ぎちゃうから、今度は暗くしてしましょう」

裕美子はそう言う。

「わたし、じっくりと楽しみたいの」

「しかし、暗いところっちがハッスルできないよ。女には見せたいという願望があるように、男には見たいという願望があるからね」

「それじゃ、やっぱり明るくするわ」

裕美子は立ち上がって明かりをつけた。

「やはり、暗いのよりもこっちがいい」

大原は裸の裕美子を見上げて白い歯を見せた。

「わたしも、やっぱり見られたほうがいい」

裕美子は大原の顔の前にしゃがんで、指で逆Ｖを作って淫唇を開いた。

女の匂いが立ちのぼった。たちまち欲棒がいきり立つ。その欲棒を裕美子はつかんだ。

「また、わたし上になろうかしら」

そう言う。

「今度はバックがいい」

大原は言った。

「わたし、バックの形は犯されているような気がして、あまり好きじゃないわ」

裕美子は唇を尖らせた。

「でも、女は心のどこかで、犯されたい、と思っている、と聞いたことがあるよ」

大原は裕美子の女芯を撫で上げて、芯芽を指でつまんだ。

「そうね。まったくない、と言ったらウソになるわね」

「それにね、バックの形ですると、女芯に欲棒が出没する様子が手にとるように見えるのだよ」

「えーっ……」

「だから、犯されながら、とっくりと見られるのがバックの形なのだよ」

「そんなによく見えるものなの？」

「ほら」

大原はバックの形を取って見せた。

「裕美子ちゃんが男になったつもりで、ぼくを犯す形を取ってごらん」

「こうすればいいのね」

裕美子は大原のうしろに膝で立った。

「いやだ。大原さんのアヌスが丸見えだわ」

裕美子はオクターブの上がった声を出した。

「これがアヌスだと、女の通路はこのあたりね」

指でアヌスから二センチほどの所を突く。

「ここに通路があったとして、それに男が出入りすると……」

裕美子は息を飲んだ。

「キャーッ。丸見えだわ！」

裕美子は叫んだ。

「分かっただろう？」

「分かったわ」

「見られたい、という女の願望は、バックで一番充《み》たされるのだよ」

「本当ね。いいわ、わたし、バックになる」

裕美子はバックの形を取った。

大原はバックから女体を貫いた。

「ああ、ねえ、見える？」

裕美子は首をねじ曲げて尋ねた。

「よく見えるよ。丸見えだ」

大原は出没運動を始めた。

「ぼくのたくましいのがズブリと出入りしているのがよく見えるよ。裕美子ちゃんの通路の壁が、欲棒を引き抜くときに、靴下を脱がせるときのように裏返しになりそうになるよ」

大原は眺めることができない裕美子に、実況放送をしてやった。

「ああ、わたしの通路の壁が裏返しになりそうになるのね」

「そうだよ。天井の襞まで見えるのだから」

「ああ、いい……」

裕美子は小刻みに全身を痙攣させた。

「わたし、また、イキそう」

裕美子はシーツを掻きむしった。

やがて大原は、今度は裕美子のクライマックスに合わせて男のリキッドを爆発させた。

「ああーっ、イクぅ」

裕美子が叫び、激しく太腿を震わせ、女芯をリズミカルに収縮させたとき、大原もリズミカルに男のリキッドの放出を開始したのだ。

「ああ、一緒にイッてるぅ……」

裕美子は背中をのけぞらせて叫び、ヒップを高々と突き上げた。

その裕美子の女体の最深部に、大原は最後の一滴まで男のリキッドをそそぎ込んだ。

すっかり力を使い果たして裕美子はつんのめるように腹這いになる。大原は裕美子のヒップに体を預けた。

「重いわ」

裕美子は言う。

ヒップには豊満な肉がついているが、恥骨のような男の体を支える骨はない。それだけに、腹這いの形では男の体を重く感じるのだ。

大原は結合を解いた。

枕元に転がっていたティッシュペーパーの箱から紙を抜いて、欲棒の後始末をする。

その時、遠慮がちにドアがノックされた。

「あ、同居人が帰ってきたわ」

裕美子はのろのろと体を起こした。

「同居人か。挨拶をして帰るとするか」

大原は急いでパンツをはいた。

「ダメよ。すぐに窓から逃げて」

裕美子はそっと窓を開けた。

ドアのノックは激しくなった。

「同居人って、女じゃなかったの？」

「これよ、これ」

裕美子は頬を人差指でスーッと切るジェスチュアをした。

大原は心臓が止まりそうになった。

「早く」

裕美子は大原のズボンや上着を窓から外に放り出した。大原はシャツを片手に慌てて窓から飛び降りた。素早く裕美子が窓を閉め、ドアに向かって返事をした。

大原は落ちている上着やズボンを拾い集めると、通りを一目散に駆け出した。

バックで激しいセックスをしたあとでいきなり駆け出すのは心臓に悪い。しかし、今は心臓をいたわっている余裕はなかった。

それに、大原はパンツこそはいているが、そんな恰好で通りを走るのは、まるでストリーキング同然である。それを反省している暇もなかった。

大原はできるだけ早く裕美子の部屋から遠ざかり、ようやく物陰に隠れて、シャツを着て、ズボンをはき、上着を着た。

しかし、とにもかくにも身仕度をしたところで、腰から下の力が抜けて、大原はその場にへたり込んでしまった。

独立

1

間一髪で難を逃れた翌日、大原は午後六時に大原商会に出社すると、いつもの癖で西洋軒に出前の電話をした。

「あいすみません。きょうは出前はできませんので、他をご利用していただけませんか」

電話口に出た西洋軒のマスターは、申し訳なさそうに言った。

「出前をしてくれていた裕美子ちゃんが急に辞めましたのでね」

そう言う。

「裕美子ちゃんが辞めた?」

大原は裕美子が同居人と言っていたヤクザがからんでいるな、と直感的に思った。

「仕方がない。そっちに食べに行くよ」

大原は電話を切ると西洋軒に出かけていった。

「一体、どうしたのかね、裕美子ちゃんは」

カウンターに腰をおろし、カツライスを注文すると大原はマスターに尋《たず》ねた。

「何でも郷里に帰って結婚するそうです」

マスターは忙しそうに客の注文をさばきながら言った。

「見合いでもしたのかね」

「そうじゃなく、こっちでつき合っていた男を連れて郷里に帰るそうです。こっちでつき合っていた男というのは、ちょっとヤクザがかったところのある男でしたが、どういう心境の変化か、心を入れかえて裕美子の家業の農家を継《つ》ぐ決心をしたそうです」

西洋軒のマスターは、丁寧《ていねい》に詳しく事情をしゃべってくれた。

昨夜、あれから、裕美子の彼のヤクザは、部屋に入って男の匂いを嗅《か》ぎつけたはずである。修羅場があったことは容易に想像がつく。

しかし、喧嘩に勝ったのは裕美子で、男はいっさいを水に流し、ヤクザから足を洗って田舎に引っ込んで正業につくことで、裕美子を失わないほうを選んだのだろう。男女のことは分からないが、男は裕美子が、一生かかっても二度と出会うことがないいい女だということに気がついたものと思われる。

裕美子にしてもストリッパーになるよりはそのほうが賢明だったと思われる。

「また、出前の子が見つかったら、教えてください」

大原はそう言った。

食事をすませて事務所に戻ると、電話が鳴っていた。

大原は電話を取った。

「ハロー、大原」

電話はアメリカのグリーンからだった。

「ダメですよ。すぐに電話に出なければ」

グリーンはいらいらしたように言った。

「また、小型強力発電機の注文です。今度は五十台です。これからも、注文はもっともっと増えますよ。もう、サザンフェニックスは辞めて、大原商会の社長に専念したらどうですか。電話が通じないと、キャンセルしなければならなくなりますし」

グリーンは注文のあとでそう言った。

大原はグリーンからの電話を切ってから、そろそろ独立する潮《しお》どきかもしれないな、と考えた。

アメリカでは自分よりもはるかに若いグリーンが独立し、ビジネスマンとして着々と基盤を固めつつある。いつまでも、サラリーマンとの二足のワラジをはいていても仕方がない、という気もする。

大原はサザンフェニックスのサラリーマンと大原商会の社長の二足のワラジをはきながら、サラリーマンを辞めて一本立ちをするきっかけを探していたともいえる。そのきっかけがこれまでつかめなかったのだ。グリーンからの電話はいいきっかけになった。

その夜、大原は店を閉めてから顔を出した妻の佳子に、そろそろサラリーマンを辞めようと思うのだがと言った。

「大賛成よ。あなたは一本立ちしたほうが成功するわ」

佳子はそう言って諸手《もろて》を挙《あ》げて賛成した。

「よし。会社にはあした、辞表を出す」

大原はそう決めた。

長い間働いた会社を辞めるというのに、大原は少しも悲しくなかった。せいせいした気分だった。

翌日、大原は辞表を書いて出社し、ただちに直属の上司に提出した。

「ああ、そう」

直属の上司は理由も尋ねず、慰留《いりゅう》することもなく、あっさりと辞表を受理した。いかにも外資系の会社らしいビジネスライクな辞表の受理だった。

社員の間には、たちまち大原が辞めることは知れ渡った。何人かの同僚が別れの言葉を言いにやって来た。彼等は上司と違って、辞める理由やこれからどうするのか、といったことを真剣に心配してくれた。

「大原商会の社長に専念したい、と思ってね」

大原は辞める理由をそう話した。

「そうか、すでに、社長とサラリーマンの二足のワラジをはいていたのか」

大原商会がアメリカに特殊な製品をコンスタントに輸出して、実績を上げていることを知って、仲間たちは大原の出発を祝福してくれた。

「大原さん。お辞めになるのですってね。それも、大原商会の社長業に専念なさるとか」

隣りの課の北山アザミが大原に近づいてきてそう言った。

北山アザミとは、一度だけ、センチュリーハイアットで日曜日に食事をしたが、そのときに、会話から処女だとわかったが、なぜだかそれきり、誘わなくなってしまったままになっている。

「わたしを、大原商会で雇ってくださらないかしら」

北山アザミは真面目な顔をして言った。

大原商会は確かに人手不足だった。

特に、女の子がいなくなってしまっていた。

北山アザミはとれるものなら欲しい人材だった。しかし、サザンフェニックスのように厚生施設は充実していないし、きちんと休みがとれるかどうかも分からない、中小企業である。外資系とはいえしっかりしたサザンフェニックスの社員を引っ張るのは気の毒だった。大原はアザミにそう言った。

「あら、そんなのはいいのよ。わたし、外資系の会社にはあきあきしちゃったの。労働時間がめちゃくちゃだけど、浪花《なにわ》節的な日本的な会社で働いてみたいの。わたしを雇ってくださらない。本気よ」

アザミは言った。

「何でもするわ。社長が秘密を守るために他人でなくなれ、と言うのなら、そうしてもいい」

そうまで言う。

そこまで言われては、義理でも誘わないわけにはいかない。

「それじゃ、大原商会に来てくれるかな」

大原は言った。

「いいとも」

アザミは嬉《うれ》しそうにうなずいた。

ただちに、アザミは辞表を直属の上司に提出し、これもあっさり受理された。

「さあ、これでわたしは自由だわ。きょうから大原商会のＯＬよ、社長さん」

アザミは大原を見上げて白い歯を見せた。

大原はアザミを連れて大原商会に出社した。

大原が出社するのを待ち構えていたように、早速、小型強力発電装置の注文が三件、相次いだ。

「幸先がいいぞ」

大原は張り切った。

「せっかくだから、きょうは独立のお祝いの昼食を取ろう」

受注の電話を片付けると、大原はアザミをセンチュリーハイアットのレストランに誘った。

「わたしだけ、電話番に残ったほうがいいのじゃないかしら」

アザミは言った。

「大原商会の商売はガツガツしないことだ。のんびりと、儲かればありがたい、という精神でやるのだよ」

大原はそう言った。

「そんな商売のやりかたで大丈夫かしら」

アザミは首をかしげた。

「大丈夫だよ。これまでそれで、結構、利益を出してきたからね」

そう言って、アザミを連れてセンチュリーハイアットに出かける。

アザミは最初のときに比べると、まったく物怖《ものお》じする様子は見せなかった。処女を卒業したな、と大原は思った。

大原はアザミをホテルの中にあるパブ、「トレードウインド」に連れて行った。

ここは夕方からパブになるが、昼食の時間には、軽食も取れる。

大原はステーキとワインを注文した。

「ねえ、社長。わたしの肩書は何になるの？」

ワインのグラスを合わせると、アザミは尋ねた。

「何がいいかね。営業部長かね、それとも、社長秘書がいいかね」

大原はワインを喉《のど》に流し込みながらアザミを見た。

「えーっ。わたしを部長にしてくれるの？」

アザミは目を輝かした。

「君はサザンフェニックスという外資系の会社にいただけあって英語はペラペラだし、うちの得意先はほとんどアメリカだからね。営業部長だってつとまるよ。それに、今ならわが社のポストは選《よ》り取《ど》り見取りだからね」

大原はうなずいた。

「それじゃ、営業本部長兼社長室長でもいいかしら。ちょっと欲張りだけど」

アザミは体を乗り出した。

「それじゃ、営業本部長兼社長室長ということにしよう」

「嬉しい。早速、名刺に刷《す》りこむわ」

アザミは嬉しそうに両手を胸のところで握りしめた。

「君は確か、秘密を守るために、社長が他人でなくなれ、と言ったら、他人でなくなってもいい、と言ったね」

大原はアザミの体を眺めながら小声で言った。

社長業に専念することを決め、サラリーマンを辞めたので、気持ちが昂《たか》ぶっていた。その気持ちをアザミの体で鎮《しず》めたくなったのだ。

「申しあげました」

アザミは緊張の表情を見せてうなずいた。

「あれは冗談だろう?」

「本気です」

アザミは怒った顔をして大原を見た。

「営業本部長兼社長室長という立場になれば社長とは一心同体、夫婦も同様だ、と思っています」

「それじゃ、オレが寝ようと言ったら」

「はい、とお答えします」

即座にアザミは言った。

「それじゃ、寝よう」

「えーっ……」

アザミは目を剝《む》いた。

「ほれみろ、はい、ではないじゃないか」

「もう一度、おっしゃってください。今は、まだ、心の準備ができていませんでしたから」

アザミは視線を伏せた。

「オレと寝よう」

「はい」

アザミは大きくうなずいた。

2

「待っててくれ。今、部屋を取ってくる」

大原はアザミを残して席を立ち、フロントに行った。

部屋の空きの有無《うむ》を尋ねる。もちろん、当日のチェック・インが始まったばかりの時間なので、どのタイプの部屋にも空きがあった。

大原はダブルの部屋にチェック・インをした。キイを受け取って「トレードウインド」に戻る。

「行こう」

大原はアザミをうながした。

「わたし、こんな真っ昼間は初めてだわ」

アザミはエレベーターホールでエレベーターを待ちながらつぶやいた。

「アメリカでは真夜中だよ。そう考えれば変でも何でもないよ」

「そうね」

アザミはあっさり納得した。

「最初にぼくと食事をしたときには、君は処女だっただろう?」

エレベーターに乗ると大原は言った。エレベーターには他の客はいなかった。

「そうよ。わたし社長さんに処女をプレゼントするつもりでデイトしたのに、社長さんは何もしなかったわ。わたし、嫌われたかと思って悲しかったわ」

アザミは大原に体をすり寄せて来た。

「それで、誰かにプレゼントしたのかね」

「そうよ。野田社長にプレゼントしたら、ダボハゼのように喜んで食いついてきたわ」

「あのドスケベ野郎」

大原は低く唸《うな》った。

「なぜ、わたしのプレゼントを素直に受け取らなかったの」

「ただの遠慮さ。遠慮をして損をしたなあ」

「そうね。わたし、あなたに女にしてほしかったのに」

アザミは恨めしそうに大原を見上げた。

「それから、ずっと野田社長に抱かれていたのかね」

「十回ほどね」

アザミはうなずいた。

エレベーターが目的の階で止まった。

「十回なら、まだ、妙なクセはついていないはずだ」

大原はアザミの背中を押してエレベーターを降りる。廊下を歩いて部屋に入る。

「君を女にしてあげられなかったけど、オレが君に女の歓びを教えてあげるよ」

大原はドアを閉めるとアザミを抱き寄せた。柔らかい女体が大原の腕の中で弾《はず》んだ。

大原はアザミをダブルベッドに横たえた。

アザミを見おろしながら、着ているものを脱ぐ。パンツを脱ぐと、いきり立った欲棒が現われた。

「凄《すご》いのね。わたし、初めての男性が社長さんでなくてよかったわ。社長さんが初めてだったら、わたし、大ケガをして、病院に担《かつ》ぎ込まれていたわ」

アザミは息を飲み、そう言った。

大原は素っ裸になるとアザミの着ているものを脱がせ始めた。

たちまちアザミはブラジャーとパンティだけになる。

白いきめこまかい肌に、石鹸の匂いと女の匂いがこびりついていた。

「シャワー、浴びてきてもいいかしら」

アザミはブラジャーを剝《は》ぎ取ろうとした大原の手をつかんで体を起こした。

「朝風呂に入ってきたのだろう？」

「入るには入ったけど」

「だったら入る必要はないよ」

「だって」

「いいよ。少しは女臭いほうがいい」

「まあ」

アザミは顔を真っ赤にした。

大原はブラジャーを剝ぎ取るとアザミを横たえた。可愛らしい乳房が現われた。小さ目の乳房に、ピンク色の小さな乳輪と乳輪よりもわずかに小さな乳首がついている。

大原は乳房に唇を押しつけた。小さいが柔らかい乳房だった。あまりにも柔らかかったので、乳房に鼻が埋まり、呼吸が困難になったほどである。

「社長。わたしが守らなければならない最初の秘密は？」

アザミは大原の頭を抱え込んで尋ねた。

「妻に、ふたりのことを内緒にすることだ」

大原は小さな乳首をくわえながら言った。

「分かりました」

アザミは答えてから、ああ、と快感を訴える声を出した。

大原は乳首を尖《とが》らせるとパンティを脱がせにかかった。アザミはレースの入った黄色のハイレグのパンティをはいていた。

ハイレグのパンティは確かに普通のパンティに比べると足が長く見える。恥骨のふくらみが、こんもりとパンティの中心部を持ち上げている。

大原はパンティの上から恥骨のふくらみを撫でた。乳房と違って恥骨のふくらみは固い感じがした。男の重い体を支える恥骨のふくらみである。固いのは当然である。

大原はハイレグのパンティから伸びている足を撫でて、太腿にキスをした。

柔らかい内腿をそっと齧《かじ》る。白い内腿が赤くなった。女の匂いが内腿にこもっている感じがした。

内腿を唇で愛撫して、パンティの上から恥骨のふくらみにキスをする。パンティには内腿以上に女の匂いがしみついている。アザミは早くパンティを脱がせてほしいというように体をよじった。

大原は気がすむまで女の匂いを堪能すると、パンティに手をかけた。アザミはそれを待っていたように腰を持ち上げる。

大原はパンティを引き下げた。目の前にアザミの茂みが現われた。同時に、女の匂いが大原を包む。

アザミの茂みは恥骨のふくらみに味付けノリを張り付けたような形をしていた。縦長の長方形をしている。茂みの長さは短く、秘毛はあまり縮れてはいなかった。

恥骨のふくらみが、短い茂みの下で盛り上がっている。きわめて食欲をそそる眺めだった。

大原はパンティを足首から抜き取ると、アザミの両足を開いた。茂みの下に割れ目が現われた。しかし、大きく両足を開かせても、割れ目はパックリとは開かなかった。

大原は両手の親指を割れ目の両側のふくらみに押しつけて、左右に開いた。

ようやく女芯が現われた。女芯の内側は蜜液を滲《にじ》ませていた。

女芯の両側を薄い褐色をした淫唇が囲んでいる。

淫唇の上部の合流点に、可愛らしい芯芽がカバーに保護されていた。大原はそのカバーを指でつまみ、そっと剝《む》いた。

ピンク色の芯芽が剝き出しになった。可愛らしい眺めだった。

大原は思わず芯芽にキスをし、ペロリとナメ上げた。

「あーっ……」

アザミはピクンと体を弾ませて、大きな声を出した。

女芯が収縮し、透明な新しい蜜液が奥から湧き出してきた。

欲棒はいきり立っていた。

これから、長いつき合いになるがよろしく頼むよ……。大原は女芯にそう言った。

長いつき合いになることを考えると、初めは、オーソドックスに正常位で挨拶をすべきである。大原はそう思った。

「入るよ」

大原は言う。アザミは嬉しそうにうなずいた。

大原はアザミの両足の間に膝をつくと、女芯に欲棒を押しつけた。ぐい、と押し込む。

女芯の入口が強く抵抗した。入らせまい、と反抗しているようだった。

大原は力ずくでその抵抗を突破しようとした。

「痛いっ……」

アザミは処女のように悲鳴を上げた。

「まさか、処女ではないだろうな」

大原は挿入を中止して改めて女芯を覗き込んだ。

アザミは下つきなので、大原は女芯を覗くのに苦労をした。ヒップの下に枕を敷いてようやく女芯を覗き込む。

女芯の最下部に女体の入口が小さな穴を開いていた。指で女芯を開いて女体の入口の穴をつぶさに調べる。時計の文字盤の短針の六時の位置に、一カ所、亀裂が認められた。処女膜裂痕である。

アザミはやはり処女を卒業していた。

「処女膜は破れているから入るはずなのだけどなぁ」

大原は首をかしげた。

「最初のときに、うっすらと出血があったわ。野田社長、その出血を見て、処女だったのだね、ととても喜んだわ」

アザミは言う。

「それじゃ、もう一度、トライするよ」

「はい」

アザミはうなずいた。

大原はアザミの両足を肩にかついだ。下つきだとはじめのうちは結合がむずかしいが、屈曲位だとスムーズだからである。

大原は欲棒を再び女芯に当てがった。真上から欲棒を落としこむようにして体重をかける。

「痛いーっ」

アザミは苦痛を訴え、曲げられた両足を伸ばそうとした。

しかし、それより早く、欲棒は女体にもぐり込むことに成功した。

根元まで欲棒を埋めてから肩から両足をはずし、アザミに足を伸ばさせる。恥骨のふくらみが盛り上がっているのがはっきりと感じられた。下つきなので恥骨のふくらみが実物以上に高く感じられる。

大原はアザミの体を抱きしめて出没運動を始めた。

「ねえ、社長さん。痛いわ」

アザミは顔をしかめた。

「でも、通路の中はよく潤《うるお》っているよ」

大原は出没運動を行ないながら首をかしげた。

「でも、痛いのよ」

「痛いって、どんな痛さ?」

「初めてのときの痛さに似ているわ」

アザミは顔をしかめた。

「ヘンだなあ。君は処女ではないのにね」

大原は出没運動を速めた。とにかく早く終わることにしたのだ。

アザミは懸命に苦痛に耐えている。アザミの表情からそのことが大原にはよく分かった。

ようやくクライマックスを迎え、大原は男のリキッドをアザミの中に勢いよく爆発させた。

結合を解いて女芯に目をやって大原は思わず叫んだ。

「あっ……」

アザミは女芯から出血していたのだ。それも、かなり激しい出血である。シーツにくっきりと日の丸が描かれていた。

「血が出ている」

大原は慌《あわ》ててティッシュペーパーを取り、女芯に当てがった。

「いやだわ。生理でも始まったのかしら」

アザミは困ったような顔をした。

「これまで狂ったことは一度もないのに」

そう言う。

大原はティッシュペーパーで出血を丁寧に拭《ぬぐ》った。

女芯はは れ上がっていた。

その女芯を指で開く。

時計の文字盤の短針の三時の位置に、新しい亀裂ができていた。その新しい傷口から鮮血が滲み出ている。

「分かったよ。また、処女膜が破れたのだ」

「えーっ。それじゃ、わたし、二度、処女喪失を体験したってことになるの」

アザミは目を剝いた。

「そうなるね」

大原はうなずいた。

「野田社長の持ち物がとても細かったので、しっかりと処女膜が破れなかったのだろうな」

「野田社長のは細かったわ。それに短かったし。そうね。社長さんの半分もなかったわ」

アザミは恨めしそうに大原を見た。

「わたし、さっき、あなたのを見たとき、初めての男が社長さんでなくてよかった、と言ったでしょう。あまり大きいので社長さんが最初の男だったら、大ケガをしたに違いない、と思ったの」

アザミは肩で息をした。

「処女でないわたしの処女膜を改めて破るのだから、凄いサイズだわ」

アザミは言った。

大原は、処女を失った女の処女膜を改めて破ったのは初めてだった。

初めての経験というのは感動的である。

それに、大原は自分に自信を持つことができた。

独立した日に自信を与えてくれたアザミに大原は感謝した。

いい社員を得たものだ、と思う。

「この部屋はあしたの十二時までこのまま借りておいて、そろそろ事務所に戻ろうか」

大原はベッドにおりてバスルームに入り、シャワーを浴びて非処女の流した処女の血がからみついた欲棒を洗った。

入れ代わりにアザミがシャワーを浴びる。

身仕度をしてホテルを出たとき、アザミがガニ股になっていた。

「ヘンな歩き方だなあ」

大原はアザミの歩き方を見て首をひねった。

「だって、異物がはさまっている感じがするのよ」

アザミは困ったような顔をした。

3

大原商会に戻ると、早速、国内の取引先から小型強力発電装置の注文の電話が入った。また大原商会を直接たずねてきて、注文して帰ったものもいた。

大原商会は大原が独立した途端に忙しくなった。

大原は電話や来客が途絶えるとソファでアザミを膝の上に抱き上げて、女体を撫でて英《えい》気《き》を養《やしな》う。

「わたし、この調子だと、気がヘンになるか、大変な淫乱になるかのどっちかだわ。それに、あしたからはきかえのパンティを最低でも五枚は持ってこなくちゃ」

アザミは大原のキスをうっとりとした表情で受け、パンティの上から女芯を撫でられながらボヤいた。

夜に入るとアメリカのグリーンから電話が入った。

「サザンフェニックスは辞めたよ。きょうから大原商会の社長に専念だ」

大原はグリーンに言った。

「そいつはおめでとう。早く、親密な女秘書を作ることだな、ブラザー」

グリーンはヤンキーらしい底抜けの明るい声で言った。

「もう、作ったよ」

「えーっ、もう作ったのかね」

「今、声を聞かせてやるよ」

大原は送話口を押さえてアザミに言った。

「アメリカの総代理店の社長のグリーンだ。秘書の声を聞きたいと言っている」

アザミは電話をアザミに渡した。

アザミは大原よりもはるかに流暢《りゅうちょう》な英語でしゃべった。

「凄い秘書じゃないか」

再び大原と電話を替わるとグリーンは言った。

「声を聞いただけで、大変な美人だと分かるよ。でも、まだ、モノにはしていないのだろう?」

「残念だが、サザンフェニックスに辞表を出した直後に、モノにしてしまったよ」

「まさに世界的な手の早さだな。今度、日本に行ったらオレにもつまませてくれるのだろうね、ブラザー」

「そいつは保証の限りではないよ。自分で挑戦してみたらどうだね」

「分かったよ。口説《くど》かせてもらうよ。二週間後に、ミアと日本に新婚旅行に行く予定だから、そのときに君にミアのお守《もり》を頼んで、口説き落として見せるよ」

グリーンは自信たっぷりに言った。

「新婚旅行？　結婚したのかね？」

「きのう、ついにね」

「それはおめでとう。大歓迎だよ」

大原は祝福の言葉を述べながら、新婦のミアがオレに抱かれるために、ハネムーンに日本を選んだのだな、と思った。

知らぬは亭主ばかりなり、である。


グリーンとミアは、二週間後に日本にハネムーンにやって来た。

「グリーンは、多分、君をベッドに誘うだろう。応じてやってくれないか。徹底的に抜きとってもいい。腰が立たなくなるまで絞りとってやってくれ」

大原はグリーンに紹介しながらアザミにそう囁《ささや》いた。

「これはアメリカ式の接待法だ。アメリカではスワッピング接待が常識なのだ」

口からでまかせを言う。

「分かりました」

アザミはうなずいた。

大原はグリーンのお守をアザミに委《まか》せて、さっさとミアを新婚用のスイートルームのベッドで裸にした。

「ああ、この固さ。なつかしいわ」

ミアは大原の固い欲棒をいきなり頰張ってきた。もちろん、入浴する時間なんか与えてはくれなかった。

「小さいけどこの固さがいいの」

そう言う。

「あれから、ずっとあなたのことだけを考えていたわ」

溜息をついてそう言う。

「そんなことを花嫁が言うべきじゃないよ。グリーンに悪いじゃないか」

大原はたしなめた。

「わたし、これからグリーンの会社の極東担当にしてもらって、月に一度はあなたに会いにくるわ」

ミアは大原の言葉には耳を貸さずにそう言った。

前戯はそこそこにしてひとつになる。

グリーンが開発したのだろう。ミアの感度は一段とアップしていた。

大原は立て続けに三回、ミアを抱いた。

ミアは初めからイキッ放しだった。

「新婦がこんなに淫乱だと知ったら、グリーンは肝《きも》を潰《つぶ》すのではないかな」

大原はベッドでノビてしまったミアを見ながらそう言った。

「わたしたち、相手が浮気をしたら、その回数だけ、浮気をする、と言うルールで結婚したの。あなたたちのルールを拝借したのよ。結婚生活を長続きさせるには、最高のルールだわ」

ミアはベッドに横たわったまま、満足そうに言った。

その目の縁《ふち》にはパンダのように隈《くま》ができていた。

大原が会社に帰ると、これまた目の縁をパンダのようにしてアザミが戻ってきた。

グリーンも腰をふらつかせている。

「ねえ、社長。わたし、大変な会社に就職したみたい」

肩で息をしながらアザミは恨めしそうに大原を見た。

「でも、楽しみだろう」

大原はニヤリと笑った。

（本書は、平成四年三月に刊行した作品を、
大きな文字に組み直した「新装版」です）

一〇〇字書評

野望新幹線

切り取り線

購買動機（新聞、雑誌名を記入するか、あるいは○をつけてください）	
□（　　　　　　　　　　）の広告を見て	
□（　　　　　　　　　　）の書評を見て	
□ 知人のすすめで	□ タイトルに惹かれて
□ カバーが良かったから	□ 内容が面白そうだから
□ 好きな作家だから	□ 好きな分野の本だから

・最近、最も感銘を受けた作品名をお書き下さい

・あなたのお好きな作家名をお書き下さい

・その他、ご要望がありましたらお書き下さい

住所	〒				
氏名		職業		年齢	
Eメール	※携帯には配信できません	新刊情報等のメール配信を 希望する・しない			

この本の感想を、編集部までお寄せいただけたらありがたく存じます。今後の企画の参考にさせていただきます。Eメールでも結構です。

いただいた「一〇〇字書評」は、新聞・雑誌等に紹介させていただくことがあります。その場合はお礼として特製図書カードを差し上げます。

前ページの原稿用紙に書評をお書きの上、切り取り、左記までお送り下さい。宛先の住所は不要です。

なお、ご記入いただいたお名前、ご住所等は、書評紹介の事前了解、謝礼のお届けのためだけに利用し、そのほかの目的のために利用することはありません。

〒一〇一-八七〇一
祥伝社文庫編集長 坂口芳和
電話 〇三（三二六五）二〇八〇

祥伝社ホームページの「ブックレビュー」からも、書き込めます。
http://www.shodensha.co.jp/bookreview/

祥伝社文庫

野望新幹線《やぼうしんかんせん》　新装版

平成24年9月10日　初版第1刷発行

著　者　豊田行二《とよだこうじ》
発行者　竹内和芳
発行所　祥伝社《しょうでんしゃ》
東京都千代田区神田神保町3-3
〒101-8701
電話　03（3265）2081（販売部）
電話　03（3265）2080（編集部）
電話　03（3265）3622（業務部）
http://www.shodensha.co.jp/
印刷所　萩原印刷
製本所　積信堂
カバーフォーマットデザイン　芥 陽子

Printed in Japan ©2012, Kayoko Watanabe ISBN978-4-396-33787-2 C0193

祥伝社文庫　今月の新刊

- 京極夏彦　**厭《いや》な小説**　文庫版
  読んで、いただけますか？一読、後悔必至の怪作！
- 西村京太郎　**十津川捜査班の「決断」**
  切り札は十津川警部。初めて文庫化された作品集。
- 安達千夏　**ちりかんすずらん**
  東京の下町を舞台に、祖母・嫁・娘、女三人の日常を描いた物語。
- 小手鞠るい　**ロング・ウェイ**
  「母にプレゼントしたい物語です」女優・星野真里さん推薦！
- 豊田行二　**野望新幹線**　新装版
  極上の艶香とあふれる元気。取引先の美女を攻略せよ！
- 岡本さとる　**浮かぶ瀬**　取次屋栄三
  神様も頬ゆるめる人たらし。栄三の笑顔が縁をつなぐ。
- 聖　龍人　**迷子と梅干し**　気まぐれ用心棒
  奇妙な難事件を、一気呵成にかたづける凄腕用心棒、推参！
- 安達　瑶　**闇の流儀**　悪漢《わる》刑事《デカ》
  標的は、黒い絆。ヤクザとともに窮地に陥った佐脇は!?